KB087008

정말로, 정혜동

정말로, 정혜동 1

ⓒ한혜석 2021

1판 1쇄 인쇄	2021년 8월 30일
1판 2쇄 발행	2021년 12월 7일
지은이	한혜석
펴낸이	박대일
편집	이문영 · 박지해 · 임유리 · 신지연 · 이지영
마케팅	임유미 · 손태석
디자인	박현주
펴낸곳	파란미디어
출판등록	2004년 9월 14일 제313—2004—00214호
주소	03992 서울시 마포구 동교로23길 14 국제빌딩 6층
전화	02.3141.5589 영업부 070.4616.2012 편집부
팩스	02.6499.5589
전자우편	paranbook@gmail.com
카페	http://cafe.naver.com/paranmedia
인스타그램	@paranmedia
ISBN	978—89—6371—937—5(04810)
	978—89—6371—936—8(전2권)

* 이 책의 판권은 지은이와 파란미디어에 있습니다.
　이 책 내용의 전부 또는 일부를 재사용하려면 반드시 양측의 서면 동의를 받아야 합니다.

* 잘못된 책은 구입하신 서점에서 바꾸어 드립니다.

정말로, 정혜동

1

한혜석 장편소설

파란

차례

식물의 생육을 좌우하는 것은 충분한 양의 영양소가 아니라,

가장 부족한 양의 영양소다.

그건 비단 식물에만 국한되는 생장 법칙은 아니다.

일러두기

· 이 글에 등장하는 인물, 기관, 단체 등은 실제와 무관하며 창작된 허구의 이야기임을 밝힙니다.

· " "은 한국어 대화, 「 」는 일본어 대화입니다.

프롤로그

쿵쿵 증폭되는 음악이 사방에서 흘러 들어와 진동으로 변했다. 어둑한 조명 아래 늘어선 긴 테이블 위는 왁자한 소음과 술내가 섞여 난장을 쳤다.

"준비됐습니까?"

"준비! 됐습니다!"

"그럼 가시죠!"

"얼마든지 오시죠!"

딸깍, 딸깍, 좌르르. 퐁당, 퐁당.

괴성, 탄성, 웃음.

비글비글 거품을 게워 내는 글라스가 일제히 솟아올랐다. 깨질 듯 잔 부딪치는 소리가 골을 파고 들어온다.

"교수님 건강하십시오!"

"사랑합니다!"

개소리들까지.

일그러지는 컵을 움켜쥔 현영은 입술 위로 차가운 감촉을 디밀었다. 꿀꺽꿀꺽 목을 타고 흐르는 액체가 끊기고, 찬 기운이 손을 벗어나 탕, 소리를 남겼다. 술을 끼얹으니 의식이 엿가락처럼 늘어지기 시작했다. 바라던 바였다.

툭, 누군가 어깨를 치자마자 현영은 소파 뒤로 넘어갔다. 웅웅, 지랄 맞은 소음이 귓속에서 울고, 또 울었다.

그만. 좀. 자자.

"……선배님. 선배님."

귓속을 파고드는 소리가 점점 커진다. 진저리가 나는 소음 속인데도 또렷하다. 현영은 버거운 눈꺼풀을 밀어 올리려다 놓아 버렸다.

"일어나 보세요."

손목 위로 끔찍하게 찬 감촉이 감겼다. 짜르르, 불쾌감이 머리끝까지 기어올랐다. 끈적하게 늘어지는 눈 사이로 가물가물 실루엣이 스몄다.

"정신 드세요?"

이놈, 이거. 느른하게 올라가는 현영의 입꼬리에 웃음이 붙었다.

이 자식이 술 취한 쓰레기들 주워 담으러 다니는 걸 보니 파장인 모양이다.

"혜동아."

대답이 돌아오질 않아 헌영은 무거운 눈꺼풀을 다시 끄집어 올렸다. 침침한 어둠을 부옇게 희석시키는 조막만 한 얼굴이 미동 없이 그를 내려다보고 있었다.

시끄러운 음악은 여전했고 소음도 그대로였다. 웃음이 끌고 올라간 입꼬리 역시 내려올 생각을 않는다.

어느 지점에서 놀라 그런 눈을 하는 건지 물을 참이었는데 혓바닥이 영 엉뚱한 말을 지껄였다.

"보고서 가지러 와."

"······."

"트리플렛 코드* 분석 다 했어."

"······."

"갖다 바쳐야지."

염병할, 혓바닥도 취했다. 잠인지 술인지 취하긴 취했다.

기다렸다는 듯 혜동이 쏟아 낸 한숨이 헌영의 손등 위를 쓸고 지나갔다.

"정혜동. 너는, 대체 왜."

······대화에 응하는 자세가 그따위냐.

번지는 웃음과 함께 헌영은 다시 눈을 감았다. 소음 속임에도 분명하게 느껴졌다. 장헌영에게 정혜동의 침묵은 늘 그랬다. 단단하고 견고해서 더 깨고 싶은.

"안 일어나?"

---

* triplet code, 3개의 염기로 된 DNA의 유전 암호.

헌영의 나른한 웃음 위로 익숙한 목소리가 비집고 들어왔다. 송상현이었다.

"네. 선배님."

대화를 받아들이는 혜동의 태도가 이전과는 사뭇 달랐다.

"그냥 둬. 내가 할게."

"숙취 해소제 둘게요. 많이 취한 분들만 일단……."

"그건 필요 없으니까 가져가고."

"꽤 많이 드신 것 같은데."

"그놈 그거 잠이야, 잠. 술 아니고."

"아."

어디 잠에 취하기만 했을까. 폭탄주도 몇 잔 마셨는데. 헌영은 머릿속으로 상현의 말을 바로잡으며 웃었다.

"혜동이 너 카드 갖고 있지?"

"네."

"계산하고 정리해 줄래? 교수님 대리만 부르고 들어올게."

"네. 그럴게요."

성실한 인간들의 지독하게 성실한 대화를 듣던 헌영은 스르르 흐트러지는 정신을 수수방관했다. 이 세상 하고 많은 병신 중에 상병신은 수마와 싸우는 병신이 아니겠는가 하며.

"……장은정 갔어?"

"명진이랑 같이 나가더라."

"개 같은 년."

"저놈 입 좀 보소. 걸레를 쳐 물었나."

"걸레는 그년이지."

"너한테 안 대 주면 다 걸레냐?"

"당연하지."

"논리 신박하네. 미친놈."

"오늘 졸라게 꼴리는데."

"걔 어떠냐. RA* 걔. 왔다 갔다 하면서 일하는 거 보니 귀엽더라."

"근로? 구질구질하게……."

헌영은 충혈되어 뻑뻑해진 눈을 열고 천장을 응시했다. 해득 불가였다. 언제인지, 어디인지. 왜 이런 개 같은 소리가 들리는지. 명치 부근에 걸려 있는 체기 덕에 속은 매스껍고, 의식 저편 어디 처박힌 건지. 인지 기능은 고장이었다.

"그게 뭔 상관이야. 어차피 먹고 버릴 건데."

"와, 나. 쓰레기 같은 새끼."

"피부가 죽이긴 하지. 웃는 얼굴도 꽤 봐 줄 만하고."

"오! 민효상. 민효상이 얼평을 다 하네?"

"응? RA, 걔가 민효상 타입이라고?"

"취향 특이하네, 새끼. 색기라곤 눈곱만큼도 없더구만. 그런 애한테 꼴려?"

"미치게."

---

* Research Assistant, 연구 조교.

낄낄대는 웃음이 한둘이 아니다.

"미치겠란다, 미친놈이."

"맨 정신인 애를? 그렇게 자신 있어?"

탁, 무언가 테이블 위에 둔탁한 소리와 진동을 만들었다.

"맨 정신 아닐 예정. 아마도? 곧?"

"뭐? 뭐야, 너 혹시 그거 먹었어? 어떻게? 걔 술도 안 먹던데."

"설마."

잠깐의 침묵은 금세 깨졌다. 흡사 다 똑같은 부류는 아니라는 것처럼.

"저거 진짜 미친 새끼네. 종강 모임에서 물뽕을 쓰고 지랄이야."

"노는 애들은 먹을 만큼 먹어 배가 부르신 터라."

"아, 이 모럴리스를 어쩌면 좋아."

"모럴은 얼어 죽을. 그나저나 그거 줘 봐라. 좋은 건 나누자, 좀."

헌영은 피곤에 절어 눅눅한 몸을 찬찬히 일으켰다. 테이블에 다리를 걸친 채 의자에 눕듯이 앉아 있던 놈에게서 허옇게 정제된 알약이 건너가던 중이었다.

어둑한 룸 구석에서 일어난 헌영을 귀신처럼 바라보고 있던 후배 몇이 엉거주춤 자리에서 일어났다.

"서…… 선배님."

쿠당탕탕, 테이블 위에 있는 병들이 나뒹굴었다. 꺼질 것처럼 처졌던 몸에 아드레날린이 치솟았다. 헌영은 주춤주춤 물러서는 놈들을 잡아 테이블 위에 머리를 찍었다. 둔탁한 소리가 부서지고 비명이 터지고 순식간에 아수라장이 되었다. 알약을 들고 있던 놈 멱살을 붙잡았을 땐 몇 놈이 이미 문밖으로 튕겨 지듯 벗어나고 없었다.

바투 쥔 손 아래, 피식 웃음을 흘리는 쓰레기의 입에서 술내가 풍겼다. 되받아 주던 느른한 웃음은 오래가지 않았다. 빈 주먹이 올라가는 순간 잡고 잡힌 이들 간 웃음의 자취는 흔적 없이 사라졌다.

뼈와 살이 부딪는 소리가 피와 함께 튀었다. 미끌미끌, 끈적끈적. 되직하게 엉겨 붙는 액체가 더럽다고 느껴질 때까지 헌영은 주먹질을 했다.

"장헌영!"

급하고 높은 외마디. 질질 피 흘리는 놈의 입 속에 알약을 욱여넣었을 때 상현이 비명처럼 헌영을 불렀다. 들었는지 못 들었는지 헌영은 웩웩거리는 놈 입을 틀어막았다. 재차, 삼차. 상현에게서 나온 건 비명이 아니라 사정이었다.

"헌영아. 그만해. 장헌영!"

헌영은 숨을 골라 붙이며 그제야 상현을 향해 고개를 들었다. 미처 도망치지 못하고 뒷걸음질 치던 놈들이 넋 나간 꼴로 헌영을 응시하고 있었다. 저기요! 저기! 저기! 질러 대는 소리는 멀어지면서도 꽤나 끈질겼다.

"왜 이래, 너! 뭐 하는 짓이야!"

상현은 주먹질에 여념 없던 쪽보다 더 독한 숨을 뿜어 대고 있었다. 헌영은 맺혔던 호흡을 길게 늘였다. 치솟아 올랐던 흥분이 잠잠히 내려앉을 때까지. 이성이 되돌아올 때까지.

"아. 정말. 이게 뭔 짓이냐고."

쿨럭대며 피를 튀기고 있는 놈에게 다가간 상현이 허리를 숙였다. 쏟아지는 한숨이 제대로 들리기도 전에 직원 두엇이 쫓아 들어왔다.

패닉에 빠진 이들은 손을 들었다 놓았다 하다가 결국 널브러져 있던 쓰레기를 주워 갔다. 질질, 바닥에 벌건 길을 만드는 것을 지켜보던 헌영은 소파에 앉았다.

"하, 정말이지, 내가."

폭발 직전의 기막힌 남자 앞에서 헌영은 테이블 위의 물티슈를 뜯어 손을 닦았다. 마치 정갈한 한식 한 상이라도 받은 양.

"아오! 진짜."

"상현아."

"뭐! 왜!"

경찰에 신고를 하는 중인지 문밖에서 와인 바 위치를 설명하는 소리가 한창이었다.

"그놈 좀 찾아봐."

"뭔 소리를 하는 거야, 지금!"

"뭘 처먹었길래 볼륨이 그래. 골 아파."

"정말 너란 새끼, 사람 돌게 만드는 재능 하나는 알아줘야지."

"찾아서 집에 데려다줘."

"그러니까 누구를 찾고 누구를 데려다주라는 거냐고!"

쓰레기통으로 시뻘겋게 변한 물티슈가 처박혔다.

"혜동이."

순간 멍한 얼굴로 응시하던 상현이 앵무새처럼 반문했다.

"혜동이? 혜동이를 왜?"

왜? 뭐 때문에? 왜? 비장하게 내지르는 친구의 비명 같은 질문을 남긴 채 헌영은 일어났다. 치솟았던 아드레날린은 어느새 흔적이 없었다.

출입문으로 들어서는 경찰을 향해 걷던 헌영은 메인 바 근처에서 걸음을 늦추었다.

시끌시끌 운집한 사람들, 여전한 음악 소리, 사방에서 쏟아지는 시선까지. 요란해서 또 골이 아팠다. 헌영은 두통을 누른 채 테이블에 엎어져 있는 창백한 혜동의 얼굴을 한동안 응시했다. 상현을 불러들일 만큼 시간을 흘려보낸 뒤에야 그는 다가온 경찰에게 주의를 돌렸다.

오해 내지는 착각

2005년 겨울.

유전학 랩은 청결하고 정돈된 느낌이 강하지만 주기적으로 이런 분위기가 되곤 한다. 우중충, 어두컴컴.

프로젝트 연구 마감이 얼마 남지 않은 시점이 되면 특히 그렇다. 갈 길은 이미 정해졌고 논문은 진즉에 통과되었지만 이들은 아직 발목이 잡혀 있다. 적어도 이 분야에 남아 일하고자 마음먹었다면 지도 교수에게 영광을 선물하기 위해 끝까지 달려야 한다.

혜동은 피곤에 찌든 채 모니터에 코를 박고 있는 얼굴들을 유심히 훑었다. 오늘도 역시나 그의 모습은 보이지 않았다.

"왜? 누구?"

"장헌영 선배님요."

"옥상에 가 봐. 온실에 있을 거야."

꾸벅 인사하고 혜동은 랩을 나섰다. 타박타박 계단을 오르는 걸음이 무거웠다. 장헌영 씨께서 다른 이들처럼 모니터 앞에 붙어 있는 순간은 도대체 언제일까.

옥상까지 올라갈 것 없이 메시지만 전달하고 돌아 나올 수 있길 바랐던 시절이 길기도 길었건만 보람은 없었다. 박사 졸업을 목전에 두고 있기는 그 역시 마찬가지였기 때문이다.

헌영은, 혜동을 연구 조교로 찍어 부리고 있는 윤형중 교수의 애제자이며 동시에 수제자다. 대외적으로는 확실히 그렇다. 연구 성과를 놓고 보면 타의 추종을 불허할 정도로 합이 좋은 사제지간이라 할 만했다.

더없이 빛나 보이는 이 사제 관계는 대외적인 이미지와는 간극이 있다. 근 6개월간 둘 사이 메신저가 되어 오가면서 분석한 결과, 좋은 사제지간은 아닌 것으로 결론을 냈다.

대충 짐작해 본 대로 학계에 만연한 교수 갑질이 이 겉과 속이 다른 관계의 원인인가 하면 100퍼센트 그렇다 할 수만은 없다.

가파른 계단을 오르며 혜동은 숨을 골랐다. 이렇게 성가신 일을 야기한 원인 제공자라 그런 결론을 낸 건 아니었다.

인간이 한 칸의 계단을 오르면 4초의 수명이 연장된다고 한다. 헌영이 형중의 전화와 이메일을 끊임없이 씹는 통에 적어도 1년쯤, 혹은 그 이상의 수명을 덤으로 받았을 거라 확신하는 바 그에게 무한히 감사해야 할 지점이니, 그런 이유로 제자 쪽도 만만치 않은 인간형이라 탓하는 건 명백히 아니다. 아마 아닐 것이다.

숨을 고른 혜동은 삐빅 출입키 승인 소리를 밟고 온실에 들어섰다. 후욱, 축축한 흙냄새가 끼쳐 왔다. 따듯한 공간이 마냥 좋은 계절이라 미지근한 공기 속 젖은 풀 냄새며 나무 냄새에 성난 마음이 좀 누그러졌다.

온갖 신기한 작목이 잘 구획되어 자라고 있는 공간. 중간중간 급수를 위해 만들어 둔 재미난 구조물까지. 공학부에서 협찬한 그 기발한 아이디어 덕에 지루하지도 않다. 가로질러 걷노라니 처진 기분이 조금은 올라왔다.

옥상 전체가 유리 온실로 개축되어 실험실로 쓰인다. 장방형의 꽤 광대한 면적을 전후실로 구분해 후실에서 상시 연구 프로젝트를 진행한다.

전실前室을 벗어나기 전 혜동은 연구 장소 안내도를 흘깃 보고 걸어 나갔다.

제7실험실. 신종 협죽도 분자마커 추출 연구. 연구 팀장 장헌영.

후실 왼쪽 구석에 위치한 7실을 향해 바닥에 깔린 넓대대한 화강암 판석을 밟았다. 짧지 않은 길을 가로질러 빼꼼히 실험실 안을 들여다보니 역시나, 없다. 난감해진 혜동은 손에 들린 연구 보고서 초안을 넘겨 보았다.

전달할 메시지는 간단했다. 트리플렛 코드 분석이 훌륭하니, 그쪽 테이블을 빼서 2주 후 심포지엄에서 발표할 수 있도록 준

비하라는 메모였다. 라이브러리 R을 이용해 불러들인 논문 테이블 작성법이 크게 화제가 된 터라 이번 심포지엄에는 후배들이 구름처럼 몰릴 거라고 했다.

논문에서 새로운 이론을 잡아 세우는 건 신의 영역이요. 그 이론을 검증해 내는 과정은 비로소 인간이 해 볼 만한 과학이며, 그 모든 것을 써 내려가는 작업 자체는 'Tech'라 침 튀기며 설명하던 형중이 그 세 요소의 정점에 있다 하는 논문으로 늘 제시하는 것이 현영의 글이다. 그러니까 그 양반은 이 쉽지 않은 제자를 마뜩지 않아 하면서도 그런 대접은 한다. 어이없게도.

'반드시 직접 전달.'

특별히 하달된 그 지시가 없었다면 혜동은 진즉 책상에 놓고 날랐을 것이다. 열 받게도 이 애증의 관계에 끼어 새우 등 터지는 건 항상 서열 최하위 연구 조교 정혜동이었다.

가뜩이나 바쁜데…….

과외 시간에 맞추려면 빠듯할 것 같아 혜동은 슬슬 초조해졌다.

"혜동아."

찌푸려진 이마를 펴고 혜동은 7실 맞은편에서 나온 상현을 향해 꾸벅 인사했다.

"현영이?"

"네."

"전해 줄까?"

"아. 직접 전하라고 하셔서."

상현이 웃었다.

"융통성 없네, 우리 혜동이."

혜동은 마주 웃었다. 모두가 이 사람 같기만 하다면 고생이랄 것이 없을 텐데, 하는 심정이 담긴 미소였다.

"거기 있을 거야. 바오밥 벤치."

만인에게 다정한 인간형.

상현은 선배든 동기든 후배든 인간을 대하는 데 기본적인 매너 자체가 훌륭한 사람이다. 두 사람 모두 다른 학부였다가 복수 전공으로 들어와 말뚝을 박은 케이스였다. 각각 버린 전공이 법학, 경제학이었던 터라 꽤나 주목을 받았다. 학과에서 툭하면 화제에 오르는 데는 특출 난 외모 말고도 이 특이한 이력이 한몫했다. 헌영과 묶여 '전향범'이라 회자되곤 했지만 공통점은 사실 그것밖에 없다. 인간형 자체가 다르므로.

"저녁은 먹었어?"

"네."

"샌드위치 있는데 더 먹을래?"

"아녜요. 가 볼게요."

늘 하던 대로 혜동은 친절하고 다정한 제안을 적당히 사양하고 바오밥 나무 구역으로 걸음을 옮겼다.

아이러니하게도 '어린 왕자'가 뽑아내느라 애먹었던 나무를 공들여 심어 둔 그곳은 일종의 휴게 공간이다. 벤치가 놓여 있고 외부로 나갈 수 있는 문이 지척이라 자연스레 흡연자들이 모이는. 오동통한 나무들에 둘러싸여 있는 벤치 등받이 위로 익숙한 뒷모습이 눈에 들어왔다.

'별일 없이, 최대한 빨리.'

바람과 의지를 되새기며 혜동은 벤치로 향했다.

"그러니까 제가…… 선배님을……."

윽, 하는 심정으로 혜동은 걸음을 멈추었다. 벤치 옆 거대한 알로카시아 잎 너머로 상큼한 단발머리 여자의 모습이 언뜻 비쳤다.

"……좋아합니다."

어찌해야 하나 혜동은 잠깐 갈등했다. 시간이 넉넉하다면 돌아 나갔다가 다시 오는 게 좋겠지만. 아무래도 그럴 여유가 없었다.

"선배님."

헌영이 몸을 구부린 채 얼굴을 쓸어내리는 것이 고스란히 보인다. 두어 번쯤 목격한 장면이라 꽤나 익숙했다.

"이름이?"

"현주요, 강현주."

"학번은?"

"05요."

신입생?

혜동은 꾹 웃음을 물고 살짝 몸을 틀었다. 고백하기로 마음먹었다면 상대의 성격이라든가, 평판이라든가 뭐든 들리는 것이 있었을 것도 같은데…….

물끄러미 신입생을 바라보던 헌영에게서 신음 비슷한 것이 흘러나왔다.

"05 강현주."

"네."

"밥은 먹었어?"

"네?"

"밥은 먹고 다니냐고."

"저녁은 안 먹었는데……요."

"가서 밥 먹어."

침묵이 이어졌다. 무슨 말인지 분석하느라 돌아가고 있을 신입생의 사고가 왠지 생생하게 읽혔다. 미안함에도 불구하고 혜동은 웃음을 참느라 곤혹스러워졌다. 다소 길어지는 침묵이 부담스러워지는 찰나 부르르 문자 알림 진동이 울었다.

혜동은 민첩하게 전화기를 꺼냈다. 지체하지 않고 급하게 움직인 탓에 소철 이파리가 손등을 긁었다. 한 시간만 늦추자는 과외 학생 문자를 확인한 그녀는 후우, 저도 몰래 안도의 한숨을 뱉었다.

전화기를 주머니에 밀어 넣고 고개를 드는 순간 공교롭게도 정확히 눈이 마주쳤다. 별거 아닌 일에도 호사다마는 있는 거니까, 뭐.

"05 강현주는 그만 가고."

03 정혜동은 나와, 해야 라임이 맞을 테지만. 장헌영 씨는 정혜동의 학번은커녕 이름도 모를 것이다. 'RA, 너.'가 혜동을 부르는 공식 호칭이므로.

"선배님."

"가서 밥 먹으라니까."

"답은요?"

"답이 필요해?"

"……."

푹 꺼진 억양에 당황이라도 한 걸까. 신입생은 말없이 그를 응시하고 있었다.

"답이 필요하냐고."

한숨이 든 저음에서 맥락을 짚었는지 푹 숙였던 단발머리가 꾸벅 궤적을 그렸다. 용감했던 신입생은 축 처진 어깨를 하고 금세 멀어졌다.

"뭐 해."

톡, 어깨 위로 손이 스치는 바람에 혜동은 놓았던 정신 줄을 챙겼다. 앞서 나간 상현이 벤치 등받이에 한껏 몸을 기댄 헌영의 맞은편에 자리를 잡고 앉았다. 상현은 느릿하게 다리를 교차해 올리며 고개를 슬쩍 옆으로 꺾고는 웃었다. 그건 누가 봐도 약 올리려 작정한 웃음이었다.

"연애하자는 얘기는 보냈어?"

대꾸 없이 내뱉는 헌영의 한숨이 혜동에게도 들려왔다. 싱글거리는 상현의 얼굴을 응시하고 있으려니 이유를 알 수 없는 카타르시스가 느껴졌다.

"괴롭히고 싶거든 다른 걸로 해."

"괴롭냐?"

웃어 대며 헌영의 약을 올리는 상현 덕에 혜동은 꽁하게 뭉친 속이 좀 풀렸다. 승인 없이 드나들 수 없는 곳에 누군가가 들어왔다는 건 다른 누군가의 협조가 있었다는 뜻이고. 시원스레 웃는 저이가 내부자일 확률이 100퍼센트다.

"거절을 당해야 포기를 하지. 해 봐야 미련이 없어질 거고. 아! 혜동이, 이리 와."

손짓하는 상현 덕에 쭈뼛하며 벤치 앞으로 나선 혜동은 헌영에게 묵례하고 보고서를 내밀었다. 벤치 등받이에 기댔던 몸을 일으킨 헌영이 말끄러미 서류를 응시했다. 당연하다는 듯, 인간 사회에서 오갈 법한 리액션 따위는 오늘도 없었다.

어찌 보면 아예 무정물 취급 같기도 하다. 대략 신종 협죽도보다 못한 대우? 이 양반은 정말, 사람을 열 받게 할 줄 안다. 타고났다고 봐도 좋을 것이다.

"빨리 확인하고 보내. 쓸데없이 시간 빼앗지 말고."

상현의 재촉을 받은 헌영이 손을 내밀었다. 종이를 매개로 연결된 잠깐, 하얀 배경 탓인지 소철에 긁혀 생긴 손등의 붉은 자국이 두드러졌다. 괜스레 민망해진 혜동은 기민하게 종잇장을 놓았다. 그대로 붉은 손등 언저리에서 머물던 헌영의 시선은 잠깐의 시간을 더 흘려보낸 후에야 보고서로 내려갔다.

차분하게 태그해 둔 곳을 따라 종잇장이 넘어간다.

보기 좋은 손, 손가락, 콧날…….

멍해지는 정신을 주워 담으려 혜동은 살짝 고개를 돌렸다.

아무 일 없이, 빨리. 다시 한번 바람과 의지를 되새기기도 전이었다.

"엿듣는 게 취미야."

와장창 부서져 내렸다. 여지없이 시작이다.

"아닙니다. 선배님."

뭉근하게 들러붙는 불편한 심정을 누르고 혜동은 고개를 든 그를 마주했다. 뒤로 몸을 무르며 헌영은 혜동의 시선을 고스란히 흡수하듯 받았다.

티끌만큼의 흠조차 없을 것 같은 외모다. 이러니 다들 껍데기에 혹하는 거지. 벤치 뒤로 깊숙이 몸을 기대는 얼굴에 피곤한 기색이 그득했다. 어쩌면 밤샘이 잦아서 성격이 이 모양인지도 모를 일이다.

"아니야?"

"네. 아닙니다. 선배님."

"그럼. 표본 채집이라도 한 건가."

"……."

"쥐새끼처럼 구석에 박혀서?"

가만히 두 사람의 대화를 듣고 있던 상현이 드러내 놓고 미간을 찡그렸다. 졸지에 쥐새끼가 되어 버린 당사자는 반응을 드러내지 않았는데 말이다. 그럼에도 불구하고 헌영은 아랑곳하지 않았다.

"쓸 만한 표본도 없을 텐데."

"장헌영."

처음 들었을 땐 혼란스러웠다. 이런 식의 화법을 어떻게 받아들여야 할지. 상현이 저런 반응인 걸 보면 확실히 상대 기분을 상하게 하려 던지는 말이 맞는 것은 같은데……

장기간 이어지던 혼란이 일부 정리가 되는 것 같았음에도 혜동은 여전히 의문스러웠다.

왜 그러는 걸까. 왔다 갔다 본인 때문에 시간 버리고 있는 까마득한 후배에게 대체 그럴 일이 뭐라고.

장헌영이라는 사람이 말도 못 할 이상한 성격이라면 애초에 이런 의문 같은 건 갖지도 않았을 것이다. 처음부터 그랬던 것도 아니다. 여느 사람들을 대하는 것처럼 헌영은 혜동에게도 필요한 말만 했다. 아니, 정확히는 말을 하지 않았다고 보는 편이 맞다.

그랬었다. 그랬었는데…….

돌이켜 보면 시비라 불릴 만한 것이 시작된 것은 그때부터다. 다섯 번째 형중의 메시지를 전달하러 왔을 때.

그 이전 심부름에 혜동은 헌영을 대면하지 못하고 형중의 메시지를 책상 위에 올려 두고만 돌아갔었다. 그날 아르바이트가 꼬여 바빴기 때문이다. 그 일로 형중의 역정이 무척 오래갔다. 전에 없던 일이라 그녀 역시 후유증이 컸다. 그래서 다음 메시지 전달에 신경이 곤두설 수밖에 없었다.

9월 중순 즈음, 가을이었지만 온실 안은 더웠다. 과외 자료를 정리하고 리포트 초안을 잡으며 기다렸다. 습하고 더운 공기 속에서 녹초가 된 채 두 시간쯤 기다려 마침내 헌영을 만났을 때 울컥해 버렸다. 화를 냈던 건 아니다. 그럴 처지는 아니었으니까.

다만 늘 갑옷처럼 쓰고 있던 영업용 미소가 작동이 되질 않았다. 살아가는 데 도움이 되지 않는다 판단하고 사회적 얼굴만으로 지낸 지 2년이 넘어가던 시점이었으니 참 오랜만이었다.

그 이후부터였던 것 같다. 이 사람의 시비가 시작된 건.

"온실이 프라이빗 공간도 아니고. 제가 쥐새끼가 될 이유는 없는 것 같은데요."

여전히 곤혹스럽지만, 시간이 지나는 동안 혜동은 동요하지 않고도 헌영의 트집에 대응할 수 있는 수준에 이르렀다.

"프라이빗 공간이 아니니까 상관없다?"

"타인이 듣길 원치 않는다면 조심해야 하는 쪽이 어딘지는 명백하니까요. 게다가……."

"게다가?"

혜동은 잠시 머뭇거렸다. 그럼에도 넘지 말아야 할 선이라는 게 있으니까.

"내뺄 생각 말고 끝까지 해."

대화가 길게 이어지는 건 좋지 않다. 경험상 명백하다. 그럼에도 불구하고 가슴에 맺힌 뭔가를 뱉고 싶은 욕구가 꿈틀댄다. 게다가 당사자가 넘지 말아야 할 선이 아니라고 용인했으니 말 그대로 내뺄 필요는 없지 않은가.

"선배님이 교수님 연락을 받으셨으면, 애초에 이럴 일이 없지 않았을까 싶어서요."

푸훗, 상현이 웃었다. 웃느라 시원하게 벌어진 입이 더없이 보기 좋았다. 카타르시스 잔치다.

벤치에 놓인 담뱃갑을 든 헌영이 그녀에게 향하는 바람에 두 사람은 마주했다. 내빼지 않고 근 반년간 담아 둔 마음을 털어 놓았건만, 타격을 입힌 건지는 미지수였다. 표정으로 보아 아무래도 부정적이었다.

"쌓였던가 보네."

"아니라고는 못 하겠습니다."

"진즉 말하지 그랬어."

"말했으면 달라졌나요?"

"아니."

"……."

"그렇게 싫어하는 줄 알았으면 가끔 전화는 받았을지도 모르겠네."

담뱃갑에서 뽑힌 담배가 입술 끝에 물렸다. 라이터를 들어 올린 그는 불을 붙이지는 않고 그대로 내렸다.

"늘 그런 얼굴로 다니길래 좋아하는 줄 알았지."

비웃음이 섞여 있다거나, 조롱한다거나 그런 뉘앙스와 어울리는 말이었다. 그럼에도 불구하고 그런 요소는 느껴지지 않았다. 호의적인 대화 진행도 아니었는데 그쪽으로 감지되는 건 아무것도 없었다. 그건 좀 이상했다.

"오해했나 보네. 내가……."

심지어 덧붙인 말은 더 어려웠다. 어떤 맥락을 찾아야 할까. '그런 얼굴'이라면 기꺼워서 하고 다니는 것은 아니었다. 일종의 생존 방식일 뿐이니까.

거슬리는 걸까? 사회 구성원 다수가 좋아하는 얼굴이라 참 편리하고 또 효율적인데 말이다.

"그게 그러니까 오해하게 만든 제 잘못이라는 말씀인가요."

"아니라곤 못 하겠고."

같은 답을 돌려준 채 헌영은 벤치에서 일어났다.

"오해한 놈도 병신이긴 매한가지지만."

역시나 해석 불가의 말을 남기고 그는 온실 밖으로 통하는 쪽문으로 향했다. 찝찝하게…….

"혜동아."

잠깐의 침묵을 깨고 상현이 혜동을 돌려세웠다. 혜동은 헌영을 따라 움직이던 시선을 걷어 왔다. 상처라도 받았을까 걱정하는 얼굴이 그녀를 기다리고 있었다.

"맘 상한 거 아니지?"

어떻게 봐도 이 사람은 참, 좋은 사람이다.

"괜찮습니다. 선배님. 가 볼게요."

혜동은 '그런 얼굴'로 상현을 향해 꾸벅 인사하고 물러났다. 개운치 않은 걸음으로 출입문에 다다른 그녀는 무언가에 이끌리듯 뒤돌았다.

열린 온실 문틈으로 담배를 문 헌영의 옆모습이 보였다. 상현이 옆으로 다가가는 바람에 잘 보이지 않았지만 혜동은 문이 닫히기 전까지 헌영을 응시했다.

잠깐잠깐 스치는 헌영의 모습을 지켜보던 혜동은, 일제히 쏟아지는 스프링클러 물줄기에 시야를 차단당한 후에야 돌아섰다.

언젠가 동기 아무개가 그런 말을 했었다. 장헌영 선배가 '취급'해 주는 상대는 상현 선배를 제외하면 네가 유일할 거라고. 덕분에 욱 치밀어 오르는 뭔가를 꾹 누르고 웃었더랬다.

전 근대 신분 높은 누군가에게 크나큰 은혜라도 받는 것처럼 포장하는 뉘앙스가 어이없기도 했거니와, 유일하든 유이하든 그런 식의 '취급'이라면 받고 싶지 않았기 때문이다.

혜동은 그가 왜 그런 취급을 하는지 계단을 내려가는 길에 생각해 보곤 했다. 오늘처럼 결론이 나지 않아 그만두어 버리기 다반사였지만 말이다.

그럼에도 불구하고.

말끄러미 응시하다가 당연하다는 듯 따가운 말을 뱉는 현영의 얼굴이 문득문득 떠오를 때면, 혜동은 진심으로 궁금해지곤 했다. 왜 그러는지.

"왜 그래?"

"뭘."

"왜 유독 혜동이한테 까칠한 거야? 너란 놈은 인류애가 없냐. 그렇게 예쁜 애한테 왜 그러는 거야."

현영에게서 푸스스 담배 연기와 함께 웃음이 솟았다. 글쎄,

그놈에게 유독 왜 그럴까. 누가 떠올라 그런 걸까?

"걔도 그래, 고백하러 온 애기. 귀여워 까무러치겠더만."

"마음껏 까무러쳐. 강요하진 말고."

성의 없는 대답에 상현이 쯧 혀를 찼다.

"아, 너 이번 주 금요일 밤에 시간 빼 놔."

후욱, 헌영에게서 대답 대신 담배 연기가 뿜었다. 상현이 대놓고 미간을 찡그렸다.

"박사 졸업하고 싶으면 빼 놓으라고."

"수요일, 목요일 피크야. 잠 좀 자야지. 이러다 죽을 것 같은데."

"너 윤 교수 발달 유전체학 강의 몇 번이나 들어갔어?"

"그놈한테 물어. RA 그놈이 다 체크하니까."

"윤 교수님 알잖냐. 그런 건 좀 비위 맞춰. 잠깐 얼굴만 비치면 1년 버는 건데. 포닥Post Doctor이고 뭐고 너 홋카이도 대학연구소 펑크 낼래? 준희 선배 목 빠지게 기다리는 것 같던데 가야 할 거 아냐."

허연 연기와 입김이 번갈아 솟아올랐다. 헌영은 라이터돌을 긁는 상현을 물끄러미 응시했다. 그 여자가 목 빠지게 기다린다는 건 어떻게 아는 걸까. 연락 끊은 지가 언제인지 기억나지도 않는 마당에.

"그러니까 애초에 1년 차 수업을 왜 펑크 내서…….."

"그때라고 뭐 달랐을까. 데이터 뽑아 바치느라 그랬겠지."

"그러니 뭐 어쩔 거야. 그 양반이 그렇게 융통성이 없는데 별

수 있어?"

"별수 없으면 말아야지."

헌영이 대수롭지 않게 받으니 상현의 이마가 잔뜩 구겨졌다.

"잠깐 얼굴 비치는 걸로 그 시답잖은 앙금 다 녹일 수 있다니까. 좀 해. 하자, 좀."

헌영은 후, 마지막 연기를 뱉으며 높다란 쓰레기통 재떨이에 담배를 비벼 껐다.

"배고프다. 뭐 먹을 거 좀 있냐?"

"하여간 걱정 많은 나만 병신이지."

"걱정이 많아서 걱정인 병신이지, 송상현은."

어이없는 얼굴로 헌영을 훑어 내리던 상현이 픽, 웃었다.

"샌드위치 있어. 가자, 가."

먹자, 연료를 주입해야 기계를 돌리지. 헌영은 푸념을 주워섬기며 온실 문을 열었다. 성큼성큼 몇 걸음. 소철 나무를 지나치려니 턱없이 야윈 손이 뇌리를 스쳤다. 밥을 제대로 챙겨 먹고 다니는지 궁금한 건, 그 맹랑한 신입생보다는 그 아이 쪽이었다.

"너 혜동이 애 좀 그만 먹이고 메일 확인 제때제때 해."

뒤따르던 상현이 난데없이 후려갈겼다. 그 아이 생각하는 걸 어찌 알고. 박수무당 하면 대성할 놈.

"이미 양치기 소년인데 이제 와서 무슨."

"전화라도 받든가."

형중이 이젠 전화도 걸지 않는다는 건 귀찮아서 언급하지 않았다.

그나저나 몇 번째지? 그놈이 진짜 얼굴을 드러낸 것이.

그거 보는 재미도 무시할 수 없어 그러고 있다는 건 차마 말할 수가 없었다. 인류애도 없는 데다 사디스트라고 욕까지 얻어먹을 것이 뻔한 고로.

한계

특별히 어려운 질문 없이 무난하게 과외 수업을 마무리하면 보통 11시였다. 서초에서 집으로 되돌아오자면 대략 한 시간 반 정도가 걸렸다. 단기 아르바이트가 없는 경우 오늘처럼 바로 집에 들어오지만 때에 따라서는 새벽까지 일하곤 했다.

입학 초 기숙사에서 지내는 동안은 필요한 아르바이트 스케줄을 소화할 수 없었다. 덕분에 혜동은 한 학기 만에 기숙사에서 나와 지우 집에 얹혀살기 시작했다.

코딱지만 한 옥탑방이지만 지우와 같이 살게 되면서 그나마 숨통이 좀 트였다. 물론 그건 물리적 숨통을 말하는 게 아니다.

"배 안 고파?"

"고파. 뭐 있어?"

"삼각 김밥."

"또 투 플 원이야?"

"이건 언제 먹어도 맛나지 않냐."

지우가 주방 창문 앞 시원한 곳에 마련해 둔 수납공간에서 참치마요 김밥과 따뜻한 보리차를 가지고 왔다. 막 샤워를 하고 나와 오스스 소름이 돋은 팔을 쓸며 혜동은 책상 앞에 양반다리를 하고 앉았다.

여름엔 찌는 듯한 더위, 겨울엔 강력한 외풍. 옥탑방의 몹쓸 특징은 아주 섬세하게도 갖춘 곳이다. '그 돈으로 이런 방 못 구해.'를 연발하는 주인아주머니의 자부심만 강한 곳.

"피곤하지?"

"그렇지 뭐. 지우 넌 언제 들어왔어?"

"10시쯤. 아, 주말에 선우 올라온대."

"왜? 무슨 일 있어?"

"세미나 보조하러. 저녁에 시간 나니까 잠깐 보자네."

"바쁘게 사네. 한선우."

"너만 하겠어?"

혜동은 말없이 웃음으로 답하고는 김밥 포장지를 벗겼다.

"야, 그걸 또 뜯기냐. 만날 먹으면서 어째 요령이 없어."

지우의 핀잔을 반찬 삼아 혜동은 포장지에 날개를 뜯겨 허연 쪽부터 베어 물었다. 딱딱한 정도는 아니지만 밥알은 이미 굳었고 너무 차가워 꼭꼭 씹지 않으면 엉기기 딱 좋았다.

"이게 맛있어?"

"맛없어?"

"배고프니까 먹는 거지. 이게 음식이냐고."

"그건 그래. 혜동이 네 할머니 보셨으면 잔소리, 잔소리 하셨을 거야. 그치?"

그러게 말이다. 손질된 재료를 끓이고 삶고 무치고. 노인네는 그런 식의 정성이 들어가지 않는 건 음식으로 치지 않았다. 가족에게 그런 음식만 먹이고자 했고.

보스스 웃어 버리고 혜동은 보리차를 한 모금 마셨다. 김밥보단 이쪽이 좋았다. 고소하고도 달큼한 것이 고향을 마시는 기분인지라. 삼각 김밥을 다 털어 넣고 나니 지우가 푸욱 한숨을 쉬었다.

"말로야."

"그렇게 부르지 말라니까."

"왜에. 어릴 때로 돌아가는 것 같아 난 좋은데……."

핏, 웃음으로 답한 혜동은 보리차로 깔끔하게 마무리하고 양치를 하러 들어갔다. 으스스, 한기가 도는 좁은 욕실에 진저리가 올라왔다. 따뜻한 물로 샤워한 지 얼마 되지도 않았건만 가득했던 훈김은 어디로 간 걸까.

치약을 짜 든 혜동은 거울 속, 피곤에 찌든 얼굴을 가만히 마주했다.

돌아갈 수 없다. 그렇게 맘 편히 지내던 시절은 아마도 영원히 찾지 못할 것이다. 그래서 더 그립고 아쉽고 또, 아픈 거겠지.

쓸모없는 생각을 날려 버리듯 야무지게 이를 닦아 내고 있으려니 지우의 무거운 한숨이 욕실 안으로 비집고 들어왔다.

"웬 한숨이 그렇게 길어. 무슨 일 있었어?"

"무슨 일이야 늘 있지."

욕실에서 나왔을 때 지우는 이미 누운 상태였다. 혜동은 조명 스위치를 내리고 책상 앞으로 다가가 앉았다. 스탠드 불빛을 한 단계 낮춘 그녀는 노트북 전원을 꾹 누르고는 돌아보았다.

"무슨 일?"

"우리 과 새내기가…… 며칠 전에 투신을 했어."

계정 암호를 집어넣으며 혜동은 머릿속을 헤집었다.

"그제 신문 기사로 난 그 아이인가."

"응. 맞아. 기사 읽었어?"

"대충. 과에서 얘기하는 것도 들었고."

츠, 츠으, 미세한 소리를 내며 노트북이 돌아가기 시작했다. 작성해야 하는 보고서를 꼽아 보고 있노라니 지우의 한숨이 다시 깊어졌다.

"얘기해. 듣고 있어."

"리포트 있나 보네."

"응."

"그거 다하고 잘 거야?"

"어. 스케줄 빠듯해. 금요일 밤에 종강 모임 잡혀서."

선택의 여지없이 혜동은 그 술잔치에 참여해 총무 노릇을 해야 한다.

"우리 말로. 힘드네."

탁탁 키보드를 두드리며 혜동은 웃었다. 그러게, 힘드네. 고된 속을 그렇게 갈무리한 혜동은 지우에게 물었다.

"그 아이, 아는 사이였어?"

"오다가다 인사 몇 번 나눈 정도."

혜동은 키보드에서 손을 내리고 돌아앉았다. 들을 준비가 되어 있다는 신호를 받은 지우가 한숨과 함께 시작했다.

"기사랑 크게 다르지 않아. 좀 과장된 것 같긴 하지만."

혜동은 손에 들린 전공 서적을 후루룩 넘기며 지우를 응시했다. 푹 꺼져 있는 모습이 평상시 같지 않았다. 교류가 없던 존재일지라도 같은 영역 안의 누군가가 죽었다고 한다면 신경이 쓰이는 건 당연하니까.

명문 대학 신입생의 극단적 선택에 대해 빈부의 문제니, 입시 제도의 문제니, 거창하게 이슈화시켜 자극적인 헤드라인을 뽑은 기사가 여럿 있었다. 대학에 들어와 보니 거대한 벽처럼 넘지 못할 한계가 있더라는 고백을 장문의 유서에 남겼다는 것이 요지였다.

"경제적으로 어려운 아이였어?"

"아니, 그냥 평범한 집이었다나 봐. 부모님 둘 다 공무원이었고. 성격도 무난하고…… 평판도 나쁘지 않은."

그럼에도 불구하고 한계가 느껴졌다는 건 무얼 말하는 걸까.

빈부의 격차니 사회적 지위 고하니 하는 요소들이 인간을 비참하게 만드는 건 결국 인간 심리에서 출발한다. 천성인지 후천성인지 알 수 없지만 타인과 비교하고자 하는 심리가 없는 인간은 없는 거니까.

강의실 안은 눈에 보이지 않는 경계가 나뉘어 있다. 많은 이들은 '입학'이 그 경계로 진입하는 출발점이라 생각하지만 그렇지 않다는 걸 깨닫는 건 2주 정도면 충분하다.

경계 안이 소수의, 그러니까 타고난 이들에게 압도적으로 유리한 '그들만의 리그'라는 것을 알아내는 데 오랜 시간이 필요치 않다는 의미이다. 아마도 한계라 인식하는 건 거기서부터일 것이다.

고교 시절 공부깨나 하여 무리의 꼭대기에서만 살았을 이들에게 생소하고도 아픈 좌절, 처음 부딪쳐 보는 높은 허들일 테니 말이다.

어쩌면 투신했다는 그 아이는 더없이 만족하고 살았던 그간의 삶을 말할 수 없이 초라하게 만드는 무언가를 대면하고 바닥까지 비참해졌는지도 모른다.

사는 것이 바쁘지 않았다면 어땠을까. 혜동 역시 그 한계를 좀 더 무겁게 받아들였을지도 모른다. 지금 살아 나가는 삶이 너무나 초라한 까닭에, 비교를 해 보자면 더없이 한계를 절감할 형편임에도 '그 삶'에 치이느라 혜동은 그런 생각 따위를 할 여력이 없었다. 아이러니하게도 말이다.

어떤 고민이 있었는지, 얼마나 깊었는지 자세히 알지 못하니 찧고 까부는 건 무의미하다. 그럼에도 불구하고 흔쾌히 동정하고 공감할 마음이 들지는 않았다.

책장을 넘기는 손이 조금 거칠어졌다.

아무리 그래도. 목숨을 버릴 것까지는 없는 거니까.

"혜동아."

"어."

"요 며칠 계속 그 아이 생각이 나."

혜동의 시선을 받은 지우가 푸스스, 힘없이 웃었다. 한지우는 밝고 밝아서 화사하다 못해 눈이 부신 아이다. 이런 얼굴을 볼 일이 별로 없는. 공감도가 이토록 과도한 이유는 무엇일까.

"무슨 일 있어?"

"그래 보여?"

"……."

"그냥. 그 아이 심정이 조금은 이해가 된달까."

지우의 웃음은 깊어졌지만 왠지 웃음으로 느껴지지가 않았다. 꿰뚫는 듯한 혜동의 응시에 마침내 지우가 본론을 내놓았다.

"지훈이랑 헤어졌어. 아니지, 차였다고 하는 게 맞겠다."

쓸쓸레한 미소를 달고 나온 고백에 혜동은 섣불리 대거리를 할 수 없었다. 밤새 할 일이 기다리고 있음에도 불구하고 지금은 그저 지우의 이야기를 들어 주어야 한다는 생각만 깊어졌다.

"영국으로 유학 간대."

"그래서."

"뭐 그래서야."

"영국으로 유학 가는 게 헤어진 이유야?"

"어. 같이 못 지내는데 관계 유지하는 게 무슨 의미냐더라고."

"그래서."

"뭐가 또 그래서."

"그래서 투신한 애가 이해 간다는 헛소리나 한 거냐고."

"그냥. 우울하니까 별생각이 다 드네."

"그런 사람 잊고, 좋은 사람 다시 만나."

주제넘다. 남녀 관계에 대해 잘 알지도 못하면서 하는 충고는. 게다가 결코 위로가 되지도 않으리라. 그럼에도 불구하고 혜동은 그렇게 말할 수밖에 없었다.

"그래야겠지?"

침잠하는 낯빛과 한숨, 그리고 체념. 지우는 그런 얼굴이 되어 갔다. 혜동은 어찌지 못하고 내내 지우가 내놓던 한숨을 따라 뱉었다. 뭐라고 해야 위로가 되는 건지 도무지 잡히는 것이 없었다.

"리포트 써. 이제 말 그만 시킬게."

"푹 자. 생각 그만하고."

잠깐 머물던 침묵을 지우가 다시 깼다.

"혜동아."

"어."

"주말에 시간 돼?"

혜동은 DBpia를 실행하며 미룰 수 있는 스케줄을 가늠해 보았다. 도저히 답이 나오지 않는다. 주말엔 해야 할 일이 더 촘촘하다는 것을 지우는 알고 있다. 그런데도 시간이 있느냐 묻는 건 시간을 내 달라는 의미니까…….

"응. 있어."

"진짜? 낼 수 있어?"

"뭐 하고 싶은데?"

"오랜만에 집에 가자. 엄마 미역국도 먹고. 혜동이 너 할머니도 보고."

할머니, 집. 그건 늘 혜동에게 더 간절했다. 여력이 나지 않아 찾지 못하니 더욱더 그랬다.

"돼?"

"돼. 가자."

혜동은 한숨처럼 반복했다.

"가자. 할머니도 보고, 미역국도 먹고. 그러자."

미소를 머금은 지우가 이불 소리를 내며 포옥 자리를 잡았다. 혜동은 스탠드 각도를 조절했다. 바짝 노트북 위로 모인 빛을 멍하니 바라보며 그녀는 어디 어디에 아쉬운 소리를 해야 하는지 정리해 보았다.

타다닥, 키보드 위를 나는 소리와 책장 넘어가는 소리. 그리고 지우의 규칙적인 숨소리, 혜동의 한숨 소리가 섞인 밤이 깊어갔다.

"윤 교수님 소집인데 안 올 수 없을걸?"

"헌영 선배?"

"왔어. 교수님께 인사하는 거 봤어. 술 잔뜩 취한 것 같더라."

"왔어? 근데 왜 안 보여? 어디 있는데?"

"적당히 눈도장 찍고 사라진 거겠지 뭐. 원래 이런 데 잘 안 나오잖아."

"아쉽네. 보고 싶었는데……."

윤형중 교수는 대부분의 모임을 항상 3차까지 달린다. 올해 열린 교수 주관 종강 모임에서는 수강생뿐만 아니라 지도 제자들까지 불러 모아 와인 바의 룸을 잡아 놓고 술을 푸는 것으로 마무리하는 중이었다.

혜동은 화장실 한 칸에 갇힌 채 의지와 상관없이 '센' 선배들 이야기를 들어야 했다. 그 잘난 양반 이야기가 나오는 바람에 나갈 타이밍을 완전히 놓쳤다. 그대로 한숨 눈이나 붙였으면 싶을 만큼 피곤했던 터라 오히려 기꺼웠다.

"헌영 선배는 왜 그럴까."

"뭐가."

"움직임 하나하나가 경이롭지 않냐? 아주 그냥 환장하게 섹시해!"

비명처럼 내질러진 감탄을 덮는 웃음소리가 풍성했다.

"격공. 격공."

"밸런스가 완벽하긴 하지. 마초남과 정중남 사이? 어느 한쪽으로 살짝 치우쳤으면 그 정도는 아니었을 텐데 말이야."

"다 필요 없고, 생긴 걸로 게임 셋이야. 가운 밖으로 드러난 팔뚝 보고 오르가슴 느낀 애도 있다더라."

"미친년들. 진짜 어이가 없어서. 개소리도 정도껏 하자. 응?"

"운동했었다지 않았어?"

"무슨?"

"테니스. 세미프로 수준이라던가 뭐 그렇다던데."

"확인되지 않은 소리 하고 있다, 또. 사시 패스했다는 얘기도 붙이지 왜?"

"사시 패스 맞을걸."

"설마."

"사시 패스한 사람이 여길 왜 와?"

"그러게."

"헌영 선배 아버지 대법원장 후보로 거론되는 그분이잖아."

"어머? 진짜?"

"쫌! 부풀리지 좀 마. '전설의 레전드 같은 남자' 감성이야, 그거."

"삐딱한 년. 고백했다 차였냐?"

"못 먹을 감을 뭐 하러 찔러. 자고로 인생은 현명한 자가 이기는 거야. 이년들아."

"그래. 정신 승리도 승리는 승리지. 나가자. 꼰대 빼고 4차나 가자."

꺄하하, 웃음이 떠돌던 공간이 순식간에 고요해졌다. 한 박자 쉬고 나서야 혜동은 문을 열었다. 후우, 고된 한숨이 샜다. 명치에 걸려 있던 피로가 꽈악 뭉쳐 단단해지는 기분이었다.

피곤에 찌들어 허옇게 뜬 얼굴을 마주한 채 혜동은 부러 차가운 물로 세수를 했다. 얼굴 근육까지 가짜가 된 기분이어서인지 오늘따라 더 보기 싫었다.

잘도 웃으며 이리 뛰고 저리 뛰었다. 그러니까, 인기 높으신 그분께서 '그런 얼굴'을 트집 잡은 건 그럴 만해서였는지도 모른다. 꼴 보기 싫다든가 하는.

혜동은 푸스스 웃어 버리고 턱 끝에 매달린 물기를 쓸어 냈다. 꼴 보긴 싫었어도 이름을 알고는 있었던 걸까. 묘한 기분이었다. 뭐가 묘한지 명확하지 않은데 하여간 묘한 기분.

그런 어조로 '혜동아'라니…….

혜동은 탁, 뺨을 두드려 정신을 깨웠다. 무슨 쓸데없는 생각일까. 에너지 낭비는 여기까지. 살아가는 데 도움 안 되는 생각도 여기까지.

자조하며 밖으로 나서려던 찰나 시끄러웠던 정신을 날려 줄 존재에게서 전화가 걸려 왔다.

"응. 지우야."

— 늦어?

"좀. 왜?"

— 그냥. 너 언제 오나 해서.

"끝나는 대로 갈게."

— 예보 보니까 눈 올지도 모른다길래. 조심해서 올라오라고.

"너무 늦는다 싶음 먼저 자."

— 말로야.

"어."

— 주말에 집에 가는 거지?

"응."

― ……그래. 알았어.

화장실 문을 밀고 나선 혜동은 다가오는 호리호리한 남자를 바라보느라 이어진 지우의 말을 제대로 듣지 못했다. 용건이 있다는 얼굴로 지척까지 다가온 사람 덕에 혜동은 곧 들어갈게, 하는 말로 통화를 마무리했다.

"여기 있었네?"

"안녕하세요. 선배님."

석사 1년 차 누구였더라. 머리를 굴리며 혜동은 의례적으로 웃는 낯을 했다. 미소로 받는 얼굴은 자연스러웠으나 딱히 좋은 인상은 아닌 사람이었다.

"파장하는 분위기던데. 너 뭐 좀 먹었어?"

"네. 선배님."

"뭘 먹어? 술도 안 마시고 이리저리 바쁘던데."

뭔지 모를 비싼 브랜드로 휘감은 깔끔한 차림과 과하지 않은 윤광이 도는 금속 시계를 살핀 후 혜동은 그제야 떠올렸다.

학내 연구동을 건립해 준 잘나가는 바이오 회사의 외손자다. 입학 당시 학부를 떠들썩하게 했다던.

"너 나 알아?"

"네, 알고 있습니다. 효상 선배님."

"아, 재미없다."

효상은 쿡 웃으며 들고 있던 이온 음료를 건넸다.

"마셔."

"감사합니다."

"나한텐 다나까 안 해도 돼. 너 너무 깍듯해서 재미없어."

혜동은 역시나 의례적 미소로 어물쩍 넘겼다. 비릿한 냄새가 날 것 같은 남자의 눈빛이 영 마음에 들지 않았다. 덕분에 수직 낙하 시킨 시선으로 그녀는 손에 들린 작은 사이즈의 이온 음료 병을 살폈다.

왜 이런 친절을 베푸는 걸까? 마치 밥알에 섞인 모래 알갱이처럼 눈앞에 있는 남자의 이미지와는 어울리지 않았다.

어색한 분위기가 불편해졌을 즈음 벌컥 룸이 열리고 와자한 소음이 터졌다. 익숙한 실루엣이 비척비척 걸어 나가자 우르르 사람들이 뒤를 따랐다. 대리 기사가 온 모양이다. 즐기자고 마시는 건지 죽자고 마시는 건지. 술을 마시는 이유를 도통 모르겠는 혜동은, 비칠대는 지도 교수를 눈으로 좇았다.

아, 교수님이 차를 타러 나갔으니 드디어 파장이다. 그렇다는 건 마무리할 일이 대기하고 있다는 뜻. 혜동은 퍼뜩 정신을 차렸다.

"저 정리할 게 있어서요. 이만 가 보겠습니다. 선배님."

"응. 그래. 이따 봐."

이 사람과 이따 볼 일이 뭐가 있나 생각하던 걸 그만두고 혜동은 카운터를 향해 내려갔다. 석 달 치 생활비가 훌쩍 넘는 액수를 휘갈겨 쓴 계산서를 카운터에 올리며 혜동은 쯧, 혀를 찼다.

흥청망청 술을 마셔 돈을 없애는 것도 별로고. 뭐에 쓰던 제 돈도 아닌 그 돈이 아깝다고 생각하는 스스로도 참, 별로였다.

교수님 지인 아들이 열었다는 을지로 인쇄골목의 낡은 건물

2층의 와인 바였다. 청년 여럿이 공동 창업 하여 운영하는 방식으로 한창 뜨고 있는 곳이라고. 간판도 없는 데다, 소주는 없다고 이젤 메뉴판에 휘갈겨 써 두었던데 특별히 교수님을 위해 오늘은 소주를 공수했다고 했다. 덕분에 3차는 평상시보다 이른 파장이었다.

빨리 취하고 빨리 파장하고. 효율로 따지면 역시 주류계의 총아는 소주다. 오늘은 특별히 더 소주를 칭찬하고 싶었다.

"와인값만 이 카드로, 나머지 금액은 이쪽으로 부탁드립니다."

"네. 잠시만요."

법인 카드로 사용할 수 있는 금액만큼 긁고 차액은 형중의 개인 카드로 긁었다. 형중은 대접받길 원하는 면이 있어 곤란했지만, 쏘는 건 또 확실한 타입이었다. 교수 사회에서 그건 꽤 드문 케이스였다. 덕분에 '교수님을 사랑한다'는 웃지 못할 건배사가 나오기도 하는 것.

"잘 드셨나요?"

"아. 네."

"그쪽은 하나도 안 취하셨네요?"

"그러게요."

"하긴 맨 정신인 사람이 있어야 계산도 하고 대리도 부르죠."

젊은 사장이 웃으며 카드와 영수증을 내밀었다. 제대로 계산이 됐는지 살피려 혜동은 따뜻한 조명 아래 놓인 높은 의자에 앉았다.

"사장님. 안주로 올라온 치즈 값이 없어요. 누락하셨나 봐요."

무심코 테이블에 위에 올려 둔 이온 음료의 뚜껑을 돌린 그
녀는 차가운 음료를 꿀꺽 넘겼다.

"아. 그건 서비스로 드렸어요."

"안 그러셔도 되는데."

"그래도 남아요."

젊은 사장의 웃는 얼굴이 여유로웠다. 마주 웃으며 혜동은 영
수증으로 시선을 내렸다. 더 살필 것도 없겠다 싶어 고개를 든
그녀는 자리에서 일어나려다 꾸욱, 눈을 감았다. 순식간에 초점
이 흐트러졌다. 카드와 영수증을 내려놓고 얼굴을 쓸어 보았다.
손바닥 아래 드러나는 시야에 뿌연 안개가 밀려들어 왔다.

며칠 잠을 못 자 그런 걸까. 혜동은 두 손으로 테이블을 짚은
채 의자 아래로 발을 내렸다. 꿀렁, 바닥이 젤리가 됐다. 혜동
은 휘청하는 몸을 지탱하며 테이블 위로 손을 뻗었다.

"어? 괜찮으세요?"

"잠깐 어지러워서⋯⋯."

"안색이 나빠요. 좀 더 앉아 계셔야겠어요."

울렁울렁 어지럽고 토기가 올라와 혜동은 주인이 권하는 대
로 다시 의자에 주저앉았다. 테이블 위로 팔꿈치를 올리자마자
멀리서 쿠당탕, 우레 같은 소리가 쏟아졌다. 이어지는 소음이
귓속을 물고 늘어졌다. 지독하게 큰 소리였다.

우르르 주인과 직원들이 달려가는 모습을 보며 혜동은 흔들
거리는 몸을 가누기 위해 안간힘을 썼다. 불가항력이었다.

쿵 소리를 내며 긴 테이블 위로 상체가 떨어졌다. 차가운 액

체가 뺨 아래로 흘렀다.

뿌옇게 번진 시야가 암흑으로 물들기 시작했다. 요란한 소리
가 길게 늘어져 여전히 귓속을 괴롭혔다.

잃고 얻은 인과 연

"혜동아! 정혜동! 정신 차려 봐."

혜동은 늘어지는 사이렌 소리에 섞인 상현의 목소리를 겨우 구분해 냈다. 한 손으로 흔들리는 팔을 부여잡으며 테이블을 짚고 일어나려니, 몸이 뜻대로 따라 주질 않았다.

"정신 들어?"

"선배님. 제가…… 몸이…… 이상해요."

"여기요. 여기 물 좀 주시겠어요."

혜동은 탁자 위로 내려진 얼음물을 꿀꺽 한 모금 넘겼다. 걱정스레 응시하는 눈이 한둘이 아니다. 몽롱한 의식과 시야 모두 말끔하게 돌아오질 않았다. 전화기를 꺼내는 상현을 바라보던 혜동은 다시 비그르르 테이블 위로 엎어졌다.

"주영아. 너 어디야. 오늘 비번이랬지? 좀 와 줄 수 있어? 을

지로. 어. 응. 알았어. 주소 찍어 보낼게.”

실내엔 차분한 음악이 흘렀고 공기는 따듯했다. 얼마 만에 아무 생각 없이 있어 보는 걸까. 혜동은 무슨 일을 해야 한다는 강박에서 해방된 것이 홀가분해 비죽 웃었다. 와중에 웃는 걸 봤는지 상현이 물어 왔다.

“웃어? 지금 웃음이 나와? 엉?”

혜동은 대답을 대신해 또 웃었다.

“그래. 웃어라. 우는 것보단 낫다.”

심란한 어조로 말하던 상현은 부르르, 전화가 진동하자마자 민첩하게 받았다.

“예. 아버님. 예. 종로서로 갔습니다. 그게 저…….”

상현이 힐긋 엎드린 혜동을 살핀 후 말을 이었다.

“후배 몇 놈이 GHB 쓰는 걸 보고 그런 모양이에요. 아뇨. 헌영이가 얘기한 건 아니고요. 얻어맞은 쪽에서 한 놈이 실토했답니다. 예, 예. 알겠습니다.”

후우, 상현의 한숨이 길었다.

종로서? GHB?

혜동은 생각을 돌려 보려 했으나 뇌에 남은 지구력 게이지가 제로에 수렴하는 통에 금세 그만두었다.

“정혜동. 정신 차려 봐. 너 집 어디야.”

“집……. 아, 집……. 우리 집…… 강릉이요.”

“아니. 혜동아. 서울 말이야, 서울 집.”

“아. 서울…… 거긴 우리 집 아닌데.”

혜동이 배시시 웃는 걸 지켜보던 상현에게서 난감한 한숨이 흘렀다.

"정혜동. 선배 놀리면 못 써."

"네. 네. 선배님 놀리면 못 쓰죠."

"어디야?"

"맞춰 보세요."

"선배 놀리면 못 쓴다니까."

"퀴즈예요, 퀴즈. 하늘에서 제법 가깝고. 그 돈으로 구하기도 힘든 집이죠."

횡설수설 술주정 같은 혜동의 넋두리가 이어졌다. 집의 소재를 두고 실랑이를 벌인 지 한참 만에 테이블 위 전화가 다시 울었다.

"저, 얘 좀 업게 도와주실래요."

"네. 네."

"선배님. 제가 카드랑…… 영수증을…… 떨어뜨린 것 같아요."

"하이고, 참. 이 상황에 그거 챙길 정신이 남았어?"

혜동을 업고 몸을 일으킨 상현은 젊은 사장과 직원 하나의 도움을 받아 가며 좁디좁은 계단을 내려갔다. 짧지 않은 거리를 이동하는 동안 혜동은 다시 늘어졌다.

멀리 옥외 주차장에서 하얀 SUV 차량이 비상등을 켠 채 그들을 맞았다.

심란한 얼굴로 지켜보는 사람들에 둘러싸인 채 상현은 뒷좌석에 혜동을 밀어 넣었다.

운전석에 앉아 있던 여자가 가만히 뒷좌석을 지켜보다가 상현에게 물었다.

"뭔데요, 지금? 딴 여자 업고 나오는 거 보여 주려고 불렀어요?"

"잠깐만."

여자에게 양해를 구한 상현은 기다리는 와인 바 사람들을 향해 돌아섰다.

"감사해요. 기물 파손한 건 청구하시면 배상할 겁니다. 드린 연락처로 전화 주십시오."

"아, 예. 그럼 안녕히 가세요."

배웅을 받은 상현이 차에 오르자마자, 여자가 웃음을 머금은 채 물었다.

"막 아무나 업고 그러죠?"

후우, 한숨을 내쉰 상현은 헤드 레스트에 한껏 머리를 기댔다.

"쉬운 남자 같으니라고."

상현은 살짝 고개를 틀어 차를 출발시키는 여자를 응시했다.

"이래저래 내가 전생에 지은 죄가 많은 거지."

"웬 전생 타령? 쉬운 남자 취소하고 노친네로 정정할까 봐요."

"장씨 남매한테 당하는 거 계산하자면 말이야."

건물로 빼곡한 좁은 길을 벗어난 차는 얼마 지나지 않아 수표로에 진입했다.

능숙하게 차선을 넘나들던 여자의 얼굴엔 차분한 웃음의 여운이 진했다.

"무슨 일인데요. 오빠, 무슨 일 있어요?"

일사불란하게 신호를 받아 멈추어 선 차 뒤꽁무니의 붉은빛을 바라보던 상현에게서 한숨이 흘렀다. 상현의 한숨을 고스란히 넘겨받은 여자가 다시 물었다.

"절로 한숨이 날 만큼 큰일인가?"

"후배 몇 놈이 쟤한테 몹쓸 짓을 하려고 했던 모양이야."

"빙 돌리지 말고 한 번에 합시다. 두 번 묻기 귀찮으니까."

힐끗 뒷좌석을 살핀 상현이 나직이 이었다.

"GHB 먹인 것 같아."

"GHB? 내가 아는 그 GHB?"

긍정의 눈빛을 확인한 여자에게서 욕설이 튀었다. 미친, 개새끼들. 상현의 시선에 아랑곳하지 않던 여자가 신경질적으로 물었다.

"그래서 어쨌는데요."

"본 건지 들은 건지, 하여간 그놈들 작당하는 걸 헌영이가 미리 알았나 봐."

한숨으로 쉼표를 찍은 상현이 말을 이었다.

"아주 곤죽으로 만들어 놨더라. 며칠이나 밤샘하고 정상도 아닌 놈이 도대체 뭔 정신이었는지."

바뀐 신호를 받아 거칠게 출발했다.

열린 차창 틈새로 찬 공기가 들이쳤다. 깊이 찬 기운을 머금은 여자가 길어지던 침묵을 깼다.

"오빠 지금 어디 있어요."

"종로서."

"아버지 알아요?"

"응."

"그 쓰레기들은?"

"병원 실려 갔어."

"심해요?"

"곤죽이라니까. 그때만큼인지, 더 심했는지. 모르겠다, 나도."

흘깃 여자가 눈짓으로 뒷좌석을 가리켰다.

"오빠랑 무슨 사이?"

"그냥 까마득한 후배."

"뭐야 그게. 그냥 까마득한 후배 때문에 폭력 전과 달지도 모를 일을 불사하신 거라고요?"

"왜? 질투 나냐?"

"당연히요."

창밖을 바라보던 상현이 웃었다. 그 역시 납득하기는 어렵다는 의미를 담아.

"그놈 속은 어떤지 모르겠지만 어찌 됐든 까마득한 후배인 건 맞네."

여자의 시선이 다시 룸 미러 안으로 들어갔다. 잠든 혜동이 고스란히 담긴 곳이었다.

"애기네."

"똑 부러지는 녀석이야."

"오빠 타입은 아닌 것 같고."

"쟤한테도 네 오빠는 타입 아닐걸?"

"흥."

"무슨 의미의 '흥'인데."

"그 인간 페로몬이 어디 그래요?"

"글쎄. 그럴까? 쟤한테는 예외일 것 같기도 하단 말이지."

"뭐 때문에?"

"장헌영이가 고생깨나 시켰거든. 한 학기 동안."

"오빠가? 무슨 고생? 아니, 오빠 얘기 중인 거 맞아요. 지금?"

"그러게나 말이야. 미스터리다, 나도."

"장헌영 씨가 누굴 고생시키고 말고 할 인물인가?"

여자의 눈이 다시 룸 미러를 파고들었다. 빵빵, 뒤에서 경적을 울려 댈 때까지 여자는 아직 애티를 벗지 못한 작은 얼굴을 뜯어보았다.

"페로몬의 주체를 오해한 건가. 저 아이 페로몬에 장헌영 씨가 정신 못 차리는 걸까요?"

"무슨. 혜동이 그런 아이 아니야."

"남녀 사인데 당사자 아닌 다음에야 알 게 뭐예요."

여자는 웃음을 지우고 회전 교차로 턱을 부드럽게 넘으며 조용히 말했다.

"혈액 검사 하러 가요."

"아무래도 조용히 덮일 일이지 싶다만."

힐긋 쳐다보는 눈길에 든 의문을 받은 상현이 담배를 만지작거렸다.

"약 먹인 놈. 애비가 3선 의원이야. 외가는 학교 연구동 지어 준 바이오 회사고."

"상투적이네, 정말. 짜증 나게스리."

붕, 하얀 힐 아래 페달이 세게 밟히는 통에 RPM 계기판의 바늘이 주욱 미끄러져 올라갔다.

"이게 무슨 상황인지 모르겠다, 정말."

"무슨 상황이긴요. 흔해 빠진 치외 법 상황이지."

상현이 다시 담뱃갑을 쥐었다.

"피지 말아요. 머리 아파."

상현은 착한 아이처럼 담뱃갑을 내렸다.

"그때만큼 팼다고 했죠."

"어."

"현행범으로 잡았으면 곤죽에서 그치지 말고 개병신으로 만들어 놨어야지."

"장주영."

"그쪽이라고 고소할 수 있겠어요? 족보 있는 쓰레기인 모양인데 체면 챙기시느라 입도 뻥긋 못 하겠지."

"너 지금 생각은 하고 말하는 거냐?"

"오빠. 오빠는 참, 매력은 있는데 재미가 없어요. 너무 FM이야."

"너 그랬어? 헌영이놈 전에 사고 쳤을 때도 그런 생각하고 있었어?"

"그럼, 내가 무슨 생각 했을 것 같은데요? 아버지, 내게 묻지도 않고 그 일 묻어 버렸어요. 아버지란 양반이 딸내미가 데이트 강간 약 먹고 개 같은 일 당했는데도 아무 일도 하지 않고 묻었다고요."

"주영아."

"오빠가 괜히 그런 짓 했을 것 같아요? 오빠가 안 그랬으면 내가 가만두지 않았을 거예요."

"무슨 말이야, 그게."

"그 새끼들 독살이라도 해 버릴까 하던 참에 선수 쳤다고요. 장헌영 씨가."

상현의 시선이 오래도록 주영에게 고정된 채 움직이지 않았다. 좁은 틈새로 여전히 찬 바람이 불어 들어왔다.

상현은 여러 번 담뱃갑을 쥐었다, 내렸다 하다가 결국 마른 세수를 했다.

"니들 남매 정말. 그래, 잘났다, 잘났어."

"뭘요. 새삼스럽게."

상현에게서 어쩌지 못하는 헛웃음이 흘렀다.

"그렇다 해. 그땐 네 일이었으니까. 오늘은 왜 그런 거야, 대체. 미친놈처럼."

주영의 시선이 수순처럼 룸 미러를 훑었다. 혜동은 여전히 눈을 감은 채 곤히 잠들어 있었다.

"정신 의학에선 이런 케이스를 보통 PTSD라고 하죠."

가볍게 핸들이 꺾였다. 병원 진입로에 들어서자마자 높이 솟아 있는 병원의 사인 등이 환히 보였다.

"트라우마요."

"그래도 그렇지. 과했어."

"다른 이유가 더 있었는지도 모르죠. 그랬다면 더 시너지를 냈을 거고."

"무슨. 그런 사이 아니라니까."

"그건 본인만 알겠죠, 뭐. 어쨌든 혈액 검사는 해 두는 게 좋아요. 저 아이도 무슨 일이 있었는지는 알아야 하잖아요."

주차장으로 진입하는 차가 과속방지턱에 걸려 덜컹 튀었다.

"저 아이 쪽에서 고소할 수도 있는 거고. 그 자식 박살 내 버렸으면 좋겠다는 생각도 들고."

"어려운 아이야. 그런 인간들하고 싸울 형편도 아니고."

"그럼 합의금이라도 왕창 받아 내야죠."

상현의 한숨이 흘렀다.

"그러게, 그렇게라도 하면 좋겠지만."

"좋겠지만?"

"난해한 놈이야, 너만큼이나……."

"무슨."

"신입생일 때부터 눈여겨봤어. 하는 짓이 하도 예뻐서."

"질투해야 되는 타이밍이죠?"

반사적으로 상현의 시선이 뒷좌석으로 넘어갔다. 창 옆에 기댄 채 여전히 눈을 감고 있는 혜동을 확인하고야 그는 다시 입을 열었다.

"질투해 주신다면 영광이지. 그런데 그건 핀트가 아니고…….

합의금 받아 내려 할까 싶어서."

"어렵다면서요."

"글쎄, 어려운데. 그럴 것 같진 않거든."

"흠."

"모르겠다. 내가 제대로 본 건지."

"무슨 이유로 그렇게 판단했는데요?"

"아르바이트를 과하게 많이 하는 모양이야. 과에서 유명할 정도니까. 볼 때마다 뭘 좀 챙겨 줄까 싶어서 늘 권하는데 한 번도 받지를 않더라고. 웃는 낯으로 늘 거절이야. 더 그럴 수 없을 만큼 자존심 강한 놈."

흠, 하는 주영의 눈빛이 다시 혜동을 살피고 상현에게 돌아왔다.

"합의금 그거 받아 내려 할까 싶네."

"그건 다른 문제지."

"그래. 다른 문제지. 그런데 장주영 너, 그놈들이 준다는 합의금 받았어? 받을 생각이나 해 봤어?"

사이드브레이크가 요란한 소리를 내며 올라갔다. 세련된 웨이브가 들어간 머리카락을 어깨 뒤로 넘긴 주영이 웃었다. 씁쓰레한 웃음이었다.

"그러게. 말 쉽게 해 버렸네."

상현의 손이 주영의 뺨 위로 올라갔다. 두어 번 상처를 어루만지듯 움직이던 손은 제대로 된 미소를 보고서야 손잡이로 이동했다.

딸칵, 열린 차 문 틈으로 특유의 병원 냄새가 밀려들어 왔다.

🌿

"정신 좀 들어요?"

비몽사몽간에 피를 뽑고 혜동 일행은 다시 차에 올랐다. 룸 미러에서 눈이 마주치자마자 병원에서 이것저것 챙기던 낯선 사람이 물어 왔다. 누굴까 하는 의문을 품은 채 혜동은 솔직하게 답했다.

"머리가 좀 아파요."

왜 혈액 검사를 해야 하는지 상현의 차분한 설명을 들으며 혜동은 띄엄띄엄 입력되어 있던 사실들을 종합해 보았다. 도무지 납득이 가지 않았다.

교수님이니 동문이니 하는 사람들이 모인 모임에서 그런 짓을 하는 정신세계를 이해할 수가 없었던 데다, 그 약물을 먹이고 싶은 상대가 자신이었다는 것이 무엇보다 이해 가지 않았다.

"혜동아."

"네."

"너 많이 쇠약하다는데 제대로 먹고 다니는 거야? 설마 다이어트 하는 건 아닐 테고."

혜동은 답을 하지 못했다. 간단히 설명하기도 어려운 데다 다이어트였다 둘러대고 넘어가기도 어색했기 때문이다.

"다이어트일 리가."

차가 주차 라인을 벗어날 때까지 답을 찾지 못하는 동안, 여자가 끼어들어 왔다. 룸 미러에서 다시 한 번 낯선 여인과 시선이 부딪쳤다.

"인턴 1년 차 때 딱 내가 저랬거든. 잠을 못 자 그런 거지. 과로."

맞지 않느냐 확인하는 룸 미러 안의 눈빛을 마주한 혜동은 어색하게 웃었다.

"맞아?"

딸깍, 벨트 버클을 채운 상현이 뒤돌아 재차 확인했다.

"그냥 이것저것 할 일이 좀 많아서 며칠 잠을 못 잤어요."

"며칠? 며칠 가지고 몸이 그래?"

상현이 반문하자 핸들을 돌리던 여자가 담담한 어조로 처방 아닌 처방을 내렸다.

"잘 챙겨 먹고 여건 되는 대로 눈을 붙여요. 그럼 좀 나으니까. 아. 비타민도 잊지 말고요."

"네. 감사합니다."

의례적 인사말로 답한 혜동은 차창 밖으로 시선을 돌렸다. 상대가 누구든, 타인에게 배려를 받는 건 불편했다. 대가를 바라지 않는 순수한 배려 따위 없다는 걸 배운 건 서울에 오고부터였다. 매사 기브 앤 테이크. 애초에 줄 여력이 없으니 받는 것에 신중해질 수밖에 없었다.

"정혜동."

"네."

"얘 누군지 안 물어?"

살짝 가라앉은 분위기를 감지한 상현이 분위기를 전환시켰다.

"장주영이에요. 반가워요."

"헌영이 동생."

"아. 안녕하세요."

한참이나 늦은 인사가 그제야 오갔다.

"집 어디예요?"

당연하다는 듯 배려가 이어졌고 혜동은 조금 더 불편해졌다.

"가까운 버스 정류장이나 전철역 앞에 내려 주세요."

"정혜동. 어려울 땐 도움도 받고 먼저 청하기도 하고 그러는 거야."

상현의 말을 어떻게 받아야 하나 싶어 고민하는 찰나, 고맙게도 주영이 나섰다.

"송상현 씨. 오래 참으셨어요."

"뭔 소리야."

"꼰대질 언제 나오나 했거든요."

"뭐? 뭐어? 꼰대질?"

"지금 하는 거, 그거. 혜동 씨, 맞죠?"

웃느라 혜동이 대답을 못 하니 상현이 고개를 돌렸다.

"야, 혜동이 너. 똑바로 말해 봐. 내가 그래?"

"저런다, 또."

"하여간 장씨 남매. 애먼 사람 잡는 건 기가 막히지."

상현의 말에 주영이 웃었다. 유쾌한 웃음소리가 퍽 듣기 좋았다. 다정하고 활달해 보이는 사람이었다. 남매인데 참으로 다르구나 싶은.

"데려다줄게요. 담에 밥 사요. 비싼 걸로."

"나도 먹을래. 그 밥."

상현이 끼어들었다. 덕분에 웃음도 같이 끼어들어 왔다.

뭐 어떨까. 비싼 밥 한 끼 살 여력 정도는 있지 않겠나. 혜동은 결국 어려울 땐 도움을 받는 걸로 했다.

생각했던 것만큼 마냥 불편하지는 않았다. 어쩌면 그것 역시 앞에 앉은 이들이 배려하는 건 아닐까 하는 생각을 하며 혜동은 무거운 머리를 차창에 기댔다.

단독 주택이 빽빽하게 들어선 언덕배기 주택가. 고시원으로 밀집된 공간을 벗어나고도 한참을 위로 올라가야 했다. 1시가 좀 넘었건만 골목엔 곳곳에서 불빛이 새어 나와 긴 그림자가 졌고, 간간이 지나다니는 사람들도 보였다.

집 앞에 이르렀을 때 옥탑은 어둠에 잠겨 있었다. 어둠에 잠긴 공간을 바라보던 혜동은 잊은 것이 떠올라 탄식 같은 한숨을 흘렸다.

12시가 지났으니 지우 생일이다. 케이크를 샀어야 했다.

옥상에 두었던 시선을 내린 혜동은 어지럼증이 일어 휘청했다. 망할 놈의 인간 때문에 이게 뭔가 싶었다.

"오빠. 같이 올라갔다가 가요. 계단 경사각이 높아서 안심이 안 되네."

"그래, 앞장서. 혜동."

안 그래도 된다는 말을 할 겨를도 없이 손에 든 열쇠가 넘어갔다. 대문을 열고 기다리는 대선배를 바라보다가 혜동은 어쩔수 없이 걸음을 옮겼다.

차분히 뒤따르는 두 사람의 발자국 소리가 무척이나 낯설었다. 여기도 사람이 사는 곳이구나, 새침하고 어려운 깍쟁이들만 사는 곳은 아니구나 하는 깨달음 때문이었다.

"초점 아직 엉켜요?"

"조금요."

"오래가네……."

주영이 중얼거리는 소리를 밟으며 세 사람은 옥상으로 올라왔다. 삭막하다며 지우가 심어 둔 피라칸사스의 주황 열매가 주렁주렁한 화분이 그들을 맞았다.

"키 다시 줘 봐."

두꺼운 불투명 유리문 앞에선 상현이 손을 내밀었다.

"초점 엉킨다며. 열어 줄게."

혜동은 순순히 열쇠를 내밀었다. 낮은 처마 밑에 선 상현이 한껏 상체를 숙였다. 찰칵, 잠금장치가 풀리는 소리와 함께 문이 열렸다. 미지근한 공기가 차디찬 바깥 공기 속으로 급격하게 밀려 나왔다. 벼락처럼 관통하는 감각 탓에 혜동은 그 자리에 얼어붙었다.

냄새가 났다. 딱 한 번 겪어 봤을 뿐이지만 그건 절대 잊을수 없는 냄새였다. 조부의 죽음을 겪는 동안, 혜동은 자신이 죽음을 대하는 것에 특별히 더 취약하다고 생각했었다. 죽음의 모든 요소가 지나칠 정도로 예민하게 와 닿았기 때문이다.

흐린 시야 안으로 시커먼 실루엣이 보였다. 저 위치에 실루엣이 있을 이유가 없다. 혜동은 멍하니 서서 뚫어질 듯 검은 그림자를 응시했다. 휘이익 바람이 불어 들어와 미동 없는 몸통을 흔들었다.

"오빠, 빨리요! 빨리 내려 줘요!"

우당탕탕 신발도 벗지 않고 주영이 방 안으로 뛰어 들어갔다. 119! 119 불러요! 주영의 단호한 목소리가 길게 늘어지기 시작했다. 느리게, 또 빠르게 눈앞에 있는 이들이 움직였지만 혜동은 아무것도 따라잡을 수가 없었다.

심폐 소생술을 하는 주영의 모습이 뿌옇게 흐려졌다. 흐린 시야 사이로 눈송이가 날기 시작했다. 집 주소를 알려 달라는 상현의 외침을 들으며 혜동은 중얼거렸다.

"서울특별시 관악구 신림동 산 89—7 4층. 4층……."

울음을 삼키는 목소리 위로 굵은 눈송이가 떨어지고, 떨어지고 또 떨어져 내렸다.

A.S(1)

"쌰."

— 뭐?

"너 말고."

— 뭐 하는데?

"날개 잡아먹혔어. 얘는 양심도 없지 않냐. 어떻게 맨날 뜯어 가기만 하냐."

혜동은 참치마요 삼각 김밥 포장지를 갈무리하며 사채업자 같은 놈이라고 중얼거렸다.

— 또 삼각 김밥 먹냐? 청승 좀 어지간히, 응? 학식을 처먹던가. 왜 그 지랄이야.

"내게 시간은 뭐다?"

— 요즘 금 시세 바닥 치다 못해 맨틀 뚫을 기세더라. 아주

똥값이야. 똥값.

"선우야. 나 밥 먹어."

— 그러니까 밥 같은 밥을 처먹으라고.

"너 생명공학 쪽 인맥도 넓다며. 나 같은 애 열 마리만 복제해 주든가."

— 말로야, 정말로. 그냥 하는 소리 아니고. 응?

후우, 솟는 입김은 한참 식은 데다 벌써 손이 얼어 간다. 종일 과 사무실에 처박혀 있자니 눈알도 뻑뻑하고 답답했다. 로비 편의점에서 점심이라고 사 들고 나온 것이 초라하기 짝이 없긴 했지만, 잔소리를 들으려니 그건 또 마뜩잖았다.

"다정한 잔소리는 언제나 좋은 반찬이지."

혜동은 혀를 차 대며 늘어지는 선우의 잔소리를 귓등으로 흘려보냈다. 한바탕 눈이 쏟아지려는지 무거운 구름이 스산하게 머리 위를 맴돌았다.

"주말에 갈게."

— ……

"잔소리하던 분 어디 가셨어요?"

딸깍, 미지근하게 식은 밀크티 캔을 따느라 꽁꽁 언 손이 아렸다. 캔 뚜껑 고리 주제에, 세다.

— 그럴 거 없어.

어째 만만한 것이 없냐. 하긴 어느 시인이 그랬다더라. 빤하지만 인생은 그런 거라고.

— 혜동아.

"……."

고리를 쥐고 있던 손을 떼지 못하고 혜동은 잔뜩 숨을 모았다. 분명 들숨인데 허연 입김들이 흩어졌다.

— 정혜동.

"알아들었어."

— 미안해.

"미안하면 복제 인간이나 만들어 달라니까."

— 니 체세포 추출해서 홍차에 담가 놓든지.

어이없는 웃음이 샜다. 약산성 액체에 담가 놓는 것으로 만능 세포를 만들 수 있다고 논문을 조작한 과학자 오보카타 하루코는 이 분야에서 영원히 소환될 운명이다. 이런 식으로.

"밀크티는 안 되냐?"

— 안 돼. 온리 홍차.

선우의 낮은 웃음소리가 전화기를 타고 넘어왔다. 혜동은 웃음기를 지우고 양껏 숨을 들이마셨다.

"선우야."

— 어.

"그래도 갈 거야."

— 엄마. 너 보면 오래가시니까.

"어차피 할머니 보러 갈 참이었어. 아줌마 안 보면 되지. 지우한테만 갈게."

— 몸이 열 개라도 모자라다더니.

"몸이 몇 개든."

봐야지, 보고 싶은데. 분명 뱉지 않았는데 읽은 걸까 들은 걸까. 선우에게서 무겁고 깊은 한숨이 넘어왔다.

— 알았어. 그럼 연락하고 출발해.

"10시쯤 출발할 거야."

— 알겠어. 그리고 좀, 너. 제발 끼니 좀 챙겨. 이 오빠가 걱정이 돼서 밥이 안 넘어가니까.

"그 오빠 걱정 2절, 3절 다 입력할 테니 잔소리 좀 그만하시래요."

나직한 웃음과 함께 전화기를 내리니, 까매지는 액정 위로 커다란 눈송이가 철퍽 퉁명스럽게도 내려앉았다.

눈? 눈? 눈!

멀리 지나다니는 사람들이 소리를 질렀다. 들뜬 웃음소리가 여기서도, 저기서도 또 어딘가에서도 들려왔다.

혜동은 김밥을 한입 물었다. 우물우물 밥알을 씹던 입으로 여전히 씹듯이 뱉었다.

"눈 온다. 지우야."

입 안에서 모래알 같은 밥알이 따로 놀았다. 혜동은 포장지에 김 날개를 빼앗겨 허연 김밥을 마저 밀어 넣었다.

"언제 먹어도 맛있네."

콱 목이 막혔다. 혜동은 차게 식어 버린 밀크티를 벌컥벌컥 마셨다.

"나쁜 놈."

흐어억, 울음이 터진 혜동은 하늘을 향해 얼굴을 바짝 치켜

들었다. 사르르, 사르르. 눈송이가 물이 되어 **뺨** 위를, 눈꺼풀 위를 굴렀다. 허옇게 야윈 손가락이 신경질적으로 얼굴을 두어 번 훑어 내렸다. 눈송이는 인정사정 봐주지 않고 물방울을 만들어 굴려 댔다.

✿

헌영은 담배를 물고 연구실 발코니로 나와 라이터를 꺼냈다. 층층이 연구실마다 **빼** 둔 발코니는 좁지도 넓지도 않은 딱 좋은 사이즈였다. 이 건물은 흡연자가 설계했을까, 흡연자를 혐오하는 비흡연자가 설계했을까. 누가 했든 잘한 건 확실했다.

웃음이 물리는 입술을 비집고 투명한 연기가 직선을 그었다. 날씨 탓인지 다른 때보다 담배가 달았다. 시커먼 구름 때문에 정오가 좀 지났을 뿐인데 사위는 저녁녘처럼 어두웠다.

"쌍."

다짜고짜 발코니를 타고 외마디가 올라왔다. 헌영은 더없이 진정성 넘치는 소리의 진원지를 찾아 느른하게 시선을 내렸다. 익숙한 실루엣을 발견한 그는 두런두런 이어지는 대화를 들으며 다디단 담배를 한 모금 더 빨았다. 길게 뻗는 연기 끝에 웃음이 매달렸다.

그러니까 저게, 원래 저런 놈이었던 거다.

'예의 바르고, 명민한 데다 빠릿해.'

상현이 객원 교수 간담회 자리에서 조교 정혜동에 대해 입술이 마르도록 칭찬을 했더랬다. 그러니까 저놈은 대외적인 이미지로 놓고 보자면 캠퍼스에서 '쌍'을 외칠 만한 캐릭터는 아닌 것이다.

잘도 속이고 있잖은가. 용의주도한 놈이.

담배 연기에 다시 웃음이 실렸다. 헌영은 간간이 흘러나오는 혜동의 목소리를 들으며 돌아섰다. 치솟는 연기가 무거웠다. 쨍하니 추운데 맵고도 습한 걸로 보아 딱, 눈을 쏟을 기세였다.

통유리 안으로 연구실 문이 열렸다. 얼굴과 어깨 사이에 전화기를 밀어 넣은 상현이 오른손을 들어 올렸다. 헌영은 필터 직전까지 타들어 간 담배를 비벼 껐다.

그대로 화강암 난간 턱에 팔꿈치를 올린 헌영은 힐긋 영산홍 조림지에 둘러싸인 혜동을 내려다보았다.

굵직한 눈송이가 잔뜩 무게를 실은 채 떨어져 내리기 시작했다. 어디선가 들려오는 들뜬 고함 소리와 함께 고개가 꺾이고 하얀 얼굴이 들렸다.

얼마 만이지? 5년 만인가? 얼마나 변했으려나. 애티는 좀 벗었으려나?

궁금해진 김에 그는 완전히 몸을 틀었다. 물끄러미 혜동을 내려다보던 모양 좋은 눈썹이 살짝 솟아올라 비대칭이 되었다.

"혜동이?"

상현이 걸어 나와 시선을 보탠 후 중얼거렸다.

"저놈 또 저러네. 저거 하여간 성격 지랄 맞지."

후우, 연기를 뱉은 상현이 깊이 숨을 모아 고함을 질렀다.

"혜동아."

벌떡, 벤치에 앉아 있던 몸이 민첩하게 일어섰다. 잠시 길을 잃었던 시선이 2층 발코니로 올라온다. 잘못 봤던 게 아닌가 싶을 만큼 정돈된 얼굴이었다.

쯧, 혀를 찬 헌영은 돌아서 버렸다. 혀 차는 소리를 들었는지 상현이 힐긋 쳐다보고 다시 소리를 질렀다.

"학관 가. 오티, 서영이한테 잠깐 부탁해 둘 테니까 점심 먹고 와."

"괜찮습니다. 교수님. 점심 먹었습니다."

"얼른. 지도 교수 직권으로 하는 지시야."

"……."

"정혜동. 두 번 말하기 싫다."

"네. 그럼, 다녀오겠습니다."

부스럭대는 비닐 소리며 경박한 알루미늄 캔 소리가 울려 퍼졌다. 헌영의 미간이 살짝 굳어졌다. 상현이 다짜고짜 달려들었다.

"왜?"

"뭐가 왜야."

"뭐가 맘에 안 들어서 이마가 그따위냐고."

"컨트롤은 조교 점심까지만 해. 내 이마는 두고."

"컨트롤은 무슨……."

쏟아지는 눈송이 사이를 비집고 하얀 연기가 바쁘게 솟아올랐다. 말없이 헌영을 응시하던 상현이 불쑥 물었다.

"올해 너희 연구원 증원 없냐?"

헌영은 담배 한 개비를 더 꺼냈다. 입술 끝에 아슬아슬하게 담배가 물리자마자 상현의 라이터가 올라왔다. 치이익, 끄트머리가 타들어 가는 것을 좇던 상현이 본론을 꺼냈다.

"시드볼트 증축했다며. 일손 더 필요할 거 아냐. 인턴 연구원 티오 하나 만들어 봐."

투명한 연기를 뿜으며 헌영은 대수롭지 않게 대꾸했다.

"국립대 교수가 하는 청탁은 어디다 신고하면 되나."

"끝까지 A.S 좀 하지? 빨간 줄 그일 뻔하면서까지 챙긴 놈인데."

"쟤가 갠가?"

시치미 떼고 질문을 되돌리니 기가 막힌다는 눈빛이 돌아왔다.

"딱해서 그래. 공부 계속할 재원인데 경제적으로 많이 어려워. 조교 1년 더 시키자고 교수들이 의견을 모았는데 교무처에서 제동 거는 통에 것도 어렵게 됐고."

"그래서?"

"그러니까 말이지."

"초우에서 좋은 일을 많이 하긴 하는데. 자선 단체는 또 아니라."

비스듬히 내려다보는 헌영의 시선에 여지라곤 없었다.

국내 최대 규모의 사립 수목원 초우 산하 연구원이 수년간 높은 명성을 유지하는 데엔 여러 이유가 있지만, 무엇보다 빛나는 건 투명한 인사와 임용 시스템이었다.

"원장 대리 파워 이럴 때 좀 써 보자고."

헌영은 피식 웃음과 함께 담배 연기를 날렸다. 초우 수목원의 원장을 맡고 있던 선배의 요청 덕에 한시적으로 '바지' 노릇을 하는 터라 실상 연구원 티오를 마음대로 주무르고 말고 할 주제도 아니었다. 마음대로 할 수 있다 해도 그럴 생각은 없었지만 말이다.

"바지 파워가 파워가. 번지수 틀리셨네요, 송 교수."

"휴학을 두 번이나 해 가면서 석사 졸업했어. 하려면 왜 못해? 후배들한테 누린 인기 백만분의 일만 좀 갚자. 내리사랑 좀. 어?"

가만히 상현의 말을 듣던 헌영은 후우, 길게 연기와 함께 뱉었다.

"원치도 않은 인기 받은 걸로 자선 강요받을 이유도 없고."

더군다나 그놈은 그 인기에 뭘 보탠 것도 없다. 장헌영이라면 진저리를 칠 테니. 입술 꼬리는 치솟는데 괜스레 입은 썼다.

"그래, 말 나왔으니 묻자. 그때 민효상은 왜 그렇게 곤죽으로 만들었는데? 왜 그런 거야. 너, 쟤랑 무슨 사이라고? 쟤가 물뽕에 취하든 말든 왜 미친놈 되어 가며 그런 건데."

"그러게. 왜 그랬을까."

하, 열 뻗친 상현의 일성을 들으며 헌영은 멀리 시선을 둘렀다.

"한 학기 동안 되지도 않는 시비 걸어 가며 혜동이 죽자고 고생시킨 거. 그거 미안해서 그런 건가?"

이파리가 다 날아간 벚나무 사이로 청승 떨던 놈 뒷모습이 보였다. 몇 년 만에 보는지 제대로 헤아려지지도 않는데, 뭘 먹고 다니기는 하는지 여전히 궁금했다.

"그래, 그것부터가 말이 안 되긴 했지. 혜동이한테 시비는 왜 건 거며, 애초에 네놈이 그런 짓을 할 캐릭터였냐고. 천하의 장헌영이 무슨 순정이 있어 그랬다는 건 말도 아니고 말이야. 그러고 보니 별짓을 다했네. 왜 그런 거야, 대체."

"뭘 물어. 준비한 답 많은데 아무거나 하나 고르지."

"말자, 말어. 네놈 성격이 엿 같아서 꼴리는 대로 했다 생각하면 그만인데. 왜 이러고 있냐. 내가."

푸후, 헌영에게서 웃음과 함께 또 연기가 튀었다.

"애틋해?"

"내 첫 제자야. 예의 바르고, 명민하고, 성실한 데다……."

"매제야, 귀에 딱지 앉겠다. 주영이 알면 질투할라."

"무조건 안 된다 하지 말고. 혹시라도 티오 낼 일 있으면 바로 연락 줘. 스펙으로도 안 밀릴 거니까. 장학금 놓친 적 없고, 근성도 남부럽지 않아."

"송상현이가 세상 애틋해도 없는 티오 부러 만들 일은 없으니까."

헌영은 깔끔하게 정리하고 반이나 남은 담배를 그대로 비벼 껐다.

"오늘 뭐 해야 돼. 할 거나 알려 줘. 눈 더 내리기 전에 가

런다.”

“진지하게 고려 좀 해 달라니까.”

“객원 교수도 연구실은 주지?”

“야!”

헌영은 실내로 통하는 문을 밀었다. 후욱, 바람이 들이쳐 퍽 퍽, 무겁고 큰 눈송이 몇 개가 안쪽 바닥까지 침투해 들어왔다.

“소시오패스 새끼.”

쾅, 소리를 내며 문이 닫히기 전에 상현이 낮게 중얼거리는 소리가 울려 퍼졌다.

A.S(2)

"안녕하세요. 선생님들. 뵙게 되어 반갑습니다. 저는 학부 조교 정혜동입니다. 눈 때문에 오시느라 고생하셨죠?"

반응이라곤 없이 응시하는 시선 속에서 혜동은 대수롭지 않게 말을 이었다.

"30분 후에 교수님들과 대면식 하실 텐데요. 그 전에 제출하실 서류랑 연구실 사용 관련하여 간략하게 안내해 드리겠습니다."

국공립 농산림 특성화 고교에서 파견을 나온 교사 출신 석사 과정 대학원생들과 교수들 간의 대면식 겸 오리엔테이션 자리였다. 거창하게 준비할 건 없지만, 늘 그렇듯이 갖추어 두어야 할 서류가 첩첩이었다.

"나누어 드린 자료 5페이지, 학생증 신청 서류 봐 주세요. 연구실 ID까지 연동되기 때문에 학생증은 꼭 신청하셔야 합니다.

신청서에 선생님들 정보 기입하시고, 개인 정보 이용 동의서도 작성해서 제출해 주세요."

"저, 모바일 학생증만 사용하려고 하는데…….."

"아, 모바일 카드로는 연구실 출입이 안 되거든요. 그래서 IC 카드 발급을 권장하고 있습니다."

"혹시 연구실 ID만 따로 발급받을 수는 없는지."

"ID만 따로 발급하진 않고요. 학생증 분실하신 분들에게 한시적으로 제공되는 임시 키가 있긴 합니다만 한 분이 계속 사용하실 수는 없습니다."

끄덕끄덕, 수긍한 듯 사람들은 받은 서류를 채워 넣기 시작했다.

"수강 신청은 언제부터 가능한가요."

"나누어 드린 자료 마지막 페이지에 학사 일정 안내되어 있으니까 참고하시면 될 것 같습니다."

"아, 네에."

데면데면 어색한 분위기 속에서 볼펜 굴러가는 소리만 커졌다. 오리엔테이션 진행할 선배 교사가 출입문 앞에서 서성거리는 통에 혜동은 문밖으로 나섰다. 4년 차 교사라는 성격 좋은 이였다.

"선생님. 대면식 전에 시간 여유 있는데 어떻게 하실래요? 미리 하실래요?"

"그래도 돼요?"

"그럼요."

"그럼 그렇게 하죠 뭐."

혜동은 선배 학번 교사를 소개시키고 강의실을 벗어났다. 쌀랑한 복도를 지나 과 사무실 손잡이를 잡자마자, 벌컥 문이 밀리고 상현이 나왔다.

"안내 끝났어?"

"안서현 선생님 오리엔테이션 하는 중이요."

혜동은 끄덕, 수긍하는 상현이 먼저 문밖으로 나오길 기다렸다.

"아, 객원 교수 연구실 아이피 잡아야겠더라."

객원 교수라면 현재까지 확정된 이는 둘이었다. 본교 출신 국립 원예 특작 과학원 선임 연구원 아무개와 초우 수목원 원장 대리 장헌영.

선임 연구원인 그분은 이 주 후에나 오겠다고 했으니까 누구 연구실인지 묻지 않아도 답이 나온다. 발코니에서 상현과 같이 서 있던 얼굴이 떠오르는 통에 지끈 머리가 울었다.

"지금 가 볼게요."

"챙길 거 많지?"

혜동은 웃음으로 답했다. 타고나길 그런 걸까. 그렇게 양육이 됐던 걸까. 이리 자상하기도 쉽지 않을 텐데.

상현은 혜동이 속한 사회의 먹이사슬 정점을 차지하는 존재가 되었다. 까마득히 높은 선배였다가 지도 교수로 전환. 다행히도 그는 선배 시절 모습과 다르지 않았다. 여전히 다정하고 겸손하다.

"밥은? 제대로 먹었어?"

게다가 늘 이런 식이다. 사람 마음 약해지게.

"네."

의례적인 웃음으로 비벼 버리고 혜동은 과 사무실로 들어섰다. 갖출 서류를 L 자 파일에 밀어 넣고 아이피 현황표를 체크한 후 그녀는 다시 밖으로 나섰다.

어두컴컴한 복도 끝 유리문 밖은 쏟아지는 눈이 한창이었다. 복도 동편 끝을 향해 걸어 나가며 혜동은 머릿속을 정리했다. 일단 아이피 잡고, 강의 계획서 제출 부탁하고, 갖추어야 할 인사 서류도 안내해야 하고 또, 또.

문 앞에 이른 혜동은 챙길 일을 메모리 구역에 꼼꼼히 밀어 넣으며 조심스럽게 노크했다.

대답이 돌아오지 않았다. 한 차례 더 노크했지만 여전히 무응답.

밑도 끝도 없이 안도하는 심정이 됐다. 오늘 전달하지 못하면 두 번 일이 되어 번거로울 텐데도 멀리 보지 못하는 어린아이처럼 그랬다.

공교로웠다. 이런 날 헌영을 마주하려니 잠잠했던 기억들이 일제히 몰려나오는 것 같아 버거웠다. 지우를 보냈던 그해 혜동은 휴학을 했다. 수속하고 인사하러 드나드는 동안, 흐지부지되어 버린 폭력 사건에 대해 이러쿵저러쿵 나는 말이 많기도 했다.

초반엔 부풀려진 로맨스의 주인공이 되어 하늘을 날아다녔다. 그 대단하신 장헌영 선배가 주먹질을 하게 만든 상대로 소문이 돌았으니 오죽했겠는가.

이런저런 추측이 더해져 종국엔 정혜동이 민효상과 장헌영 사이에서 양다리를 걸쳐 그렇게 된 거라고 멋대로 결론까지 났다. 구미에 맞았던지 가난뱅이 근로 장학생의 음흉하고 야망 넘치는 양다리 로맨스는 꽤 오래 회자되었다.

무시했다. 당시엔 지우 때문에 더 깊이 생각할 겨를도 없었거니와 있었다 해도 일일이 해명하고 말고 할 일도 아니었으니 뭘 어쩔 수도 없었다.

그랬다. 왜 그런 일이 있었는지 모르겠지만 여하튼 그런 일이 있었다.

그러니 말이다. 왜 그런 일이 있는지 정말 모를 일이다. 만날 쿡쿡 찔러 대던 존재 따위를 위해 왜 그런 과격한 반응을 했을까? 그 냉한 사람이 주먹질까지 해 가며, 대체 왜?

가끔 생각이 미치곤 했지만 궁금하다 해도 그것 역시 어찌해 볼 도리가 없긴 마찬가지였다.

어느새 기억이 희미해질 만큼 시간이 흘렀는데도 편치 않았다. 아니, 그런 대단한 사건 같은 거 없었대도 헌영을 대하는 건 여전히 껄끄러웠을 것이다.

여전했다. 여전히 긴장이 됐다. 온실에서 마주하던 그 시절 정혜동이 되는 기분이었다. 덜 여물어 지나치게 말랑댔던, 턱없이 약했던 그때로 회귀한 기분. 더 그럴 수 없을 만큼 단단해졌다 여긴 것들이 어느새 퇴보해 버린 듯 그랬다.

어두컴컴한 연구실 안으로 들어서자마자 발코니 밖으로 시선이 딸려 나갔다. 진한 그레이 빛깔의 캐시미어 코트를 걸친 키 큰 남자가 눈이 쏟아지는 풍광 속에 서 있었다. 흐릿한 유화 속 인물처럼 이질감이 없었다.

보기 좋은 외모니 뭐니 그게 뭐, 하는 가치관으로 살아왔건만, 외형만으로 놓고 보면 참으로 신은 불공평하다는 생각을 갖게 하는 사람이었다.

바라보는 혜동의 기척을 감지했는지 남자가 돌아섰다. 혜동은 반사적으로 꾸벅 인사를 했다. 조교 정혜동이 갖추어야 할 의례적 얼굴을 갑옷처럼 뒤집어쓴 채였다. 학부 RA 시절과 크게 다르지 않은.

그럼에도 불구하고 눈앞의 그림 같은 사나이에게서 의례적인 반응은 나오지 않았다. 그거야 늘 그랬으니 대수롭진 않았다.

헌영은 난간 턱에 팔꿈치를 올린 채 말끄러미 그녀를 응시하고 있었다. 그것 역시 익숙한 구도였다. 머뭇거리던 혜동은 할 수 없이 연구실을 가로질러 발코니로 통하는 문을 열었다.

"안녕하세요. 교수님. 아이피 잡아 드리러 왔습니다."

가타부타 대답이 없었다. 몇 년이나 지났는데 이 기시감은 뭘까.

"그럼. 처리하겠습니다."

끝까지 답 없는 그를 향해 역시나 조교 정혜동의 얼굴로 묵례하고 혜동은 책상으로 이동했다. 딸깍딸깍, 능숙하게 마우스를 놀려 가며 남는 아이피를 넣고 있자니 그가 마침내 들어왔다.

소파에 앉는 것이 시야에 잡혔지만 속히 탈출하고 싶은 마음에 제대로 쳐다볼 여유는 없었다.

네트워크 정비를 끝내고 학사 정보 시스템이 잘 돌아가는지까지 확인해 본 연후에야 혜동은 마우스에서 손을 뗐다.

업무 처리를 하려면 전화 통화 할 일이 앞으로도 두어 번은 있을 텐데……. 한숨을 밀어 넣고 혜동은 회피처였던 모니터 밖으로 벗어났다.

"인증서 발급에 필요한 서류 책상 위에 준비해 드렸어요. 발급되는 대로 연락드릴 테니 1학기 강의 계획서 업로드 부탁드립니다. 연구실 소모품은 다음 주까지 갖추어 놓겠습니다. 특별히 필요한 게 있으시면……."

뚫어질 듯 바라보는 시선을 피하지 않고 혜동은 기계적으로 읊었다.

"말씀해 주시거나 이메일 보내 주시면 바로 처리를……."

"여전하네."

"……."

정적이 흘렀다. 쓸 만한 답을 찾아야 하는데 아무것도 하지 못하고 혜동은 헌영의 시선에 꼼짝없이 붙잡혔다. 불현듯 머릿속으로 깨달음만이 지나갔다.

보통 이랬었지 하는. 불시에 걸고넘어지듯 시작하곤 했으니까. 그 시절엔 나름 잘 대응했던 것도 같은데. 심장은 날뛰었어도 말끔하게 웃는 얼굴로 대응해 줬던 것 같은데. 오랜만이라 그런지 제대로 되지가 않았다. 날이 날이기도 했고.

"정혜동."

"네. 교수님."

담뱃갑이 들리고 한 개비가 빠져나왔다. 철컥 라이터돌이 부딪치는 소리가 끝나자마자 담배 끝이 급히 타들어 갔다. 후우, 혜동의 영역으로 투명한 연기가 뻗어 들어왔다.

"웃기 싫은 날은 웃지 마."

"……."

커다랗지만 섬세한 손가락 안에서 담뱃갑이 처참하게 구겨졌다.

"보기 싫어."

울컥, 올라오는 감정 덕에 혜동은 입 안이 짰다. 이 사람이 무얼 알고 이런 말을 하는 것도 아닐 텐데…… 가슴이 바스러질 것 같았다.

"인증서 발급 동의서 작성해서 주시면……."

"발전이 없진 않네."

"……."

"개소리는 무시해 버릴 줄도 알고."

"무시 아니고요. 딱히 대꾸할 말이 없어서……."

급하게 뻗어 나오는 투명한 연기 끝에 웃음이 붙어 있었다.

"기껏 칭찬해 줬더니. 걷어차기는."

"칭찬 안 해 주셔도 되니까……."

어찌 대꾸해야 하나 고민했던 건 금세 날아갔다. 눈앞의 사나이가 둘 사이를 오가던 대화의 패턴을 다시 찾아 준 덕에 수

위 조절을 어디까지 해야 하나 하는 실질적인 자기 검열만 남았다.

"애초에 개소리를 말아 달라?"

정확히 간파당하는 통에 혜동은 수고를 덜었다. 거기까지 말하는 건 아무래도 부담스러웠던 참인데.

"말 자르고 내빼려 하는 버릇은 여전한 것 같고."

휘이잉, 을씨년스러운 바람소리가 견고한 창 너머에서 들려왔다. 혜동은 그림 같은 풍경을 등지고 앉은 남자가 만들어 내는 이상한 심리 덕에 웃어 버렸다. 어떤 의미였든, 그것이 유형이든 무형이든 오랜만에 조우하는 건 반가운 기분이 들기도 하는 모양이다. 아무래도 그런 것 같았다.

"준비하실 서류가 많고 좀 복잡해서 체크 리스트를 첨부했으니 참고하시면 될 것 같습니다."

재떨이 위로 담배꽁초가 사정없이 눌려 비벼져 앉았다.

"그렇게 합시다. 정혜동 군. 가 봐요."

소파에서 일어난 그는 미련 없이 다시 발코니로 나갔다. 혜동은 이미 밖으로 나가 버린 뒤통수에 묵례를 하고 물러났다.

오리엔테이션 장소로 이동하며 혜동은 쓰게 웃었다. 무례하고 지나친 구석이 없지 않지만 헌영의 말은 틀리지 않는다.

오늘 정혜동의 웃는 낯은 정말 별로였으니까.

Salty Cake

"말로야."

고속 터미널 앞 도로 주변에 선 사람들이 힐긋 시선을 던져왔다. 어디 강아지가 있나 살피는 눈빛들이었다.

"여기."

나란히 정차해 있던 차들 맨 앞에서 선우가 검은 SUV 차창 밖으로 손을 흔들었다. 혜동은 방금 산 케이크 상자를 달랑달랑 들고 걸어 나갔다. 염화칼슘 덕에 보도는 진한 잿빛이 되어 있었고 양옆으로 떠밀린 눈은 무릎 위까지 쌓여 있었다.

"공공장소에서는 그렇게 부르지 말라고 몇 번 얘기했어? 귀에 딱지 다시 만들어 주랴?"

"이십 몇 년 습관이 쉽게 고쳐지나."

케이크를 받은 선우가 뒷좌석에 내려놓으며 밉살맞게 웃었다.

"할머니 병원부터 들러야지?"

"어."

대답하고 벨트 버클을 채우자마자 우측 깜빡이가 똑딱거렸다. 스르렁, 스르렁 익숙한 스노 체인 소리를 끌고 출발한 차 앞유리에 기세 좋게 눈송이들이 달라붙었다. 혜동은 눈 쌓인 시내를 둘러보다가 물었다.

"눈 언제부터 내렸어?"

"그제. 어제 소강 상태였다가 오늘 또 쏟아지네."

"병원 올라가는 길 제설되어 있을까?"

"아마도?"

염화 칼슘 덕에 질척해진 진흙 빛깔의 눈이 길옆으로 튀어 난리였다. 강릉서 겨울을 나면 자동차 수명이 뚝뚝 떨어진다는 말이 괜히 나온 건 아니다. 차량 하부 세차를 필수로 해도 눈 오는 날이 잦아 염화칼슘 샤워를 피할 수 없으니, 차체가 부식되기 딱 좋은 조건이었다.

그래서일까. 차도를 달리는 차들이 스노 체인을 끌고 비명을 질러 댔다.

"박사 계속해?"

혜동은 선우의 질문에 창밖에 둔 시선을 되찾아 왔다.

"일단 등록은 했어."

"일단?"

"때려치우고 취업이나 할까 싶기도 하고."

"그러니까, 진즉 내 말 들었어야 해. 니들은."

선우 말끝에는 힘이 없었다. 괜한 말을 했다 여기는지 낯빛도 좋지 않았다. 선우 말대로 카이스트로 갔으면 지우가 그런 짓을 안 했을까? 거긴 좀 달랐을까? 부질없다. 이제 와 가정이란 걸 해 본들 무슨 의미가 있다고.

"아줌마 요새도 많이 우셔?"

"몰라. 집에 자주 안 가. 나 보면서 지우 생각하시는 것 같아서."

쌍둥이 자식 하나가 세상을 버렸는데 남은 자식을 보면 당연히 떠오르시겠지. 친구 얼굴도 못 보겠다 하시는데……. 혜동은 씁쓸하게 웃으며 맘에 없는 소리를 했다.

"뭐야, 그게. 불효자의 변이야?"

"바쁘기도 하고."

"뭐가 그렇게 만날 바빠."

"그러게, 뭐가 그렇게 만날 바쁘네."

선우의 한숨 섞인 대답을 들은 혜동은 지나는 거리로 시선을 되돌렸다. 눈 속에 파묻혀 있는 거리가 어느 때보다 정겨웠다.

강릉의 거리는 특유의 분위기를 지니고 있다. 번쩍번쩍 새롭지 않지만 단정하고 깔끔한. 시내도 아닌 시골구석에서 자랐건만 큰 범위로 놓고 볼 때 고향은 고향인지라, 그저 거리를 달리는 것만으로도 마음이 따뜻했다.

"거기 가자. 유진 선배 커피 좀 사다 주게."

"어디? 삿포로?"

"어."

할머니의 주치의나 다름없는 기로 요양 병원의 의사 선생님이자 고교 동문 선배인 유진의 단골 커피숍이었다. 선생님 말마따나 기막히다는 홀 빈 몇 봉을 사 들고 두 사람은 다시 눈길을 달렸다. 길옆에 멋스럽게 선 소나무에 겹겹이 눈꽃이 피어 있었다. 달리는 차의 소음이 작지 않는데도 불구하고 마음은 고요해졌다.

병원 침상에 종일 누워 죽은 듯 살아가는 할머니를 보러 가는 길인데, 차디찬 납골당 구석에 틀어박힌 못난 친구를 만나러 가는 길인데 왜 이런 마음일까.

"나 여기 커피숍에서 아르바이트 할까? 나이 든 사람도 써 줄라나?"

"안 써 줄걸?"

"인정머리 없네, 한선우. 말로 천 냥 빚 좀 갚자, 응?"

"요즘은 전산 기록에 남으니까 말로 갚는 건 사기지."

지우가 늘 선우를 향해 그렇게 투덜거리곤 했더랬다.

'정통 이과 새끼', '무생물하고만 노는 이과 새끼.'

힐긋 혜동에게 눈길을 준 선우가 덧붙였다.

"요새는 식물하고도 놀아."

이런 걸 염화 미소라고 한다지? 픽, 웃음을 흘린 혜동은 라디오 버튼을 눌렀다. 눈 오는 날과 어울리는 음악을 고르느라 손가락이 오래도록 버튼 위에서 떨어지지 않았다.

늘 셋이었으니 생니 하나가 빠져 버린 듯 어색한데 오랜만에 만나는 친구는 행복이었다. 순수했던 인생을 공유한 존재가 불러일으키는 행복. 조금 아프지만 그래도 행복.

비명 같던 스노 체인 소리도 정겨웠다.

"가끔 눈을 뜨시는데, 그런 날은 계속 우시네."

가운 주머니에 손을 넣은 젊은 여자가 할머니 손을 주무르는 혜동에게 설명했다. 뜨거워지는 눈을 깜빡이며 혜동은 비틀린 고목 같은 손을 주물렀다.

왜 울었어, 할머니. 영감 보고 싶어 그랬어, 말로 보고 싶어 그랬어.

개차반 망나니 아들 보고 싶어 그랬어.

뭐 때문에 울었어요.

눈 감은 노인에게 아무 말도 건네지 못하고 곱씹기만 하던 혜동은 고개를 들어 유진에게 인사를 했다.

"감사해요. 선생님."

"선배 아니고 선생님 시켜 주는 거야?"

"할머니 앞에서만요."

"그냥 선배 하자."

"선생님 해야 할머니 잘 봐주실 것 같아서."

"얘는, 그나저나 뭘 잘 못 먹는 거니? 꺼칠하네. 진맥하고 가. 선우도."

"침놓을 거죠?"

선우가 진저리를 쳤다. 밤샘 작업을 하다가 오른팔에 마비가 오는 바람에 머리에 대침을 꽂힌 이후로 선우는 유진에게 진맥 받는 걸 질색했다.

"무서워?"

"선배, 그날 마녀 같았어요."

"약초도 쓰니 일종의 마녀지. 아, 콜 들어온다. 그냥 하는 소리 아냐. 둘 다 진맥하고 가."

유진이 주머니를 뒤적이며 밖으로 나갔다. 웃음의 여운이 남은 병실에 침묵이 찾아왔다. 면회 시간이 끝날 때까지 노인은 눈을 열지 않았고 손녀는 주무르던 손을 떼지 않았다.

말없이 곁에 선 채 선우는 말라 죽어 가는 노인과 그녀를 붙잡고 있는 손녀를 바라보기만 했다.

노인네처럼 고요한 시간을 보낸 두 사람은, 병실을 나와 유진에게 들러 사 들고 온 원두를 내밀었다. 원두를 건네받은 유진이 커피 한잔하고 진맥을 받으라는 걸 끝내 사양하고 그들은 병원을 벗어났다.

"선배 눈에도 곯아 보이는 거지."

차 문을 쾅 닫은 선우는 지난번 통화 때보다 퉁명스러웠다. 선우 나름의 걱정하는 방식임을 알기에 혜동은 뭐라 대꾸하지 않았다.

'밥 잘 먹는 게 보약인 거 알지?'

유진이 안쓰러운 눈으로 연신 당부를 했다. 턱없이 말라비틀 어지긴 했다. 서울 생활 시작했을 때부터 어렵긴 했지만 지우가 그렇게 되고부터 뭘 제대로 먹지를 못해서 더 그렇게 됐다.

볼살이 통통했던 어린 시절 '정말로'를 아는 사람들 눈엔 그게 그리 안쓰러운 모양인지 만날 잔소리들이었다.

혜동은 멀어지는 기로 요양 병원의 간판을 사이드미러로 바라보았다. 기로. 기로 마을, 기로의 아이들. 지명은 기로岐路지만 요양 병원은 '노인을 버리다'라는 의미의 기로棄老였다. 유진의 남편인 강현의 할아버지가 붙였다. 실제 그 의미를 아는 이들은 많지 않았다. 다들 그저 지명에서 따왔겠거니 하니까.

훌륭한 시설과 좋은 의료진을 갖춘, 잘나가는 요양 병원이라고 인식한 채 그걸로 양심의 가책을 덜 이들에게 보내는 조소였지만 정작 당사자들은 알지 못한다.

그래서 더 서늘하다. 저 이름은…….

"할머니 몇 년째지."

글쎄 몇 년째지, 혜동은 더 어둑해진 하늘을 올려다보며 굳이 헤아릴 필요도 없는 대답을 되뇌었다.

얼굴도 본 적 없는 그 '아버지'가 사람을 죽였다고 뉴스에 났던 스무 살 겨울이니까 7년째다.

그 인간은, 그러니까 아버지라는 양반은 대단했던 모양이다. 개차반도 그런 개차반이 없었다고 했다. 부모 모두 보살이라고들 했는데, 전생에 지은 죄가 많았던 게 아니겠느냐 했다고.

조부모에게 전생 업보를 받으러 태어났던가 싶은 그가 어느 날 얇은 담요에 꽁꽁 싸매 던지고 간 아이가 혜동이었다. 제 새끼인지 남의 새끼인지 말도 없이 던지고 간 아이. 살이라곤 붙어 있지 않아 숨을 쉬는 것이 기적이라던 아이였다.

분유를 거부하는 통에 동네 쌍둥이 엄마가 짜 준 젖을 먹고 컸다. 온 동네의 관심을 먹고 자랐다. 아장아장 걷기 시작했을 때부터 예쁜 짓을 그리 많이 해 대는 통에 저 아이가 '정말로' 그 망나니 놈의 자식이 맞느냐는 소릴 동네 모두가 했다고. 그래서 혜동은 '말로'가 되었다.

말로네는 그 망나니 아버지가 본격적으로 업보를 받아 내려 하기 전까진 평온하기 그지없었다. 할아버지는 그림 솜씨가 뛰어나 여기저기 책에 들어가는 삽화를 그려 주는 일을 했다. 풍족하진 않았지만 그럭저럭 먹고살 만했다.

혜동이 초등학교에 들어갈 무렵 초우 수목원 할아버지 원장님이 식물도감에 들어갈 세밀화 일을 끊이지 않고 내어 주어 고맙게도 정말 부족함이 없었다.

게다가 누굴 닮은 건지 혜동은 공부를 썩 잘했다. 교육비로 들어가는 돈이 필요 없을 만큼 뛰어난 편이었다. 될성부른 나무라 하여 여기저기서 많이도 지원을 받았다. 그리하여 최고 명문 학부에 합격하기까지 했다. 같은 엄마 젖을 먹고 큰 쌍둥이까지. 작은 동네에서 용들이 났다 하여 마을 경사였다.

그해 겨울 뉴스에서 손목에 찬 수갑을 감추느라 누런 티셔츠를 휘감은 아버지를 보기 전까지는 그렇게 별일이 없었다.

경찰서에서 연락을 받은 할아버지가 쓰러져 일주일 만에 돌아가셨고 장례를 치르던 중에 할머니까지 쓰러졌다. 평온하던 삶은 그냥 그렇게 허무하게 풍비박산이 났다.

혜동은 그간의 삶과 가족 모두를 무너뜨린 당사자를 향해 어떤 감정을 가져야 하는지 혼란스러웠다. 그는 혜동에게 아무런 접점이 없던 타인이나 마찬가지였기 때문이다. 처음엔 그저 길을 가다 벼락을 맞은 듯, 횡액이라고만 여겼다.

벼락처럼 횡액을 뒤집어쓴 스무 살 새내기에겐 평범한 삶이 허락되지 않았다. 온갖 아르바이트를 해서 할머니의 병원비를 벌어야 했다. 인간답게 살기 위해 충족해야 하는 수면 시간을 채우는 날이 드물었다. 밥 먹는 시간마저 족하지 못했다. 5년 전 그날 젖엄마에서 마련해 준 자취방에 매달린 지우를 보기 전까지 혜동은 최선을 다했다. 아버지를 미워할 겨를조차 없이 살았다. 그렇게 살았다.

지우가 여기 처박히기 전까지는…….

싸구려 인조 대리석 천지. 발자국 소리마저 추운 납골당의 하얀 백자기 속의 지우가 두 사람을 맞았다.

"나 왔어."

잘 있었어? 좁디좁은 상단 납골실 유리 위에서 남매와, 남매이자 자매 같은 친구가 모두 만났다. 뭐가 그리 즐거운지 지우 홀로 웃고 있었다.

웃지 마, 한지우. 보기 싫어.

누군가 그녀에게 했던, 꼭 같은 말을 곱씹으며 혜동은 선우가 들고 있는 케이크 위에 초를 꽂았다. 곱은 손으로 붙지 않는 불을 몇 번이나 다시 붙였다. 하얀 단지 위 '한지우'라는 이름을 지나 연기가 솟아오를 때까지 애를 썼다.

"생일 축하해."

선우가 케이크를 들고 눈시울을 붉힌 채 고개를 돌렸다.

"지우야."

혜동은 한 번 더 지우를 불렀다.

한지우! 죽은 자들의 공간을 훑어 낸 분기 어린 목소리가 싸늘한 대리석 벽에 부딪쳐 다시 돌아왔다.

생일 축하한다고. 나쁜 놈아.

뭐가 그렇게 무거웠을까. 정혜동이 가진 짐이 세상 가장 무겁다 여겼는데. 막상 목숨을 끊을 만큼 힘겨웠던 건 한지우였다.

아니, 그깟 게 뭐라고. 그 망할 놈의 한계라는 게 뭐길래. 뒤에 남겨질 사람들 생각은 않고.

어떻게 그래, 네가 어떻게 그럴 수 있어!

혜동은 너울거리는 스물일곱 촛불을 후욱 불어 꺼 버리고 케이크를 한 입 물었다.

올해엔 달달한 맛이 날까 했는데 여느 해처럼 여전히 짠맛이 났다.

초우(1)

"뭐 먹을래."

"밥."

"그래. 밥. 어떤 메뉴 좋으냐고."

"집밥 같은 밥 어디 없나."

족쇄처럼 스르렁거리는 체인 소리를 끌고 납골당을 벗어나 한참을 달렸다. 벌겋던 눈이 제 색을 찾을 무렵이었다.

"집밥 같은 밥이라."

"보글보글 찌개랑 잡곡밥이랑, 들기름으로 무친 나물이랑."

혜동은 할머니가 해 주던 음식들을 나열하며 라디오 주파수를 바꿨다. 오늘은 정말 그런 걸 먹고 싶은 날이었다.

"초우 갈까."

"수목원?"

"어."

"좋다."

"좋기는, 직장에서 밥 먹어야 하는 내 생각은 눈곱만큼도 안 하지?"

"유진 선배 말 못 들었어?"

"들었으니, 거길 기어 들어가지. 해방된 지 24시간이 안 됐는데."

"거기 그렇게 별로야?"

전공자들에겐 꿈의 직장으로 꼽히는 곳 중 하난데. 혜동은 초우에서 사람을 뽑는다면 어떻게든 지원해 보고 싶었다. 워낙에 인기가 많고 잘 뽑지를 않으니 문제였지만.

"그냥 하는 소리야. 나쁘지 않아."

"거기 지금 대리 체제지?"

"응. 원장님 내외 홋카이도 대학 연구소에 파견 교환 나갔거든."

"언제쯤 오는데?"

"글쎄, 3년 잡고 갔다던데."

잠시 망설이던 혜동은 결국 물었다.

"원장 대리는 어때?"

"너 알지 않아? 너희 학교 출강한다는 것 같던데."

"어. 선배야. 까마득하게 높으신 하늘 같은 선배."

객원 교수 인사 기록을 보며 혜동은 탄식을 금치 못했더랬다. 인턴 연구원 티오가 나면 지원하려고 벼르던 곳의 원장 대리가 하필 왜 헌영일까 싶어서.

"글쎄. 어떠냐고 물으니 답하기가 모호하네."

"왜?"

"음. 일 잘하는 리더인 건 확실해. 온정적이길 바라는 사람들한텐 원성을 좀 듣지만."

딱히 예상에서 벗어나는 답은 아니었다. 국내 농산림 과학 연구소 중 최고라 꼽히는 곳에서 일 잘하는 리더라 평가받는 데 따라붙을 평판은 예상 범위니까.

"왜 묻는데?"

"그냥. 내가 사람 보는 눈이 없는 건가 싶어서."

"그래서?"

"음."

"결론이 뭐냐고. 사람 보는 눈이 있다는 거야, 없다는 거야."

"글쎄. 어떨까."

"선문답하려거든 절로 가고."

선우가 툭 던지는 말을 귓등으로 흘린 채 혜동은 시야에 들어오기 시작한 수목원 풍경을 바라보았다. 줄줄이 눈꽃을 피운 채 늘어선 나무들이 두 사람을 맞았다.

할아버지를 따라 자주 드나들던 곳이었다. 맛있는 빵 냄새가 나고 꽃 향이 진동하는 낙원 같은 곳. 어린 혜동에게 수목원은 그런 공간이었다. 원장님이라는 분을 향해 할아버지의 구부정한 등이 굽어지고, 고개를 조아리는 순간이 되면 금세 떠나야 하는구나 싶어 늘 아쉬움이 남던 곳. 언젠간 마음껏 둘러봐야지 했던 곳.

혜동은 내리는 눈에 잠긴 수목원으로 들어가며 후우, 숨을
내쉬었다.

"천궁川芎, Cnidium officinale 2차?"

"어. 크니딜Cnidilide 성분은 약 소실인데……."

"몇 퍼센트?"

"샘플 평균 2퍼센트 미만."

"다른 건 어떤데."

"네오크니딜Neocnidilide도 그렇고, 리구스틸Ligustilide도 6퍼센
트를 웃돌아."

"생각보다 소실 폭이 크네."

"설계 다시 했어."

"언제 돌릴 예정인데?"

"다음 주."

헌영은 장수의 대답에 고개를 끄덕이고는 다시 물었다.

"배양 설계만 다시 하면 되는 거잖아."

"어."

"뭔 '어'야. 설계 끝났으면 들어가지. 왜 여기서 밥을 먹어."

헌영의 핀잔에 장수가 웃으며 답했다.

"검토 좀 하고."

"제수씨 안 기다리냐?"

"어. 안 기다릴걸?"

일말의 망설임 없이 담백하게 대답하는 유전 육종학 랩 1팀장 장수는 헌영과 석사 동기였다. 일중독 성향이 강한 탓에 야근 일수가 원장 대리 못지않은 진정한 식물 성애자.

"적당히 하고 들어가지?"

"야, 그 적당히가 안 된다는 거 네가 더 잘 알잖아."

"팀원들 돌려 가면서 일해. 착한 놈 콤플렉스 좀 벗고. 일 못하는 팀원 양산하지도 말고."

"그게참. 네가 부러운 지점이다. 그 독설은 어느 학원 다니면 되냐."

피식 웃는 헌영을 향해 장수가 다시 너스레를 떨었다.

"어디에 일타 강사 있냐고."

"그냥 하는 소리 아니야. 들어가."

"알았어. 안 그래도 그럴 참이었어. 딸내미 내가 안으니까 울더라."

"그건 다른 원인이지 싶은데."

"무슨?"

"거울 안 보냐. 너 딱 나쁜 아저씨야."

면도 좀 하라 덧붙인 말에 장수는 짐짓 상처받은 척하며 참나물무침에 젓가락을 옮겼다.

"어?"

젓가락에 들린 나물을 밀어 넣던 입에서 외마디가 비어져 나왔다. 시선은 시선대로 따로 둔 채 들어간 나물이 자근자근 맛나게도 씹혔다.

"한 박사 애인 있었나 보네?"

힐긋 눈짓을 하는 장수의 시선을 무시한 헌영은 젓가락을 내렸다. 장수는 여전히 시선을 거두지 않은 채 종알댔다.

"인기가 좀 많아야지. 한선우 씨. 애인 있는 거 알려지면 랩 여인네들 줄초상 날 텐데."

"남의 사생활에 웬 오지랖이야."

"산속에서 이런 소소한 기쁨이라도 있어야지. 만날 식물하고만 연애질하리?"

헌영은 깔끔하게 잔반을 정리하며 대수롭지 않게 중얼거렸다.

"여자를 이런 데 데려오는 반편이가 무슨 인기가 있어."

"아, 그런가?"

꿀꺽 물을 마시던 장수가 힐긋 뒤돌아보고 다시 물었다.

"근데, 이런 데 아니면 어디 데려가야 되냐?"

"안 해 본 것처럼 지랄이지."

"나 안 해 봤는데? 아니, 못 해 본 건가."

"몰라뵀네, 동정녀 남편 되시는 분을."

하하하하, 장수가 빵 터졌다. 쯧, 혀를 차고 일어선 헌영은 접시를 들고 걸음을 옮겼다. 잔반 통 앞 유리에 반사되어 비치는 실루엣을 흘려 버리고 그는 식기를 내렸다. 뒤쫓아 온 장수가 흐뭇하게 평가질을 했다.

"풋풋하니 좋아 보이는구만."

음식을 앞에 두고 짝, 박수를 치는 뒷모습이 헌영의 시야각에 고스란히 잡혔다. 살포시 잘난 눈썹 결이 틀어져 비대칭이되었다. 동그란 머리통이 낯이 익은데. 설마하니 그러려고.

영 매치가 되지 않는다. 풋풋하다는 말은 더더군다나 어울리지 않고. 무엇보다 그놈이 이 시간에 여기 있을 리가 없다. 헌영은 그렇게 생각하며 그대로 원내 연구원 전용 식당인 솔을벗어났다.

"미디어 아트 시즌인데 볼래?"

"이제 가 봐야지."

"어딜 가. 이렇게 눈이 쏟아지는데."

"어디서 자라고."

"숙소."

"너랑?"

"그럴래?"

마주 보는 얼굴 위아래로 어색한 웃음이 지나갔다. 잠깐이나마 흘렀던 긴장감이 맥없이 끊겼다. 생각 없이 뱉은 농담 덕에혜동은 입이 썼다.

선우에게 여자 친구가 있다는 것도, 종종 상대가 바뀐다는것도 지우를 통해 듣곤 했었다. 쌍둥이들 각자 제가 누려 보지못한 경험을 하고 있다는 것에 묘한 감정을 느꼈지만 그것으로 끝이었다. 이런저런 생각을 길게 할 여유가 없었다. 지우가 그렇게 된 뒤론 더 들을 일도 없는 주제였고.

연애니 결혼이니 결코 닿지 않을지도 모를 일이지만 그럴 일이 있다면 혜동은 따뜻한 사람을 만나고 싶었다. 농담이라도 그리 어색한 건 그래서였다. 선우는 도회적인 외모만큼이나 찬 성격이라 바라보고 있으면 종종 춥다는 느낌이 드니까.

가끔 알지 못할 그림자로 뒤덮이는 어두운 구석까지. 그런 모습으로 놓고 보면 두 사람은 무척 흡사한 분위기라 아마도 서로 숨이 막힐지도 모른다.

"난 당직실서 자면 되니까."

"외부인이 직원 숙소에 들어가서 자도 돼?"

"알 게 뭐야. 주말이라 사람도 별로 없을 거고."

"그럼 그러지, 뭐."

"주말 알바 아직도 해?"

"어."

"과외?"

"응."

따뜻한 커피에서 김이 모락모락 올라왔다. 내려다보는 선우의 눈이 적나라했다. 혜동은 빙긋, 웃음과 함께 물었다.

"불쌍해?"

"……."

"네가 불쌍해하니까 내가 더 불쌍해지는 거야."

"뭐야, 그거. 선문답하고 싶으면 절로 가라니까."

혜동은 웃으며 앞서 나갔다. 온전하게 어둠이 내릴 시간인데도 세상이 부옇게 빛났다. 눈꽃을 피운 나무숲, 숲을 가로지르는 나무 덱. 난간이 없었다면 널리 펼쳐진 눈밭과 구분이 가지 않을 뻔했다.

"한 시간 남았어. 시간 지나면 꺼질 거야. 오늘 눈 많이 와서 야간 개원 안 했거든."

"아. 눈 때문에 올라가기 위험해서 그런 건가."

"어."

"네가 미디어 아트도 주관해?"

"간단한 보수 정도만."

"무슨 일이 주±야."

"시드볼트랑 에어로 팜Aerofarm, ARF 기술 지원."

"멋지네. 우리 한선우."

"내가 좀 멋지지."

쿡쿡대던 두 사람은 푹푹 빠지는 발길을 헤쳐 가며 흩어졌다 모였다. 바람을 형상화한 불빛 사이를 걸어 올라갔다.

겨울밤 숲을 지나는 바람도 음악도, 내리는 눈도 상상 이상이었다. 간간이 눈가루를 날려 올리는 바람은 점잖았고 빛에 반짝이는 눈 입자들은 이 세상 것이 아닌 듯 신비로웠다.

"혜동아."

"응."

난간 위에 쌓인 눈이 바람에 쓸려 미세한 눈가루로 흩뿌려졌다. 반짝반짝 하얀 빛 가루가 되어 날린다. 혜동은 걸음을 멈추었다. 두어 걸음 더 걸어 나간 선우가 뒤돌았다.

"그 자식. 이제 그만 놔줘."

"……."

"너 무슨 생각 하느라 그러는지 어렴풋이 알 것 같아. 근데."

좀 더 어둑해진 선우의 눈 안에 사선으로 내리는 불빛이 반사되었다. 춥고 쓸쓸한 눈이었다. 마치 거울을 보는 것 같아서 혜동은 더 쓰리고 아팠다.

"그거 그럴 필요 없으니까. 지우 그만 놔주자."

"놔주긴 뭘. 붙잡은 적 없어. 도망가 버린 놈 뭐 예쁘다고."

"정혜동."

진지하게 받으라는 선우의 독촉에 혜동은 반문했다.

"너는? 한선우 너는 그게 돼? 될 것 같아?"

"안 돼. 잘 안 되니까. 너랑 같이하면 될 것 같아 하는 말이야."

같은 젖을 먹고 자라 그런지도 모른다. 이 평범하지 않은 유대감은. 지우는 인생 대부분을 공유한 존재였고 친구 이상이었다.

편히 놓아주고 싶었지만 그럴 수가 없었다. 몇 년이 지났어도 가슴에 박힌 것들이 사라지질 않는다. 마음먹은 대로 지우를 보낼 수가 없었다.

그 후배라는 아이의 죽음을 이해하고 공감해 줄 수 없노라 선을 그었다. 오랜 남자 친구와 헤어진 사실 그 자체에만 감응해 주지도 못했다. 세심하게 배려하지 못했다.

그리고 무엇보다…… 그토록 지척에서 지냈으면서도 막지 못했다.

혜동은 누구보다 지우를 놓아주고 싶었다. 뜻대로 되지 않을 뿐이다.

"언젠간 되겠지. 그때보다 지금 덜 미운 거 보면 확실히 희석되고 있는 것 같으니까."

"혜동아."

"너나 잘해. 한선우."

선우 얼굴에 쓸쓸한 웃음이 맺혔다. 잠깐 사이 사라져 버린 웃음을 뒤로하고 그는 난간 턱에 쌓인 눈을 잔뜩 쓸어 혜동에게 날렸다. 바람과 함께 혜동은 눈가루 벼락을 맞았다.

빛을 담은 바람이 밀려와 패딩에 붙은 눈을 쓸어 갔다. 선우의 웃음소리가 어둠에 잠긴 고요한 산속으로 퍼져 나갔다. 이내 혜동의 것까지 뒤를 따랐다.

두 사람은 아무 일도 없었던 것처럼 다시 수목원의 가장 높은 지대에 조성해 둔 마루원을 향해 올랐다. 동그랗게 열을 맞추어 빼곡히 심어 둔 정상의 자작나무 군락에 이른 혜동은 미약한 빛에 드러난 수목원을 휘, 둘러보았다.

흑과 백. 안에 묻힌 모든 수목이 너무나 아름다웠다. 상투적이지만 달리 그렇게밖에 표현할 길이 없었다.

"좋다. 여기."

"티오 나면 일착으로 연락할게."

웃느라 몽글몽글 올라가는 입김의 크기가 커졌다. 찬 바람이 훑고 지나가는데도 더운 땀이 솟았다. 늘 싸늘하던 몸에 훈김이 돌았다.

아픈 무언가를 치유하는 공간이 있다면 단연코 이런 곳이리라. 어쩌면 이리도 잠잠할 수 있을까.

까슬까슬 시렸던 가슴이 고요해지는 것을 느끼며 혜동은 깊이 숨을 머금었다.

밤을 새워야 할지도 몰라 헌영은 샤워를 하러 숙소로 향했다. 며칠간 이어진 수면 부족으로 찌뿌둥한 몸 상태를 풀어 주려는 임시방편이기도 했다. 3일째 기온이 큰 폭으로 떨어진 데다 눈이 멈출 기미를 보이지 않는다. 이런 기상 상황이 되면 랩에서 진행하는 연구는 뒷전으로 밀릴 수밖에 없었다. 수목원 시설 관리와 안전 유지가 최우선이 되기 때문이었다.

가장 신경 써야 할 곳 온실 구역이었다. 지붕에 깔아 둔 열선이 소화할 수 없는 수준으로 눈이 쏟아지는 통에 중간중간 점검해야 하니 시설 관리팀과 더불어 초비상인 상황.

취약한 온실동을 머릿속에 정리해 넣으며 헌영은 무거운 걸음을 옮겼다. 훅훅 낮은 숨과 함께 걷던 그는 숙소동 입구를 몇 미터 남기지 않은 지점에서 걸음을 늦추었다.

나란히 걸어 들어가는 남녀의 뒷모습이 보였다. 어깨를 맞댄 채 걷던 그들은 몇 초간에 시야에서 사라졌다.

한선우 저건 뭐 하는 놈인가 하는 생각을 하며 헌영은 늦춘 걸음의 속도를 되돌렸다.

건물에 들어선 헌영은 1층에 멈추어 있는 엘리베이터 버튼을 눌렀다. 버젓이 숙소에 여자를 데려와 놓고 엘리베이터를 두고 걸어 올라가는 심리는 뭘까. 뭐가 의식이 되긴 했던 건가.

알은체를 하자니 우습고 관리자 입장에서 그대로 두자니 찜찜했다. 외부인을 숙소에 들이지 말라는 내규가 있는지도 모르겠고. 성가시게 별일을 다 만드는 놈 아닌가.

혈기 왕성할 때니 뭐 어떨까 싶기도 하고.

생각을 쳐 내려니 숫자 5를 환히 빛내며 운행하던 엘리베이터의 문이 열렸다. 시야에 잡히는 불빛 덕에 복도 반대편 구석으로 자연히 시선이 갔다. 열린 문 앞에 서 있던 여자가 한 걸음을 딛으려는 순간이었다.

팽, 머릿속 어디서 실이 끊겼다. 환한 불빛을 맞으며 서 있는 옆얼굴이 불빛보다 더 환했다.

좋은…… 얼굴이네.

찰나간에 어처구니없는 생각을 안긴 얼굴이 쾅 소리를 내며 닫히는 문 안으로 사라졌다. 도어 록이 잠기는 경쾌한 기계음이 조용한 복도에 남았다.

정신 차리라는 듯 여운이 좀 길었다.

누가 주워 갈까 봐

어렵다더니. 연애할 시간은 충분한 모양이지?

쓴쓰레한 웃음을 흘리며 헌영은 머리카락을 문질러 거품을 냈다. 뜨거운 물줄기 아래로 한 걸음 내딛자마자 신음 같은 탄식이 터졌다. 꽉 짜인 근육으로 뒤덮인 매끈한 몸 위로 거품이 흘렀다. 피로가 분해되어 씻겨 나가는 머릿속에 작은 얼굴이 허락도 없이 스며들었다.

어느 쪽이 비교 우위일까. 활짝 웃는 얼굴일까, 우는 얼굴일까. 화를 내는 얼굴일까.

헌영은 허무하게 웃으며 거칠게 얼굴을 문질렀다. 뜨거운 물줄기가 물방울이 되어 사방으로 튀어 나갔다.

혜동에게 눈길이 갔던 건 시답잖은 이유였다. 지금 생각해도 그건 우스웠다. 게다가 여전히 납득이 가지도 않는다.

시작은 윤형중의 강의에서였다. 홋카이도 대학 연구원에서 포닥을 하기로 결정이 났던 박사 마지막 학기의 강의. 그 말 안 되는 시기와 상황에 처음 그 아이와 조우했다.

윤형중은 다른 전공으로부터 전향해 들어온 '전향범'이나 타교에서 진학한 이들을 전담하는 3년 차 초짜 조교수였다. 그래서 박사 첫 학기의 상현과 그를 지도 제자로 낚아채 말도 안 되는 연구 성과를 내라 요구하곤 했다.

그 성과로 무슨 영화를 누리려 한다기에도 그렇고, 채찍질을 통해 지도 제자들의 성장을 도모한다기도 그렇고. 그냥 손들고 나가길 바라는 것이 아닐까 여겨질 만큼 터무니없이 강도 높은 요구를 해 댔다.

두 달 즈음 지났을 때, 형중의 발달 유전체학 강의를 고의로 스트라이크해 버렸다. 일곱 명밖에 듣지 않는 클래스여서 빈자리가 고스란히 보일 게 뻔했던 터라 부러 그랬다. 못 말릴 반골 기질로 시작했지만 실상 그 들으나 마나 한 수업을 들을 여력이 없기도 했다.

그래서 박사 마지막 학기에 부메랑을 맞았다.

'졸업하려면 이수해야지?'

3년간 기대 이상의 데이터를 뽑아 먹은 윤형중이 전기 논문 심사 간담회 자리에서 실실 웃으며 빈정댔다. 그러니까 윤형중의 그 빌어먹을 강의는 졸업이 걸린 강의였다.

저녁 늦게 잡힌 늦여름의 첫 수업에 그 같잖은 인간 대신 그 아이가 들어왔다. 석박사에게 오픈된 강의였으니 꽤 학번 차이가 나는 이들 앞이었다.

거리낌이 없었다. 깨끗하고 단정한 얼굴로 넘침 없이, 부족함 없이 오리엔테이션을 했다. 저를 형중의 연구 조교라고 소개한 후였다.

에어컨을 끄기엔 좀 이르지 않나 싶을 만한 절기였건만 열어 둔 창으로 새어 들어오는 바람의 온도는 또, 꽤 좋은 날이었다. 잎사귀만 무성한 벚나무에서 죽을 날 받은 매미가 처량 맞게 울어 대며 그 아이 목소리를 간간이 훔쳐 가곤 했었다.

평범치 않아 눈에 띄는 놈이었지만, 그 정도였다. 그날 정혜동이 그 거슬리는 미소를 흘리지 않았다면 대수롭지 않게 사라질 하루였고 기억이었으며 인상이었다.

서류를 뿌린 후 작성하라 말미를 준 채 벚나무에 무미한 시선을 두고 있던 그 아이는, 요청하는 부름들에 미소로 답을 했다.

그건 오차 없이, 착오 없이 꼭 같았다. 우아하고 깨끗한 미소. 어떤 이가 늘 얼굴에 덧칠하고 다녔던 것과 꼭 같은 종류였다.

그날부터였다. 혜동은 형중의 강의 시작 전이나 말미에 빈번하게 들어오곤 했다. 자료를 뿌리거나 수합해 가는 일부터 과제로 던져진 페이퍼 주제를 조사하여 조율하는 일까지.

그 인간 강의의 온갖 잡다하고 자질구레한 일 전부를 그 아이가 떠맡은 것 같았다. 그럼에도 불구하고 그 아이는 변함없었다.

꼭 그녀처럼 웃곤 했다. 정말이지 꼴 보기 싫게도 똑같이 웃었다.

꽤 성실하게 수업을 들어 가며 윤형중의 연구 이력을 빛내 줄 실험을 하느라 고달팠던 어느 날, 잠에 취해 형중의 전화를 받지 못한 적이 있었다. 그날 그 아이가 그 인간 메시지를 들고 직접 옥상으로 올라왔다.

그 아이를 대면하는 건 꽤나 흥미로웠다. 재미있는 숙제를 하는 기분이었다. 그래서 종종 부러 형중의 연락을 무시하기 시작했다.

그 아이를 불러들여 예의 그 우아한 미소를 지우는 데 재미가 붙었기 때문이다. 그건 일종의 유아적인 심술이었다. '그녀'처럼 웃는다는 이유로 그랬으니 말이다.

막상 진저리 나게 싫었던 '그녀'에겐 입도 뻥긋한 적 없으며, 그럴 생각도 없었으면서 하등의 관계도 없는 그 아이를 건드리기 시작했으니 얼마나 웃기는 일인가.

모든 걸 떠나 보람은 별로 없었다. 그 평온하고 견고한 얼굴을 뭉개 봐야 늘 도돌이표였기 때문이다.

정혜동은 만만치가 않았다. 아이러니하게도 그 병신 같은 짓에 싫증을 내지 않았던 건 그래서였는지도 모른다.

한결같았다. 개성이니 성격이니 다 지운 것처럼 변함없이 정돈된 얼굴. 이기적인 놈들이 판을 치는 강의실에서, 아니 세상에서 무슨 이유로 저런 얼굴일까. 왜 다 죽이고 정갈한 사회적 얼굴만 남겨 두었을까. 반갑지 않은 호기심까지 들러붙었다.

덕분에 그날 그 양아치 새끼의 타깃이 그 아이라는 걸 알고 제정신이 아닌 상태가 됐었던 것도 같다. 아니, 그건 단순히 주영의 일이 오버랩되는 통에 그렇게 되었다 보는 것이 합리적일지도 모른다. 이렇다 할 관계도 아니었으니 그리 생각하는 것이 맞을 것이다.

그해 학교에서 사라져 버린 놈을 한두 번 떠올렸다는 걸 부정할 순 없다. 더 솔직히는 그렇다. 온실에서 실험 작물에 파묻혀 있자면, 그게 어디였든 그놈 미소가 허락 없이 비집고 들어올 때가 있었다. 그것도 성가실 만큼 빈번하게.

몇 년 만에 조우한 날, 그 아이가 누군가와 거침없는 농을 나누고 있는 걸 보자니 우습게도 배신감이 들었다. 저거 저렇게 되는 거 보고 싶어 6개월이나 투자했는데 하는 심리.

상현이 불렀을 때 아무렇지도 않은 척 얼굴을 바꾸는 것이 여지없이 누군가를 연상시키는 통에 다시 동했다. 민낯이 나올 때까지 건드리고 싶은 가학의 심리가 고스란히 되살아났다.

무슨 이유로 당사자가 허락하지도 않는 그놈의 맨 얼굴에 집착하고 있는지 알 수 없지만.

지금 이 순간은 그 자식이 섹스할 때 어떤 얼굴이 될지 미치게 궁금하기까지 했다.

낮은 욕설이 물방울과 함께 튀었다. 뻐근한 통증이 어릴 만큼 피가 몰렸다. 솟아오른 페니스를 내려다보며 헌영은 다시 어처구니없는 웃음을 흘렸다.

소파에 몸을 묻은 헌영은 조명을 낮추고 맥주 캔을 땄다. 젖은 머리에 물방울이 맺혔다. 마를 때까지만 있자, 생각하며 그는 벌컥 맥주를 들이켰다. 한 캔이면 충분하다 생각했건만 마신 것 같지도 않은데 바닥이었다.

맥주 한 캔을 더 따 들고 그는 창가로 다가갔다. 수목원이 눈 속에 파묻히는 중이었다. 이런저런 할 일이 그득해지는데 하얀 쓰레기가 만드는 감성은 또, 어찌할 수가 없었다. 푸스스 웃음을 날리며 그는 맥주를 마저 들이켰다.

알코올이 촉매제가 된 것이 분명하다. 머릿속이 더 시끄러워졌다. 정확히는 몸뚱이가 요란해졌다는 것이 맞을 것도 같다.

하늘에서 뿌리는 쓰레기가 만든 감성 때문인지. 장수 말대로 군 생활 하는 놈처럼 살아 그런 건지.

어디 그런, 그토록 담백한 놈에게⋯⋯.

씁쓰레한 웃음으로 정리해 버리고 헌영은 맥주 캔을 꽈악 찌그러트렸다.

밤새워야 할 시점에 에너지가 남아도나.

휙, 돌아선 그는 머리카락을 신경질적으로 털고 겉옷을 챙겼다.

혜동은 아담한 방 안에서 한동안 창밖을 구경하다가 문밖으로 나섰다. 눈 내리는 풍경도 아깝고 일용품을 사야 하는 김에 겸사겸사.

전화를 받고 나간 선우가 언제 시간이 날지 알 수 없으니 자력 구제 하기로 했다.

외부인이 묵는다고 피해를 주는 것도 없는데 뭐 어떠냐는 선우 논리에 어느새 동화가 된 건지 그리 불편한 심정도 아니었다.

발자국 소리를 죽여 가며 비상계단을 돌아 나가노라니 어디 여행이라도 온 것처럼 들뜨기까지 했다. 금요일 밤엔 본래 사람이 없다는 선우 말대로 숙소는 몇몇 창을 제외하고는 어둠에 잠겨 있었다.

룸메이트 없는 1인실 체제, 멋진 복지 아닌가. 게다가 간단히 요리를 해 먹을 수 있는 시설도 다 갖추어져 있었다.

수목원과 연구원을 열었던 초우 김정현 박사가 학계에서 유명한 건 학문적 성과 말고도 이런 요소들 때문이었다. 그는 마음껏 연구에 집중할 환경을 제공하자는 트렌드를 개척했다. 그래서 초우는 다른 연구원에 늘 완벽한 비교 기준이 되곤 했다.

실외로 나선 혜동은 후드를 푹 눌러쓰고 주변을 둘러보았다. 멀리 자작나무 숲에 핀 눈꽃을 구경하느라 걸음을 멈추었을 때 부르르 전화가 울었다.

"어."

— 뭐 뭐 필요해.

"끝났어? 주말에도 이렇게 호출당하는 거야? 먹고살기 쉽지 않네. 한선우."

— 다 이렇게 사는 거 아냐? 너 필요한 거 사다 주고 들어가야 해.

"됐어. 그럼. 내가 갈게. 연구동 앞에 있던 그 편의점이지?"

— 칫솔하고 속옷이면 되냐?

"됐다고."

— 빤스 벗고 목욕도 같이했던 사이에 내외하는 건 아닐 거고.

"이런 감성 충만한 날 그따위 어휘가 웬 말이야. 어?"

— 됐고, 사서 들어갈게.

"나 밖에 나왔어."

— 금방 갈 거니까. 멀리 가지 말고 근처 둘러보고 있어.

"길이라도 잃을까 봐?"

— 아니, 누가 주워 갈까 봐.

웃음의 여운과 함께 전화기는 패딩 주머니 안으로 들어갔다. 후드를 뒤집어쓴 혜동은 자작나무 길을 가 볼까 하다가 연구동 쪽으로 방향을 틀었다. 일해야 한다는데 번거롭게 찾으러 다니게 할까 싶어서였다.

연구동으로 이어지는 길옆은 반듯반듯 아담하고 곧은 비자림이 조성되어 있었다. 혜동은 안내판 앞에 멈추어 눈을 쓸어 냈다. 식수 일자를 보아 하니 조림한 지 얼마 되지 않은 모양이다.

비자는 생명력이 강한 수종이다. 재미나게도 그 유명한 제주의 비자 군락은 제사 지낸 후 주변에 던져 버린 비자나무 열매 덕분에 생성되었을 거라 추정한다.

그러니까, 의도 없이 던져진 씨앗이 싹을 틔우고 거대한 숲을 이룬 셈이다. 아버지란 사람이 던지고 간 정혜동이 비교적 잘 큰 것도 같은 맥락 아닌가.

쓸쓸한 웃음을 지은 혜동은 눈을 뭉쳤다. 제설을 했는지 길

주변에 잔뜩 눈 더미가 쌓여 있었다. 푄Foehn의 영향을 받는 지역이기 때문에 강릉은 눈이 많다. 사는 동안 눈 때문에 불편함을 호소하는 어른들을 많이도 겪었지만 어린아이들에겐 마냥 좋은 기후였다.

쌍둥이들과 함께 만날 이런 짓을 하고 놀았다. 뽀득뽀득 눈 굴러가는 소리와 함께 눈덩이가 '눈덩이'처럼 불어났다. 후우후우. 된 숨을 불고 마셔 가며 혜동은 눈사람 하체를 완성시켰다.

장갑이 눈가루 덕에 딱딱해졌는데도 불구하고 머리통을 만들기 위해 또 눈을 뭉쳤다. 축구공만큼 불어난 눈덩이를 들고 혜동은 잠시 허리를 폈다. 눈, 코, 입은 무엇으로 만들까 생각하던 찰나였다.

"정혜동."

혜동은 돌아서는 것과 동시에 가차 없이 들고 있던 눈덩이를 날렸다. 그건 일종의 자동 반사였다. 괴성을 지르는 것까지 완벽했다.

눈이 내리고 눈덩이가 있고, 겨울 내내 징글징글 눈싸움을 했던 상대라고 생각했으니 말이다. 방금 전 산 위에서 맞은 눈가루 벼락에 대한 보복이기도 했고.

눈덩이를 맞은 실루엣을 바라보며 괴성에서 웃음으로 바꾸었던 혜동은 거짓말처럼 뚝, 웃음을 끊었다. 후욱후욱, 된 숨이 입김과 함께 일직선을 그었다.

후드를 쓴 채 호흡하는 소리가 울려 귀가 먹먹해졌다. 거하게 눈이 쏟아지는 통에 시야가 분명치도 않았다. 그런데 무슨 조화인지 선명하게 보였다. 눈덩이 잔해를 털어 내며 고개를 드는 사람의 얼굴을 확인한 혜동은 히끅, 딸꾹질을 했다.

"······안녕하세요. 교수님."

세상 멍청한 말 아닌가.

"안녕해 보여?"

고저 없는 낮은 억양을 맞이한 혜동은 버티어 서 있는 장신의 남자에게 고개를 조아렸다. 경박한 딸꾹질을 누르기 위해 숨을 물었지만 그건 부질없었다.

"죄송합니다. 제가 착각을 해서······."

작은 부츠 앞으로 눈덩이가 툭 떨어져 내려 부서졌다. 혜동은 난감한 얼굴로 고개를 들었다. 헌영의 머리카락 위에는 아직도 눈 부스러기 잔해가 잔뜩 붙어 있었다. 혜동은 드러낼 수도 없는 깊은 탄식을 속으로 삭였다. 할 말이 없었다. 달리 그 말밖엔.

"죄송해요."

"죄송은 그만하면 됐고."

딸꾹질 소리는 한껏 억눌려 더 이상하게 들렸다. 어깨를 잔뜩 말아 보았지만 횡경막에 생긴 이상은 쉽사리 잠잠해질 기미를 보이지 않았다.

"그 딸꾹질, 진정성 있는 건가?"

대답이라도 하듯 딸꾹질이 한 번 더 솟아올랐다. 그럴 리가 없을 텐데, 내려다보는 헌영의 눈 안에 웃음이 든 것처럼 보였다.

"재수 없는 놈 눈덩이로 찍었으면 속이 시원해야지. 딸꾹질이 나올 이유가 뭐야."

히끕대는 입을 눈 묻은 장갑으로 막고 혜동은 표 나지 않게 한숨을 내쉬었다. 재수 없는 건 맞지만 '놈'까진 아니었다.

"교수님. 제가 고의로 그런 게 아니고요. 다른 사람하고 착각하는 바람에."

"다른 사람?"

"……"

아, 그러고 보니 이 시간에 여기 있는 이유를 뭐라고 설명해야 할까. 답이 없다. 수렁이다.

"그게 저 그러니까…… 자세히 설명하기는 곤란해서."

"자세한 설명이라면 이쪽에서도 별로 듣고 싶지는 않네."

혜동은 높이 올라가는 눈꺼풀을 붙잡아 내렸다. 선문답하지 말라던 선우 말을 귓등으로 흘린 것이 좀 미안해졌다.

"조용히 있다 나가."

"……"

"외부인이 숙소 이용하는 걸 권장하진 않으니까."

그렇지 않을까 했는데 역시나, 들켰다.

"아……. 그건 제가…… 눈이 많이 내려서……. 그러니까……."

뭐라고 말해야 이 상황을 타개할 수 있을지. 역시나, 짚이는 것이 전무하다.

"말로야!"

두 사람 모두 고개를 돌렸다. 편의점 비닐봉지 소리를 내며 멀리서 선우가 다가오고 있었다.

타이밍도 지랄 맞지. 이런 때 오냐고.

"제가 신세를 지자 그런 거고…… 그러니까 선우는……."

선우에게 불이익이 갈까 싶어 혜동은 말을 맺지 못하고 끊었다. 한심하게도 떳떳하지 못한 상황이니 뭐가 됐건 다 변명이었다. 그대로 돌아갈 걸 하는 후회가 밀려왔지만 누가 봐도 그건 한참이나 늦었다.

"뭘 그렇게까지 난감해하는 거야."

"교수님 말씀대로요. 숙소를 무단으로 이용하는 건 떳떳치 못하니까……."

왠지 더 위선적으로 들릴 것 같아서 혜동은 다시 말을 끊었다. 말끄러미 내려다보던 헌영의 시선이 입술을 지나 눈으로 올라왔다.

"그러게. 알고 있을 것 같으면 호텔로 가지 그랬어."

호텔……? 혜동은 잠시 멍해졌다. 헌영의 입술 꼬리가 미세하게 올라가는 것을 보자마자 금세 깨달았다.

아, 호텔.

타인의 눈엔 그렇게 인식되는 게 자연스러울 수도 있을 것 같았다. 그게 그렇다면, 그렇게 인식된다면, 얼마나 구질구질하고 몰지각해 보일까.

냉소밖에 남지 않은 것 같은 헌영의 눈이 어째서인지 추웠다. 혜동은 씁쓰레한 입을 꾹 물고 있다가 조용히 뱉었다.

"더 흥분된다 그래서요."

미세하게 비대칭으로 솟아 있던 헌영의 입꼬리가 일직선이 되는 걸 바라보며 혜동은 웃었다. 스스로 미쳤다고 생각하는 중이었다.

"섹스 말예요. 색다른 곳에서 하면 그렇다면서요."

헌영이 웃었다. 처음 보는 모습이었다. 멍청하게도 이런 상황에서 보게 되는 것이 유감스럽다는 생각이 들 만큼 근사한 미소였다.

"그래서. 호텔보다 나았어?"

"기가 막히게요."

헌영이 다시 웃었다.

"다행이네. 기가 막혔다니."

"……."

보통 그런 경우가 있지 않은가. 말해 놓고도 스스로가 미덥지 못해 자신이 없는. 헌영의 미소가 무슨 의미인지 충분히 알 것 같아서 혜동은 잘근 입술을 물었다.

웃음기를 지운 헌영이 불쑥 걸음을 뗐다. 마치 같은 극에 밀리는 자석처럼 혜동은 딱 그만큼 뒤로 밀렸다. 한 걸음. 지나치려던 그가 걸음을 멈춘 채 살짝 고개를 틀었다. 화악, 얼굴 위로 피가 몰려들었다.

아무리 생각해도 그건 '제가 당신을 이만큼 의식하고 있어요.'의 뒷걸음질이었다. 맥락상 그것 외엔 달리 해석될 여지가 없었다. 영하의 기온과 얼굴을 스치고 떨어지는 차가운 눈송이가 무색할 만큼 혜동은 낯이 뜨거웠다. 타들어 갈 것 같았다.

"정혜동."

"네."

"욕은 들어 줄 만했는데……."

헌영이 한 걸음 더 가까이 다가왔다. 혜동은 눈밭에 선 발가락에 꽉 힘을 밀어 넣었다. 절대 물러나지 않으리라 결기를 다졌지만 역부족이었다. 훅 끼쳐 들어온 향이 콧속을 지나 후각 중추까지 일사천리로 줄달음질 쳤다. 미세한 알코올 냄새, 보디워시 향. 그리고 알지 못할 향. 뭉텅 날숨이 터진 덕에 입김이 피어났다.

"거짓말은 그만 못하네."

조용한 웃음을 그 자리에 남기고 헌영은 걸음을 옮겼다. 선우와 교차하며 묵례를 받은 그는 연구동 방향으로 멀어졌다.

헌영이 멀리 연구동 로비에 이르는 것을 끝까지 보고서야 혜동은 하아, 막힌 숨을 뱉었다.

"어떡하지?"

"뭘 어떡해."

연구동 쪽에서 시선을 걷어 온 혜동은 멍청하게 물었다.

"너, 괜찮을까?"

"이런 일로 걸고넘어질 사람 아냐. 걱정 마."

조용히 처분을 기다리는 심정으로 바짝 엎드릴걸. 되지도 않은 허세를 왜 부렸을까.

"무슨 이야기 했는데. 뭐라 하대?"

부스럭거리는 비닐 봉투를 받아 들고 혜동은 젖은 장갑을 벗어 버렸다.

"사고 쳤어."

"무슨 사고."

"한없이 생각이 짧았어. 되지도 않을 허세까지 부리고."

"뭔 소리야."

"정혜동을 제치고 순식간에 정말로가 튀어나왔다고나 할까."

힐긋 만들다 만 눈사람을 바라보던 선우의 눈빛이 가라앉
았다.

"하늘 같은 선배라며. 무슨 사고를 쳤기에 정말로를 들먹여."

"이게 다, 저거 때문이야."

눈덩이를 가리키며 혜동은 탄식했다. 어쭙잖게 동심에 젖어
서 그랬나 싶기도 하고. 애초에 눈덩이를 왜 던져 이 사달을 만
들었을까.

"만들다 말았네?"

대답하지 않으니 선우가 눈을 뭉치기 시작했다. 뽀득뽀득 굴
리는 솜씨가 혜동 못지않았다.

"선우야."

"어."

"어떤 사람이 말이야."

"어."

헌영에게 던진 것보다 세 배쯤 커진 눈덩이가 혜동이 만들어
둔 것 위에 퍽 하고 얹혔다.

"방금 섹스를 했는지 안 했는지. 그냥 보기만 해도 알 수
있어?"

비자나무 잎을 톡톡, 따낸 선우가 혜동을 향해 돌아섰다.

"뭐?"

"뭘 보고 알아챈 걸까."

"너 지금 뭐라고⋯⋯."

말을 끊은 선우의 얼굴이 생전 본 적 없는 복잡한 표정으로 일그러졌다. 후우, 한숨을 내쉬며 혜동은 발길을 돌렸다. 멍청한 질문이었음을 절감하며 한 걸음, 또 한 걸음. 두어 걸음.

"가. 들어갈게."

혜동은 달랑달랑 비닐봉지를 들어 보이며 손을 흔들었다.

"정말로!"

"고마워."

비자 잎을 들고 선 선우를 뒤에 남기고 혜동은 숙소로 향했다.

보우하사

"다행히도 큰 피해는 없는 것 같습니다. 8온실 천장 개폐 장치가 눈 무게에 눌린 것 같긴 한데 시설팀에서 바로 손볼 수 있는 수준이네요."

수목원 시설 전체를 갤러리형으로 늘어놓은 CCTV 화면 앞에서 시설 관리소장이 보고를 했다. 밤새 주시하고 있던 비상 대기가 큰 피해 없이 풀리는 참이었다.

"보수 작업 오늘 바로 진행해 주십시오."

"알겠습니다."

"안전에 유의하시고요."

"네. 그래야죠."

빈틈없이 화면을 훑어본 헌영은 주조정실을 나섰다.

이른 시간이라 실험동은 메인 서버에서 내는 진동 음 외엔 기척이 없었다. 덕분에 벌컥 터져 나오는 소리가 더 잘 들렸다.

"형! 일어나요!"

대각선 너머 기술팀 당직실의 열린 문 틈으로 호리호리한 청년의 뒷모습이 보였다. 한선우와 함께 카이스트에서 파견을 나온 김호연이었다.

"아, 정말. 숙소 들어가라니까. 왜 여기서 이래요. 불편하게. 한선우 씨!"

한숨 끝에 낮게 잠긴 목소리가 흘러나왔다.

"너, 용궁 갔다 왔냐. 간 두고 왔어?"

"제 간 여기 있지 말임다."

"간도 있는 놈이 그러고 있지? 선배 무서운 줄 모르고 말이야, 나댈래?"

"예예, 아임 쏘 스케어드 하네요."

얼굴을 쓸어내리며 문밖으로 나서는 한선우와 눈이 마주쳤다. 묘한 기류가 흘렀다.

버티던 선우가 묵례를 하자마자 시설 관리소장이 어색한 기류를 뚝 끊어 냈다.

"식사하러 가셔야죠."

"네. 그러시죠."

살짝 억눌린 한선우의 신음이 뒤를 따랐지만 헌영은 그대로 실험동을 벗어났다. 멀리 직원 식당에서 새어 나오는 불빛을 따라 걸어 나가던 헌영은 피식 웃음을 흘렸다.

창밖을 내다보며 헌영은 막 들었던 젓가락을 내렸다. 접시를 앞에 놓고 그는 마른세수를 했다. 밤을 새워 그런 건지, 어떤 놈이 대수롭지 않게 던진 돌멩이 덕분인지, 여하튼 입맛이 없었다.

"밤새웠어?"

커다란 접시를 들고 마주 앉은 장수는 늘 그런 것처럼 말이 아니게 초췌했다.

"집에 들어갔던 거 아냐? 왜 또 이 시간에 여기 있어."

"새벽에 나왔어."

너도 너다, 하는 눈으로 헌영은 물을 한 모금 마셨다.

"그놈이 빵꾸 내는 바람에 어쩔 수가 없었어."

"누구."

"민성이. 술 처먹고 실내 야구장 갔다가 팔 부러졌대."

대거리 없이 한숨을 내보내니 장수가 후다닥 달려들었다.

"3개월. 3개월만 임시 인력 쓰자. 내가 잘 가르쳐서 데리고 있을게."

"3개월 보고 이 산속에 누가 오겠어."

"우리 랩 인기 많잖냐."

장수가 늘어놓기 시작하는 이야기를 들으며 헌영은 유리 커튼 월 밖으로 시선을 돌렸다. 비죽비죽 솟은 온갖 나무들이 흡사 눈을 뒤집어쓴 골렘 같았다. 훅, 숨을 불어넣기만 하면 부스스 일어나 막 걸음이라도 옮길 듯한.

"3개월 계약하고, 일 잘하면 계약 연장 고려해 볼 수도 있고. 이럴 때 인사권 쓰는 거지, 너는 일만 하는 원장 대리냐?"

푸르스름한 여명 속, 빛나는 눈밭엔 간간이 잦아 든 눈발이 날리고 있었다. 장수는 여전히 매달려 떨어질 줄을 몰랐다.

"민성이 깁스 풀 때까지만. 어?"

동기란 놈들이 어째 하나같이…….

저걸 여기 데려다 놓고 평온할 수 있을까.

후드를 쓴 채 한선우 옆을 걷고 있는 혜동이 언뜻언뜻 비쳤다. 헌영은 시선을 걷어 와 심각한 장수에게 꽂았다.

일이 이렇게 돌아가는 건 무슨 조화일까. 자, 저 아이가 거기 있으니 이제 데려올 차례다 하는 메시지처럼. 상황이 이렇게 되니 초월적인 힘 따위가 있는 건 아닌지 하늘이라도 한번 올려다보고 싶어졌다.

보우하시는 건 보통 하늘에 있잖은가.

헌영은 웃으며 놓았던 젓가락을 집었다. 고슬고슬 밥이 다른 날보다 좋았다. 젓가락으로 소담하게 밥알을 다지던 그는 웃음까지 다져 올렸다.

밥은 먹여 보내지.

이 시간에 변변한 식당 찾기 힘들 텐데. 재차 아쉬웠다. 밥도, 박수 치던 뒷모습도.

호텔에 가지 그랬느냐 했던 도발에 섹스 운운하며 블러핑하던 양이 마냥 귀엽진 않았다. 덕분에 당직실 앞에서 한선우를 마주친 순간은 속이 시끄럽기까지 했다.

무슨 심리로 그딴 소리를 지껄였을까. 그 상황에서 구질구질 설명하는 것이 우스워 그랬을까.

웃음이 걸린 헌영의 입으로 밥이 들어갔다. 혀가 까슬거리는 데도 불구하고 씹어 넘기는 밥은 달았다.

밤새 뒤로 물러서며 숨을 뱉던 얼굴을 지우느라 뒷골이 다 뻐근했다. 붉게 흐트러지던 얼굴, 흔들리는 눈, 페이스를 잃은 호흡.

이성임을 각인시키려 본능이 한 짓이었다. 지나치듯 한 걸음 다가갔던 건.

정혜동이 그렇게 예상치 못한 답을 했을 때 이미 연소되기 시작한 무언가에 기름을 끼얹은 꼴이 되었다. 그건 참 신선했다. 꽁꽁 무장하고 있는 그 어린놈의 평정심을 박살 내 버렸다는 데서 오는 희열에, 출처를 알지 못할 정복욕까지.

눈앞에 앉은 놈 말대로 군 생활하는 것처럼 살아서 그렇다기엔 좀 부족하다. 이게 무슨 상황인지 정리를 해야 할 것도 같은데.

"가타부타 대답은 않고 왜 웃고 난리야. 사람 설레게."

헌영은 장수의 너스레를 툭 쳐 냈다.

"그만 떠들고 먹어."

"지원자 영 없으면 상현이한테 추천해 달라고 하지, 뭐."

"공채 계획 수립하라고 할게."

"원장님께 면목이 없네."

"네가 부러뜨렸냐?"

헌영의 무심한 대답에 하하, 허허 장수 특유의 사람 좋은 웃음이 넓고 한산한 식당을 울렸다.

❧

"……조직 배양학 학부 수업 인원을 늘려 달라고 하는데 어떨까요. 학장님 말씀이 교수님께 여쭤보고 오케이하시면 진행하라고 하시는데……."

헌영은 번들거리는 입술이 움직이는 것을 아무 생각 없이 바라보았다. 그러니까, 이 새로운 조교는 노크를 하고 들어왔을 때부터 이 상태였다. 붉게 물드는 뺨을 바라보고 있노라니 확연히 실감이 났다. 그 자식은 정말 건조한 놈이었구나.

그건 그렇고. 그놈은 어디 가고 이렇게 여자 냄새 풍기는 애가 와 있는 걸까.

"교수님?"

"계획했던 인원만 받읍시다."

"아. 네. 그러면 그렇게 진행하겠습니다."

당황하는 기색이 역력했다. 잘은 모르겠으나 보통 이런 쪽이 귀염성 있다고 여기지 않을까. 비쩍 말라서는 견고한 가면이나 쓰고 있는 놈보다는.

귀염성이 있어야 마땅한, 그럼에도 불구하고 귀엽다 여겨지지는 않는 새 조교가 인사하고 물러가려 손잡이를 잡았다. 벌컥 문이 열렸다. 상현이 밀고 들어오면서 흘깃 나가려던 애 뒷덜미를 잡았다.

"이 선생, 세미나 일정 공지했어요?"

"아, 교수님. 오늘 하겠습니다."

"다음번엔 미리미리 부탁해요. 선약이 잡히는 경우가 있어서 최소 2주 전에는 공지해야 해요."

"잘 알겠습니다. 죄송합니다."

"죄송할 것까지야. 가 봐요."

마뜩잖은 얼굴을 하고 들어선 상현이 털썩 소파에 주저앉았다. 새롭게 합을 맞추자니 어지간히 답답한 모양이다. 하긴 그렇게 귀가 닳게 칭찬하던 놈이 없어졌으니 상실감이 크기도 하겠지.

"배양학 강의 인원 늘려 받기로 했어?"

"아니."

"좀. 너는 도와주기로 했으면 좀 써라."

"관리하기 귀찮아."

"TA* 둬."

"똘똘하게 일하는 놈 있으면 하나 붙여 주든가."

"그럼 인원 늘릴래?"

"아니."

"비싼 새끼."

---

* Teaching Assistant. 수업 조교.

담배 피우러 나갈까 하다가 헌영은 물끄러미 상현을 응시했다. 숙소동과 연구동을 오가는 일주일 동안, 그놈이 만들어 둔 것이 분명한 눈사람을 보며 버티다가 결국은 항복한 상태였다.

완전히 녹아 버린 눈사람을 본 후 충동적으로 나섰다. 굳이 초우의 공채 계획을 시시콜콜 통보하러 왔다. 전화만으로도 충분했을 일인데 말이다.

"아, 준희 선배 이번 학기 출강하기로 했다더라. 윤 교수 대신⋯⋯."

주절주절 상현의 말이 이어졌다. 귓등으로 새는 말을 붙잡을 생각도 없이 헌영은 눈덩이를 던지며 웃던 누군가의 모습을 떠올렸다. 그렇게 기쁘다면야 얼마든지 맞아 줄 수 있다. 다른 이와 착각했다고 강조하지만 않았어도 좋았을 텐데.

"어디 있어."

"준희 선배? 특작원에⋯⋯."

"아니. 그놈 말이야."

"그놈? 어떤 놈?"

"정혜동."

"혜동이? 우리 혜동이?"

"그래. 너네 혜동이 어디 갔냐고."

"그건 왜 묻는데?"

"채용 계획 알려 달라며."

"응? 초우 자리 났어?"

"임시 계약직. 3개월."

"3개월?"

짜증스러운 반문에 헌영은 담배를 집어 들고 일어났다.

"하는 거 봐서 연장할 수도 있고."

"야 이 씨."

"공개 채용이야. 스펙 좋은 놈 오면 밀릴지도 모르니까 장담하진 말고."

"혜동이 스펙이면 차고 넘치지. 월급은 많이 주냐?"

"조교 월급보단 나을 거야."

"박사 공부하는 거 지원해 줘?"

"지원까진 아니고. 그걸로 불이익은 없어. 박사 하는 인턴 애들이 있긴 했어."

"그래? 거기 복지 좋다며. 공부하는 거 지원할 계획 없어?"

"무슨 말이 그렇게 많아. 누가 갑인데?"

"대학 농장 교육팀에서 혜동이 보내 달라고 하는데 재 봐야지. 어디가 나은지."

"때려치워."

발코니로 나가는 문을 밀자니 상현이 소리 질렀다.

"2년 보장해!"

"원서 내지 마."

"네놈이 더 잘 알잖아. 혜동이 일 잘해."

"내기만 해. 서류 전형에서 탈락시킬 거니까."

너털웃음을 하며 상현이 발코니로 따라 나왔다.

"혜동이 강릉 출신이야. 할머니 거기 계신 걸로 알아. 제 이야길 안 하는 놈이라 서류 뒤적여 알아낸 거야. 여러모로 초우에서 일할 수 있으면 좋지."

후우, 연기를 걸러 내며 헌영은 영산홍 군락에 둘러싸인 벤치를 내려다봤다.

제 이야기 안 한다는 폐쇄적인 놈한테 뭐 그리 절대적 지지를 보내는 거야. '우리' 혜동이는 또 뭐고.

"왜 그리 애틋한데?"

"짠하고. 기특하고. 대견하고…… 그놈 그거, 같이 살던 친구가 자살해서 많이 힘들었거든."

"제 이야기 안 한다며 그런 건 어찌 알고."

"직접 봤으니까."

상현이 라이터돌을 긁어 담배에 불을 붙였다. 후우, 뻗어 나가는 연기가 느리게 분해되는 통에 헌영은 조금 답답해졌다.

무슨 사연인지.

애초에 불쌍한 녀석이네 어쩌네 하는 식의 말들은 듣고 싶지 않았는데도 이 모양이다. 이 심란한 심리 안에 연민 따위가 섞이는 건 말 안 되는 상황이다. 달갑지 않았다.

"너 사고 친 날. 혜동이 데려다주라고 했던 건 기억하냐?"

헌영은 말없이 담배를 물었다. 대답 듣자고 했던 말은 아니었는지 상현이 그대로 말을 이었다.

"그날 주영이 비번이라 혈액 검사하고 데려다줬거든. 약 기운이 오래가서 신림동 구석 옥탑방까지 같이 갔었고."

"그래서."

"올라갔는데 같이 사는 친구가 목을 맸더라고. 119 부른다고 주소 알려 달라니까 혜동이가 기계처럼 읊더라. 그 목소리가 잊히질 않는다. 울음을 꾹 삼키고 그렇게 읊어 대는데…… 가슴이 아파서……."

헌영은 들이마셨던 연기를 내뿜었다.

"한동안 주영이가 신경을 좀 썼어. 만나서 밥 먹이고 커피 사 먹이고. 그거 다 치료의 일환이라대? 트라우마 쉽게 떨치지 못할 거라고."

떨어져 내리는 눈을 맞으며 울던 모습이 뇌리를 스쳤다. 헌영은 마지막 연기를 뱉고 높다란 쓰레기통 재떨이에 담배를 비벼 껐다.

"그 와중에 공부 놓지 않는 게 참 예쁘잖아."

헌영은 돌아서서 팔꿈치를 난간에 올린 채 등을 기댔다.

"예뻐?"

"예쁘지. 그럼."

그 아이에 대해 제대로 아는 것이 없었다는 생각을 하며 헌영은 퍼런 하늘을 바라보았다. 그러니까 뭘 제대로 아는 것도 없이, 건드렸다.

"어째 내 주변엔 그런 놈들밖에 없는 거냐고. 이러니 내 오지랖이 쉴 틈이 없지."

"무슨 헛소리야."

"주영이 조만간 장모님 댁으로 가."

"……."

"소원이란다. 다음 주 일요일 오후에 와. 같이 보게."

헌영은 상현을 응시하던 시선을 영산홍 군락으로 내렸다.

"형님아."

곧 죽어도 친구가 먼저라며 촌수니 뭐니 다 무시하던 놈이었다. 식도 없이 도둑 결혼을 하질 않나, 제 부인 소원이랍시고 굴욕적이라던 호칭까지 들이대질 않나.

피식, 웃음을 흘려보낸 헌영은 끝내 상현에게 답을 하지 않았다. 상현의 한숨이 담배 연기를 타고 높이 솟아올랐다. 헌영의 시선은 여전히 혜동이 앉아 울었던 벤치에 붙어 있었다.

초우(2)

군데군데 흔적은 남아 있지만 그 많던 눈은 거의 다 녹아 버렸다. 눈이 없어서인지 수목원 풍경이 많이 달랐다. 곧 봄기운이 올라오지 않을까 하는 기대를 높이는 풍경이었다.

커다란 머그잔 둘과 작지 않은 쿠키 접시. 빼곡한 트레이가 테이블 위에 놓이고 두꺼운 패딩에서 어느새 경량 점퍼 차림이 된 선우가 마주 앉았다.

"잘했어?"

"어."

"잘했다고?"

"잘했다니까."

"하, 나. 이 자신감 어쩔 거야."

면접에 온 사람은 열두 명이었다. 정확히 12대 1. 이왕 떨어질 거면 잘했다 하고 떨어져야지. 더 잘한 사람이 붙었는가 보다 하게. 혜동은 웃으며 머그잔 손잡이를 움켜쥐었다. 물끄러미 응시하던 선우가 또 확인을 하려 들었다.

"사람 꽤 왔다던데 진짜 잘했어?"

"분류학 랩에서 일한 경험 있냐고 묻더라."

"유전학 랩에서 뽑는 거 아니었나?"

"맞아. 가외로 시드볼트에서 허드렛일을 시킬 계획인 것 같았어."

"그래서?"

"학부 때 분류학 랩에서 일하고 장학금 받았었거든. 일이 어떻게 돌아가는지는 알지."

"가능성이 높다는 이야기?"

"일단은?"

"긍정적인 거야, 오만한 거야."

"오만은 어디 쓰는 거냐. 당연히 긍정 쪽이지."

주요 인사권자가 퇴짜 놓지 않으면 가능성이 아예 없는 것 같진 않은데. 어찌 될지는 미지수였다. 면접 위원 중에 헌영은 없었다. 덕분에 면접은 자연스레 잘 끝났고.

"3개월이라 좀 그렇지?"

"응. 떨어져도 그만이라고 정신 승리 하기 딱 좋지."

선우는 떨떠름한 얼굴로 쿠키가 담긴 접시를 밀었다. 상현이 계약 연장될 가능성 높으니 원서는 꼭 넣으라고 여러 번 당부했었다. 연장이 되든 안 되든 한 번은 일해 보고 싶은 곳이었으니까.

할머니도 가까이 있고 보수도 높다 하고. 게다가 박사 공부하는 것에 허용적인 분위기라는 건 큰 장점이다.

"합격자 발표는 언제야."

"이틀 안에 개별 통보 한대."

"되겠지, 뭐."

"그럴까?"

"짐 많아? 주말에 차 가지고 올라갈게."

"시간 돼?"

"안 돼도 돼야지."

"이러다 떨어지면 우습잖아. 합격이나 하고 나서 짐을 꾸리든가 말든가."

받아 웃는 선우의 웃음 속엔 확신이 있었다. 혜동은 선우가 맞았기를 바라며 마주 웃었다.

— 조카가 바비큐 먹고 싶다 그러니까요.

"잘난 남편 어디 두고?"

— 잘난 남편 옆에 두고, 잘난 오빠 앞에 두고. 뭐 그러고 싶어서요.

"됐으니까."

—오빠.

햇살이 부서지는 창 앞에 선 헌영은 건물을 둘러 잘 정돈된 화단을 살폈다. 자로 잰 듯 규칙적인 간격을 맞춘 채 뾰족뾰족 수선화 잎이 흙더미를 뚫느라 바빴다. 봄이 오긴 오는 모양이다. 시간도, 관계도.

귀에 닿은 전화기에선 더 말이 없었다. 시간은 어찌해 볼 도리가 없으니 맞겠으나, 다른 의미의 봄을 받아들이라 종용하는 여동생의 침묵은 달갑지가 않았다.

"주영아."

— 기다릴게요. 오빠 올 때까지 조카도 굶어요.

"배 속에 그놈. 엄마 성격 닮을까 걱정이네."

— 아빠 닮아 천사예요. 걱정 말아요.

똑똑, 노크와 함께 밝은 표정의 장수가 들어섰다.

"그만 끊어야겠다."

— 나, 기다려요.

전화기를 내린 헌영은 한숨을 밀어 넣고 장수를 맞았다.

"면접 보고하러 왔습니다."

웃는 낯인데도 불구하고 쌓인 피곤은 또 어쩌지 못하는 얼굴이다. 일 인의 공백을 온전히 메우고 있을 테니 힘이 들 만도 했다.

"상현이가 보낸 아이 괜찮더라."

"뭐가 괜찮은데."

"똘똘하게 일 잘할 것 같아. 분류학 랩에서도 일해 봤다 그러고."

"분류학?"

"성 팀장이 죽겠다고 그래서. 손 남을 때 잔일 도울 수 있으면 좋지, 뭐."

"가지치기 똑바로 해. 기껏 뽑은 애 그만둔단 소리 나오게 하지 말고."

"뭘, 그렇게까지."

"그냥 하는 말 아니고. 강민성 대체 인력이라는 거 망각하지 말란 소리야."

"알았어, 알았어."

헌영은 장수가 내리는 서류 심사표와 면접 심사표를 팔락 넘기며 물었다.

"결과 통곈가?"

"어. 특출 나네."

당연히 뽑히려니 하고는 있었지만 막상 진행되어 가는 걸 보니 속이 시끄러웠다.

이 나이에 주책 아닌가. 어린 녀석을 뭘 어쩌자니 양심 없고. 이런 경험은 또 처음이라 뭘 어떻게 할지도 모르겠고.

"왜 그런 얼굴이야? 남자가 뽑히길 바랐냐?"

세상 둔할 것 같은데 장수는 어울리지 않게도 섬세한 구석이 있다. 헌영은 서류를 책상 위에 던지듯 내렸다.

"천궁 다시 돌린 건 어때?"

"아직, 이틀 후에 검사 들어가."

"해금사海金砂는?"

장수가 말끄러미 헌영을 뜯을 듯 훑다가 물었다.

"뭔데? 잘난 얼굴은 왜 또 그렇게 꺼칠하고?"

"해금사 성분 보고서 정리되는 대로 올려."

"친구로 물었는데, 상사가 답하시네."

틀렸다. 박장수야.

상사의 탈을 쓴 속 시끄러운 남자가 답했을 뿐이다.

헌영은 자리에서 일어나 겉옷을 걸쳤다. 속 시끄러울 땐 찬 공기가 답이 되기도 하니까.

짐이 많진 않았지만 차 없이 홀로 옮기기엔 녹록지 않았다. 그런 까닭으로 혜동은 일요일에 7년간의 서울 생활을 정리하고 선우 차를 타고 내려왔다. 짐은 커다란 캐리어 안에 모두 들어갈 만큼 단출했다. 서울에서의 삶에 비하자면 턱없이 간략한. 어쩌면 얻은 것보다 잃은 것이 많아서 짐도 마음도 그리 단출한 건가 싶기도 했다.

"기분 어때?"

"무슨 기분."

"시원섭섭하지 않아?"

글쎄, 그게 그래야 정상인 것도 같은데. 혜동은 달리는 풍경 안에 지난 시간들을 새겨 넣으며 허무하게 웃었다. 아무리 되돌아봐도 아쉬움이랄 것이 없었다. 이미 사라져 버린 시간을 부정하고 싶은 것도 아닌데 그랬다.

"별로. 나, 시골 체질이라 그런가."

"시골 아니고 산골."

"그러게."

아무래도 산골 체질이 맞다. 그러니 떠나온 길이 이토록 기꺼울 테지.

혜동은 분위기를 전환하고 싶어 내내 궁금했던 걸 물었다.

"랩 분위기는 어때?"

"분위기? 어떤?"

"동료들끼리 합은 좋아? 불화 없어?"

"글쎄. 나야 협조 요청 들어오는 것만 떨어지게 해 주면 되니까. 그쪽 분위기는 잘 모르지. 뭐, 여태껏 어디서 싸움 났다는 소리는 못 들은 것 같네?"

"됐어. 너한테 뭘 알아내겠냐."

"아. 실수를 용납하지 않는 사람이 한 명 있긴 하지. 그것도 정점에."

"어떤데?"

"언제였더라. 작년 이맘때였던가? 누군가 연구 의뢰 넣은 기관에 최종 보고서를 보내야 하는데 착각하고 초안을 보낸 적 있었다나 봐. 박살 났다더라고."

"박살은 어느 수준을 말해?"

"팀장까지 세트로 성과 평가에서 불이익 받았다던가 뭐 그랬던 것 같네."

"세트로?"

"응."

"무슨? 당사자만 받으면 되는 거 아냐?"

"그거야, 관리 책임을 물은 거겠지. 사고 친 당사자는 죽자고 미안할 테니 정신 차려 일할 거고."

"가혹해."

가혹할 것도 많네, 중얼거리며 선우가 핸들을 꺾어 수목원 입구로 접어들었다. 오전에 눈발이 날린 건지 진입로에 선 소나무 꼭대기에 얕게 눈이 덮여 있었다. 줄줄이 지나는 우듬지에서 튕겨 내는 빛이 정겹고 따뜻했다. 혜동은 수목원을 가로지르는 차 안에서 새록새록 올라오는 감상을 뱉었다.

"신기해."

"뭐가."

"여기서 일을 하게 되네."

"여기가 뭐 어떤데. 특별해?"

"할아버지 그림 그렸던 거 기억나?"

"당연히 기억나지."

"식물도감에 들어갈 그림 사진 받으러 오고. 원고 가져다주러 오기도 하고. 할아버지랑 자주 드나들었거든. 올 때마다 좀 더 둘러보면 좋겠다, 생각만 하고 막상 말을 못 했어."

구부정한 등을 굽히며 연신 인사하던 할아버지에게 부담을 주는 거라고 생각했다. 때문에 튤립 정원이며 장미 정원이며 참 좋았는데 제대로 보질 못했었다.

넓게 편 손바닥으로 가볍게 핸들을 돌리던 선우가 웃으며 답했다.

"결핍은 좋은 에너지가 되기도 하는 거니까."

결핍이 없지 않았지만, 그것이 주된 정서는 아니었다. 나무와 풀을 들여다보는 전공을 택한 건 그것이 추억이자 행복이었기 때문이다. 알지 못할 온갖 초목 사진을 정리해 가며 할아버지를 도왔던 시절의 추억.

진초록빛 나무숲을 지나 연구동 앞 광장을 가로지르는 동안 혜동은 여러 번 되뇌었다. 공부 그만두지 않길 잘했다. 잘했다, 정혜동.

숙소 주차장에 차를 세운 선우가 빙긋 웃는 얼굴로 그렇다는 확신을 주었다.

"웰컴 투 초우."

손잡이를 젖혀 차 문을 밀어내며 혜동은 웃었다. 잘했다고 인정해 주는 사람, 적어도 한 명은 확보한 셈이다. 아, 상현까지 둘. 가끔 밥 사 주는 주영까지 셋.

그리고 또 누가 있나.

커다란 캐리어를 바닥에 내리는 순간 떠올렸던 얼굴이 건물 안에서 걸어 나왔다. 별로 말 안 되는 인물이라 지우려던 차였는데 당황스러웠다.

헌영은 온통 새까만 러닝복을 입고 있었다. 검은 고어텍스 후드 집업, 검은 쇼츠 아래 검은 컴프레션, 귀에 꽂은 검은색 이어폰까지 완벽했다. 흐트러져 내려온 앞머리 덕에 평상시와 달라 보여 혜동은 인사하는 걸 잊을 뻔했다.

"안녕하세요. 교수님."

옆에 선 선우가 덩달아 가볍게 인사했다. 선우의 묵례를 받은 헌영이 혜동에게 시선을 옮겼다. 한동안 이어지는 시선에 잔뜩 긴장했건만 그는 말없이 지나쳤다.

여유롭게 걸어 나가는 뒷모습을 멍하니 바라보던 혜동은 한숨과 함께 돌아섰다. 안 그래도 속상했는데 선우가 슬쩍 얹었다.

"도매로 무시당한 기분이네."

그러니까. 이젠 학교도 아닌데 인사 정도는 받아 주지.

혜동은 심정이 상했다. 지난번 친 사고도 알고 보면 그쪽에서 호텔 운운해서 저질러 버렸던 것 아닌가. 헌영을 대할 때 이성을 잃고 막 나가게 되는 건 8할이 그쪽 책임이다.

"아는 사이 맞아?"

속도 모르고 한선우가 또 긁었다. 후우, 혜동은 깊은숨을 내쉬며 조그맣게 중얼거렸다.

"모르는 사이면 나도 좋겠네요."

"뭐라는 거야."

"좀 그렇지?"

달달달, 캐리어를 끌던 한선우가 한 번 더 긁었다.

"그 성격에 어째 참으실까? 기분 안 나쁘냐?"

"뭐. 그러려니 하는 거지."

현실이 내 성격에 사포질을 하니, 당해 낼 재간이 없어서.

"왜 저러는 것 같은데?"

"응? 뭐가?"

"여기서는 안 그러거든. 누구 인사 씹고 그런 사람 아니야."

굳이 알고 싶지 않은 말을 던진 선우가 엘리베이터 버튼을 가볍게 눌렀다. 혜동은, 무미한 얼굴로 그녀를 기다리는 선우를 응시했다.

뭐가 느껴지는 게 있는 걸까. 헌영과의 사이에 복잡하고 개운치 못한 뭔가가 있는 건 사실이다. 그것이 비록 직접적이고 대단한 건 아니지만 뭐가 있긴 있다. 딱히 뭐라 정의할 수 없어서 답답한.

"내가 만만해서 그런가 보지, 뭐."

"장헌영 씨가 그런 성격 같아? 어린 후배 만만히 여겨 무시하는. 뭐 그런?"

혜동은 답하기 껄끄러운 질문을 연속으로 던지는 선우를 힐긋 쳐다보고는 시선을 내렸다. 유감스럽게도 장헌영 씨는 그런 성격이 아니다. 그러니 말이다. 그런 성격도 아니면서 왜 사람을 그딴 식으로 대하는 걸까.

"알 게 뭐야. 행동이 그러면 그런 거지."

혜동은 잔뜩 미간을 구긴 채 뱉고는 도착한 엘리베이터에 올랐다. 나란히 올라선 채 구겨진 미간을 내려다보던 선우가 4층 버튼을 탁, 소리 나게 누르고는 툭, 던졌다.

"단순한 놈."

"이 상황에 복잡할 게 뭐 있어. 현상만 놓고 해석하면 심플한걸."

혜동은 다 무시한 채 스스로를 납득시키기 위해 그렇게 정리했다. 결론도 안 날 생각에 쏟을 에너지는 없다. 지금 중요한 건 초우에 근무하게 되었다는 것 아닌가.

단순한 놈, 선우가 재차 중얼거리는 소리를 사뿐히 지르밟은 혜동은 4층에 도착한 엘리베이터 밖으로 나갔다. 배정받은 곳은 비상구 문 바로 옆에 위치한 끝 방이었다. 위치도 딱 마음에 들었다. 카드 키를 키패드에 갖다 대려는 순간 뒤따라온 선우가 검지로 천장을 가리켰다.

"뭐? 뭔데?"

"그 양반 방이야."

접히는 미간을 말끄러미 내려다보던 선우가 혜동의 얼굴을 손으로 덮어 쓸어내렸다. 질색하며 물러서는데도 선우는 웃음이 그득한 낯빛이었다. 혜동은 열이 올랐다.

"죽을래?"

"죽여 보든가."

정혜동에게 당하는 죽음은 뭐든 환영이라는 헛소리에 혜동은 소리를 질렀다.

"야! 나이가 몇 갠데 이딴 장난이야."

"정리하고 6시에 내려오세요. 밥 먹읍시다. 으르신."

"저게 진짜."

피식 웃음을 흘린 친구 놈이 손을 흔들며 비상구 문을 나섰다. 어이없이 웃어 버린 혜동은 현관문을 열었다. 가방을 두고 성큼성큼 걸어 들어간 그녀는 활짝 창문을 열어젖혔다. 말할 수 없이 깨끗한 산속 공기가 폐부를 파고들었다.

확실히 산골 체질이다, 정혜동은.

가끔, 아주 가끔 깨끗한 하늘을 보는 것만으로, 빗소리를 듣는 것만으로, 또 맑은 새벽 공기를 마시는 것만으로 세상이 빛나 보이곤 했다. 고달프고 무거운 것들이 하찮고 가벼워지는 순간. 서울에서도 가끔은 그런 순간이 있었다.

두어 번 호흡을 늘리자니 세상이 빛났다. 혜동은 차고 깨끗한 공기와 함께 양껏 웃음을 머금었다.

잘 지내자. 초우.

Post-Traumatic Stress Disorder

진녹빛 선내호仙內湖 물결이 깎아지른 산기슭에 찰싹찰싹 부딪쳐 가며 오르내렸다. 호랑이 곰방대 물던 시절 신선이 목욕재계하던 곳이라 '선내'라는 이름이 붙었다는 지역의 작은 호수. 헌영은 길게 다져 둔 호수 둘레 길의 나무 덱을 돌아 나갔다. 탁탁, 바닥을 딛는 충격을 제대로 느낄 새도 없는 속도였다.

옷감이 거세게 마찰하는 소리가 부담스러울 즈음, 목구멍에서 올라오는 쇠 비린내가 불쾌해질 즈음 그는 속도를 늦추었다. 훅훅, 긴장한 근육을 이완시키며 찬찬히 걷던 그의 시야에 익숙한 통나무집이 들어왔다.

이상한 힘이 있는 집이었다. 흐르는 시간을 통째로 집어삼키는. 그리하여 열세 살 장헌영으로 끌어내리는.

그는 바라보던 걸 그만두고 울창한 전나무 숲을 등진 채 호수를 조망하는 건물을 향해 걸었다. 익숙한 얼굴들이 넓은 뜰을 오가느라 분주했다.

"오빠."

"늦었네."

동생 부부가 환한 웃음으로 헌영을 맞았다.

"와서 불 좀 봐 줘."

상현이 넘기는 부지깽이를 받으며 헌영은 불완전 연소된 장작들의 위치를 잡았다. 툭툭, 불에 익어 떨어지는 숯 더미의 열기가 싸늘한 공기를 녹였다.

"왔니?"

깨끗이 손질한 해산물을 들고 인사하는 어머니를 바라보느라 그는 답할 타이밍을 놓쳤다. 조금은 변하지 않았을까 생각하느라 놓친 타이밍이 무색하고 또, 어색했다.

평온한 목소리, 표정, 그리고 우아한 미소. 어머니는 변함이 없었다. 가족을 떠나기 전에도, 심지어 떠난 후에도. 어떻게 그럴 수 있을까 하는 의문을 부를 만큼 한결같았다.

"오빠, 차 안 가지고 왔어요?"

"응."

그릴 근처로 다가온 어머니가 물었다.

"조깅?"

"네."

잘 손질된 고기와 해산물들이 옆에 놓이고 모두가 자리를 잡았다. 자라는 동안 종종 누리던 주말 일상 한 자락이다. 멤버 구성이 바뀌었을 뿐.

아버지 자리를 차지한 그 사람은 어디 갔을까. 부러 피하는 건가?

"넘치는 에너지 저렇게라도 풀어야죠."

상현의 직설에 주영은 질색하며 눈을 흘겼고, 어머니 경혜는 소리 내어 웃었다.

"뭐? 틀린 말이었어?"

헌영은 툭툭, 장작을 정리하며 대수롭지 않게 답했다.

"불 좋은데 구울까?"

가벼운 주둥이 저거 익으면 좀 무거워지려나.

"뭐야, 정말. 다들 하드한 농은 삼가 줘."

주영이 불룩한 배를 쓸어내리며 핀잔했다.

"농인가 보다 하겠지. 송 서방 아들인데 그 정돈 구분하지 않겠어?"

"그럼요. 평상시엔 엄마 쪽이 훨씬 하드한데요, 뭐."

"송상현 씨, 그러지 말아요. 곤란해."

"주영이가 그래?"

경혜가 웃음기 든 질문을 했다. 아시면서 그러세요, 상현이 너스레를 떨며 둥그스름한 등심 조각들을 석쇠 위로 올렸다. 편으로 썰어 둔 버섯이니 양파니 하는 것들과 포일에 감싸인 해산물 몇 개도 나란히 자리를 잡았다.

"수목원 일 바쁘니? 지난번에 눈 많이 와서 고생했지?"

"무사히 넘어갔어요."

"요즘도 밤샘 자주 해?"

"이 일이 그래요. 어머니. 시행착오에 비례해 결과가 나오는 거라, 그럴 수밖에 없달까요. 게다가 형님은 수목원 관리까지 해야 하니 배는 바쁘죠."

대신 답하는 상현에게서 집게를 넘겨받은 헌영은 지글지글 익어 가며 육즙을 떨구는 스테이크 위치를 조정했다.

"그 원장이라는 사람이 잘 뽑아 놓고 간 거지. 죽자고 고생하는 자리인 것 같은데 오빠 같은 사람 또 있었겠냐구요."

적당히 익은 스테이크를 잘라 주기 위해 헌영은 자리에서 일어났다. 수목원을 재단으로 돌리려 추진하던 시점이었다. 갑작스레 결정된 원장 부부의 교환 근무 덕에 올 스톱 한 채 인후가 원장 권한으로 대리 지정을 했다. 이런저런 설명도 없이 그가 요청한 기한은 3년이었다.

어차피 수목원에 틀어박혀 있는데 무슨 일인들 어떻겠냐는 심리로 헌영은 받아들였다. 주영 말대로 죽자고 고생하는 자리라 그랬는지 헌영의 보임에 대해 구성원 내부에서 큰 잡음은 없었다.

그런 까닭으로 2년 남짓 큰 무리 없이 초우 수목원의 명성을 근근이 이어 가는 중이었다. 연구 외에 신경 써야 할 일들이 몇 곱절이라 초반 힘이 들었던 것도 사실이지만 나름 의미 있는 경험이었다. 주영이 보기엔 탐탁지 않은 모양이지만 말이다.

엄마 될 날을 받더니 제 피가 통하는 이는 모조리 걱정거리라도 되는 양, 주영은 뭔가 해결하지 못해 안달이었다. 아이가 태어나면 좀 덜할까?

"언제 나와?"

"응?"

"리틀 송상현."

"왜 리틀 송상현이야. 리틀 장주영이지."

주영이 발끈하자 상현이 웃으며 답했다.

"4월 초. 아, 말 나온 김에, 그래. 리틀 장헌영은 언제 볼 수 있어? 기약 있어?"

"이 산속에 박혀서 무슨. 오빠, 제대로 연애한 적이나 있어요?"

산속이라고 안 될 이유는 없지. 반증의 예가 저리도 공고한데.

잘 익은 대하 껍질을 벗겨 주영의 앞에 놓아 주던 경혜는 불편한 분위기를 감지하지 못한 듯, 아니, 어쩌면 무시하는 듯 평온했다.

"맛있어. 왜 이래. 왜 여기서 먹는 건 다 맛있어? 엄마. 음식에 뭐 뿌려요?"

헌영은 타닥타닥 소리 내는 숯불 속으로 시선을 말아 넣었다. 콧등을 찡그리며 마주 웃는 모녀를 보노라니 더없이 불편했다.

과거 어느 시점으로 줄달음치려는 생각을 붙잡아 가며 그는 뭐든 맛있다는 여동생 앞으로 먹기 좋게 익은 스테이크 조각을 잘라 주었다.

하하, 호호. 미세한 긴장감으로 겉도는 웃음과 함께 바비큐가 익어 갔다. 봄을 부르는 계절의 한가운데 둘러앉은 채 헌영은 이런 날이 오긴 오는구나 생각했다.

"무슨 일 있어?"

"왜? 있어 보여?"

커피나 내려 달라 모녀를 들여보낸 상현과 헌영은 뒷정리를 시작했다. 과거 한 귀퉁이에 붙잡혀 있는 그 잠깐 동안 뭐가 드러났는지 상현은 잘도 넘겨짚으며 놔주질 않았다.

"너, 어머니 보는 눈 여전히 개운치 않으니까."

"프로이트 코스프레하지 말고. 똑바로 들어."

"세상 무심한 척하면서 트라우마에 발목 잡혀 있잖아요. 당신이."

두 사람은 아담하게 지어 둔 저장고로 바비큐 그릴을 맞들어 옮겼다.

"사람 잡는 건 보통 선무당이지."

"프로이트네 집 개 3년이면 꿈도 분석한다는데 나라고 못할 거 있어? 주영이 어깨너머로 배운 게 얼만데. 너 준희 선배 이후로 연애도 섹스도 시큰둥하잖아? 근원을 찾자면 그거밖에 더 있냐고. 설마 그거 안 서냐? 사이즈만 그럴듯한 건가."

"성희롱은 거기까지만 해. 기능하고 싶은 의욕은 넘치니까 걱정 말고."

시멘트 바닥을 끄는 듣기 싫은 소리를 남기고 그릴이 제자리를 잡았다. 문을 밀고 나오니 멀찍이 머그잔을 든 모녀의 웃음소리가 그들을 맞았다.

"그냥 하는 소리 아니야. 주영이한테 제일 큰 걱정은 너니까."

"뜬금없이 웬 연애 타령에 결혼 타령이야. 애 나올 때 되니 싱숭생숭해? 혼자 끌려 들어가자니 늦 같지?"

하하하하, 웃음을 터뜨리던 상현이 고단수 자식이라고 중얼거리고는 뒤를 따랐다. 헌영은 작은 나루로 지어 둔 나무 덱으로 걸음을 옮겼다.

"아, 혜동이 왔어?"

"어. 왔더라."

"혹시나 해서 그러는데. 너, 혜동이는 안 된다."

찬찬히 따라오던 상현이 웃음을 머금은 채 되도 않는 소리를 했다. 쭉 뻗은 전나무 사이에 자리 잡은 나루 밑 기슭에 얼음 흔적이 남아 있었다. 나무 그림자 때문에 긴 시간 응달이 지는 탓이리라.

근데, 왜 안 된다는 거야.

"왜 안 되는데."

"혜동이 아까워서 너 못 줘."

어떻게 산출된 기준이냐 물을까 했건만 오빠를 외쳐 부르며 주영이 다가오는 통에 대화는 끊겼다. 양손에 머그잔을 들고 나루로 다가오는 주영을 응시하던 헌영은 꺼내려던 담배를 그대로 밀어 넣었다.

"내 건?"

"엄마한테 가요. 오누이 타임이니까."

160

"아, 나 또 질투해야 하는 거지? 여동생 없는 놈 어디 서러워 살겠어."

여동생 이상으로 챙기는 놈 있으면서 무슨.

경혜를 향해 다가가는 상현을 바라보던 헌영은 주영이 내미는 컵을 받았다.

"고마워요."

"뭐가."

"와 줬잖아요. 안 올 것처럼 그러더니."

잔잔한 바람이 호수 표면에 물결을 만들었다. 균일하고 촘촘한 무늬가 순식간에 퍼져 나갔다가 되돌아와 다시 출발하곤 했다. 물끄러미 자연이 만드는 그림을 바라보며 그는 커피를 한 모금 마셨다. 이 오묘한 자연에 동화되는 순간 세상 모든 일이 미미해지는 건 또 무슨 이치일까.

"다음엔 아저씨랑 같이 봐요."

"되겠어? 그쪽에서 피하는 것 같은데."

무슨 생각을 하는지 주영의 표정이 무거워졌다. 가끔 헌영은 주영의 머릿속을 들여다보고 싶을 때가 있었다.

같은 피를 공유한다는 건 때때로 어이없는 불합리를 야기한다. 그건 대부분의 인간이 어쩌지 못하고 받아들이는 부분일 수밖에 없겠지만 눈앞의 이놈은 특별히 더 그런 면이 강했다.

주영은 이성적이지 못한 일에, 특히 타인에게 폐가 되는 것에 한해 타협이 없는 성격이었다. 융통성이라곤 없어 학창 시절 배척깨나 받았고 손가락질도 남부럽지 않게 받을 만큼 독하다면 독한 성격이었다.

딱 한 사람. 어머니에게만은 예외였다.

헌영이 열세 살, 주영이 아홉 살 때 경혜는 이곳 별장을 관리하던 촌부와 살겠노라 선언하고 가족을 떠났다. 그림을 그리던 그녀가 연중 몇 개월 이상을 꼭 머무르던 곳이었다. 산속의 채털리 부인은 그렇게 탄생했다.

하루 이틀 어머니의 부재 속에서 세월이 흐르는 동안 아버지의 분노는 극에 달했고 주영의 그리움도 극으로 치달았다.

딱 1년이 되던 겨울, 밤마다 엄마가 보고 싶다 히스테릭하게 울어 대던 주영을 데리고 헌영은 별장을 찾았다. 아버지 금고에 있던 지폐 다발을 가방에 쑤셔 넣고 여느 날처럼 등교한 뒤에 몇 층 아래 교실에서 수업받던 주영을 데리고 그대로 택시를 탔다.

눈 속을 헤치며 달리는 고속도로에서 헌영은 심장이 쪼그라들었다. 어머니 얼굴을 한 번 보는 것으로 상황이 바뀔 것이라 여길 만큼 그는 순진하지 않았기 때문이다. 주영의 그리움이 더 커질 거라는 것을 모르지 않았다.

연신 룸 미러를 힐긋거리는 택시 기사를 바라보며 헌영은 들떠 있던 주영의 손을 꽉 움켜쥐었다. 차고 작은 손이었다. 그 역시 그랬다. 머리를 좀 쓸 줄 알았고 세상 돌아가는 상황을 모르지 않았지만, 그때 그날 그 역시 다 크지 못한 손을 가진 아이였다.

"아저씨 그러지 말라고 할게요."

"그럴 필요 없어. 뭐 좋은 관계라고."

"엄마 이해 못 하잖아요. 지금도."

"그 양반하고 밥이라도 먹으면 알아질까?"

"좋은 분이에요. 엄마가 왜 그랬는지 알 것 같기도 해요."

헌영은 할 말이 없어 쌉싸래한 커피를 한 모금 마셨다. 그 사람은 외가의 별장을 관리하던 부부의 아들이었다. 경혜와 어떤 히스토리를 가지고 있는지는 모른다.

종종 어린 헌영 남매를 데리고 시간을 보내 주곤 하던 사람. 헌영은 그가 싫지 않았었다. 아니, 어쩌면 좋아했던 것도 같다. 그땐 그랬었다.

"그만 이해해 줘 보는 건 어떨까 해요. 그냥. 그래 보면 어떨까 싶어요."

해 보니까 적어도 전보단 마음이 편하다고.

주영의 말도, 눈길도 받지 않고 헌영은 멀리 펼쳐진 둘레 길로 시선을 돌렸다. 주영의 시선이 따라왔다. 아마도 같은 생각을 하고 있을 것이다. 저 길을 바라보자면 걷고 또 뛰자면. 그 역시 늘 그날 생각에 빠지곤 하니까.

그날 눈이 쌓여 저택까지 갈 수 없노라, 택시 기사가 거절하는 통에 둘레 길을 가로지를 수밖에 없었다. 무릎까지 푹푹 빠지는 눈길을 걸어 이곳 문 앞에 이르렀을 때 남매의 눈썹엔 언 입김이 잔뜩 매달려 있었고 공기 중에 드러난 모든 살갗은 빨갛게 얼어붙은 상태였다.

따뜻한 벽난로 앞에 앉아 그림을 그리던 경혜와 직접 농사지은 콩을 고르던 그 사람이 그들을 맞았다.

경혜는 우아하게 웃으며 잘 왔노라, 기다렸노라 했다. 마치 늘 그들과 같이 머물던 그 시절 그랬던 것처럼 상냥하고 편안했다.

헌영은 그대로 주영의 손을 잡아끌고 밖으로 나왔다. 숨넘어갈 듯 울어 대는 주영을 질질 끌고 선내호 둘레 길을 다시 걸어 나갔었다.

"오빠."

"어."

"고마워요."

"호르몬 덕분인가? 고맙다는 말 남발하는 거 적응 안 되네."

주영이 웃으며 허브티를 한 모금 마셨다. 모성이라는 본능이 불합리를 이기는 것일까.

철들고부터 남매에게 '어머니'는 금기였다. 그 오랜 금기를 부숴 가며 이렇게 직접적으로 어머니를 이해해 주자 청하는 건, 배 속에 품은 아이에게서 비롯된 심경의 변화가 아니겠는지……. 그것 외엔 달리 짚이는 것이 없다.

핏줄이라는 이유로 어이없는 불합리를 용인해 줄 이유는 없다고 생각했다. 서로 다른 관계의 틀과 사회적 지위 안에서 어머니가 '어머니'를 버리고, '아내'를 던지고 택한 삶을 당시엔 이해할 수 없었다.

당신 인생이니까.

어느덧 그렇게 보아 넘길 만큼 세월이 흘렀지만 어떻게 포장

파란미디어의
책들

Romance

e-mail paranbook@gmail.com
cafe cafe.naver.com/paranmedia
instagram @paranmedia
tel 02-3141-5589 fax 02-6499-5589

파란

밀어: 거울의 속삭임 비연 지음 | 각 권 13,000원(전2권)

절벽 끝에서 시작된 계약, 은밀한 진실을 속삭이다
거울아, 거울아. 내가 사랑하는 사람을 보여 다오

위험한 야수 같은 남자 미제하가 제안하는 거부할 수 없는 계약.
그 끝을 알면서도 빠져들어 버린 유설아.
서로 원하는 것을 갖기 위해 얽힌 두 사람의 아슬아슬한 로맨스!

낙원의 이론 정선우 지음 | 각 권 13,000원(전4권)

셋은 동시에 재학할 것이며, 같은 꿈을 꾸고 감각을 공유하니,
반드시 서로를 알아볼 것이다

정은우. 맑고 순한 외모와 달리 괴물 같은 신체 능력을 가진 살
인병기. 군의 혹독한 훈련에도 불구하고 팔팔한 새끼 짐승처럼
혈기왕성하지만, 자신의 쓸모를 증명해야만 살아남을 수 있는
삶이다. 도시를 둘러싼 가혹한 진실이 드러날수록 그녀의 처절
한 과거 또한 수면 위로 드러난다.

나의 아름다운 선 조강은 지음 | 값 13,000원

그래. 여기는 세상의 끝. 오늘은 지구의 마지막 밤
그리고 너는 나의 가장 아름다운 선

안개 속에 갇힌 듯 모호한 그녀 유선과 명료하고 분명한 남자 김
준일. 준일은 가을의 끝자락. 바람에 스러질 듯한 유선에게 만
남을 제안한다. 선은 준일을 만나며, 자신을 속박했던 모든 기
억들이 아이러니하게도 자신을 살아가게 하는 힘을 주었다는 사
실을 깨닫는다.

독신 마법사 기숙 아파트 기르담 지음 | 각 권 13,000원(전3권)

사고뭉치 마법사들 사이에 굴러 들어간
비마법사, 랑세의 아파트 생활 적응기!

지능은 200, 생활 능력은 0인 마법사들 사이에 완전 평범한 외
무부 공무원 한 명 추가요!
나라에서 허가하지 않은 마법 도구와 실험들이 난무하는 독신
마법사 기숙 아파트. 더구나 마법이 특별히 사랑하는 체질의 랑
세는 원치 않는 사건 사고에 휘말리게 되는데……

거짓이거나 사랑이거나 이윤미 지음 | 각 권 13,000원(전2권)

전직 사기꾼이자 현직 성형외과 의사가
만들어 내는 운명의 장난

과거를 청산하고 성실한 삶을 살고 있던 전직 사기꾼이자 현직
성형외과 의사가 한 여자의 마음을 사로잡기 위해 치밀하고도
매혹적인 우연들을 설계한다. 그러나 혈혈단신으로 각박한 세상
을 살아 내고 있는 주해성은 만만치 않은 타깃인데……

해도 어머니가 한 짓은 남매에겐 가혹했다. 한 치의 빈틈이라 곤 없이 모범적인 부모 사이에서 일어난 일이라 더 그랬는지도 모른다.

이전의 삶이 불행했으며, 눈곱만큼이라도 그러하였음을 내색했더라면 생채기가 그만큼 깊지 않았을 것이다. 경혜가 그들과 함께했던 삶이 뭐였는지, 무슨 의미였는지 헌영은 알 수가 없었다.

그저 가면을 쓰고 살던 걸까? 지금도 가끔 궁금해진다. 저 평온하게 웃는 눈 안에, 머리 안에 들어 있는 진짜는 뭘까. 주변 사람을 후려칠 생각을 또 하고 있지는 않을까.

"오누이 타임 끝났어?"

찰나간 주영의 얼굴에 어렸던 그늘을 흔적 없이 지우며 상현이 다가왔다. 사람이 사람에게 저런 영향을 미칠 수도 있는 것이 얼마나 다행스럽고 또 새삼스러운지. 헌영은 상현이 주영의 차지가 된 것에 대해 명확한 대상도 없는 곳에 늘 감사를 표하곤 했다.

"혜동이 전화 왔네."

"왜? 무슨 일 있어요?"

"혜동이 초우에서 일하게 됐거든. 이제 지도 교수도 아닌데 잘 도착했다 복명하네."

상현이 하하, 웃었다. 헌영은 매제에게 가졌던 낯간지러운 감상을 쓱싹, 밀어 지워 버리기로 했다. 그 아이에게 다정한 척 실상 꼼꼼하고 피곤한 '상사 놈'이 아니었을까 하는 의심이 치미는 통에.

"오빠네 연구원?"

"응. 내일부터 일해."

"어머! 잘됐네."

안 된다는 놈에, 잘됐다는 놈에, 제 여자 하고 싶다 드러내 놓고 바라보는 놈까지. 그 자식 주변은 다채로움이 넘쳐 이래 저래 골이 아프다.

무엇보다 가장 골 아픈 건 '기능하고자 넘치는 의욕'을 그놈에게 쏟아붓고 싶어진 어느 발정 난 놈이지만 말이다.

헌영은 드러날 듯 말 듯 고요한 미소와 함께 검은 상의의 지퍼를 턱 끝까지 끌어 올렸다.

업무의 일환

새벽 3시에 눈을 떴다. 덕분에 혜동은 침대에 누워 천장과 싸움을 했다. 평상시 수면 패턴과 현저히 다른 까닭에 생체 리듬을 주관하는 시냅스 어딘가에서 접합 불량이라도 난 것 같았다.

도저히 다시 잠이 들지는 않았다.

원인은 지난밤 지나치게 일찍 잠자리에 들었던 데 있었다. 수면이 일정 시간 이상 되어 가니 몸이 받아들이지를 않았다. 다시 잠을 청하다, 뒤척이다, 시계 들여다보기를 반복하다가 혜동은 포기하고 일어났다.

생수를 마시고 샤워를 하고 창가를 서성이다가 금요일로 몰아 놓은 이번 학기 강의 계획서를 훑어보기까지. 그 모든 걸 하고서야 겨우 인간이 활동해도 무리가 없을 만한 시간이 되었다.

결국 방 안에서 시간을 죽이는 건 무의미하다 판단하고 혜동은 준비를 마쳤다. 스틸레토 힐 안으로 발을 밀어 넣고 비틀, 균형을 잡은 혜동은 문을 나서기 전 뒤를 돌아보았다.

집 밖으로 나설 때면 항상 챙겨 무장해야 할 것들이 많기도 했는데, 뭐가 이리 단출할까. 어색했다. 잊은 것이 있지는 않을까 하는 눈길이 한참이나 이어졌다.

첫 출근인 덕에 조금 신경 쓴 옷차림과 핸드폰. 그리고 전에 없던 긴장감.

혜동은 목을 가다듬으며 웃었다. 미지근한 뺨 위로 두어 번 빈손을 부딪쳐 밖으로 나선 그녀는 또각또각 따라오는 어색한 발자국 소리를 끌고 엘리베이터 앞에 섰다.

생각 없이 버튼을 누르자마자 내려오던 승강기가 기다렸다는 듯 열렸다. 안에 타고 있던 이와 눈이 마주치는 순간 아, 하는 소리가 저도 모르게 새어 버렸다.

언젠가처럼 뒤로 물러나려는 얼빠진 한 걸음을 겨우 붙잡은 채 혜동은 인사를 했다.

"안녕하세요. 교수님."

대답을 해 주려나 기다리는 동안 예상치 못한 말이 돌아왔다.

"안 타?"

아, 다시 얼빠진 소리를 내며 혜동은 엘리베이터에 올랐다. 버튼 위로 커다란 손이 올라갔다. 미세한 한숨이 같이 흘러나온 것 같았는데 확신할 순 없었다.

헌영이 뒷벽에 가까이 붙어 있는 바람에 불편스럽게도 앞에 설 수밖에 없었다. 혹여 엘리베이터 문 위에서 시선이라도 부딧칠까 싶어 혜동은 고개를 숙였다.

"지금 몇 시야."

"5시 반입니다. 교수님."

"알고 나가는지 확인한 거야."

"아. 일찍 깨 버리는 바람에……."

"업무 일과 들었어?"

"대충 들었습니다."

"너."

짧게 끊긴 말 뒤로 이어지는 것이 없어 초조해진 혜동은 뒤를 돌아보았다. 부딪친 시선이 부담스럽다고 여겨질 즈음 그의 입술이 열렸다.

"학교야?"

"네?"

"여기 학교냐고."

"……."

"말투, 호칭 제대로 정리해."

"네. 교수님."

부러 깍듯하게 응수하는 걸로 반항하려는 마음이 없지 않았다. 하지만 가장 최근 호칭이 입에 붙어서 좀체 떨어지지 않는 것도 사실이다.

"정혜동."

"네. 교수……님."

입술 끝이 위로 올라가는 것을 바라보며 혜동은 각오를 했다. 시니컬한 무언가로 되돌아오겠거니 하는.

예상은 한참이나 빗나갔다.

잘 웃지 않는 사람의 미소는 이상한 힘이 있다. 아무 생각 없이 멍하니 바라보게 되는.

이 사람은 왜 새벽녘에도 잘생긴 걸까. 웃으니 배 이상이었다.

절로 미간이 접혔다.

사람을 바보로 만드는 것이 아닌가 싶은, 문제의 그 미소가 사라지고 말끄러미 시선을 받는 상황이 되고 나서야 결국 혜동은 정신을 가다듬었다.

정면으로 돌아선 혜동은 사선으로 시선을 낙하시켰다. 그 상황에서 가진 일념이라곤 살갗이 다른 색으로 물드는 참사가 없길 바라는 것뿐이었다.

"화나게 하려던 거야, 웃기려던 거야. 어느 쪽이야?"

"둘 다 아닙니다. 교……."

다행히도 엘리베이터 문이 열렸다. 얼굴을 쓸어내리던 그가 먼저 내리라는 눈짓을 했다. 곤란한 순간에도 어쨌든 시간은 흐른다. 그게 얼마나 다행인지 실감하며 혜동은 건물 밖으로 나섰다.

자박자박 말라비틀어진 잔디를 밟으며 헌영이 앞서 나갔다. 사락사락 따라 걷던 혜동은 깊이 숨을 머금었다. 오존의 농도가 진한 특유의 겨울 새벽 냄새가 났다.

"솔은 7시에 열어."

"……."

"식당 말이야."

답이 없어서였는지 헌영이 걸음을 멈추고 그녀를 향해 돌아섰다. 혜동은 같이 멈추었다. 그리고 생각을 정리했다.

원내 직원 식당이 몇 시에 문을 여는지 알려 줬을 뿐이다. 대단한 사실도 아니고 절대 말문을 잃을 만한 일도 아니다.

"로컬 푸드 이용하는 식단이야."

"네."

"연구원에서 육종한 작물이 대다수고."

혜동은 끄덕였다.

"먹어 보고 모니터링하는 것도 업무의 일환이라는 뜻이야."

"아……."

업무의 일환. 혜동은 짧게 되뇌었다. 다시 걷기 시작하는 남자의 눈꼬리에 걸린 웃음이 언뜻 보였다. 혜동은 좀 멀어진 그를 천천히 따라 걸었다.

업무의 일환이라니……. 왠지 그건 좀, 맥이 빠지는 말이었다.

자박자박, 사락사락. 두 사람은 다시 연구동을 향해 걸었다. 시퍼런 여명을 훑고 지나는 바람이 비자 나뭇잎을 흔들다가 헌영을 지나 혜동에게 왔다. 찼지만 맑고 깨끗한 바람이었다.

"자, 우선 이거부터."

면접 위원이었던 수더분한 인상의 장수가 이미 나와 있었다.

헌영이 원장실로 직행해 버린 탓에 둘만 남았다. 본의 아니게 업무 설명을 듣는 자리가 되었다. 팀장이 사수가 되리라 생각지 못했지만 일을 빨리 파악하는 건 혜동 역시 환영이었다.

"약용 작물 몇 가지 배양 설계해서 에어로 팜에서 돌리고 있어요. 성분 분석해서 노지 재배에 가장 근접한 설계로 보급하는 프로젝트 진행 중이거든. 병행되는 연구가 많은데 그건 차차 설명하기로 하고. 우선 천궁 보고서 살펴보면서 어떤 식으로 돌아가는지 패턴부터 익혀 봐요."

"네. 감사합니다."

"감사는 내가 해야지. 밤샘할 일이 종종 있어서 한 명이 펑크 내면 로테이션에 지장이 가니까. 여러모로 괴로웠거든."

혜동은 종잇장을 넘기며 잘 정리된 데이터를 살펴보았다.

"정 선생이 03학번인가?"

"네."

"내가 박사를 K대에서 했거든. 그래서 못 봤나 싶네요."

강민성 연구원의 자리로 안내하며 장수는 이런저런 말들을 늘어놓았다.

"상현이가 정 선생 칭찬을 많이 해서 다들 기대치가 높아요."

"지도 교수님이라 이래저래 허물 덮어 주시느라 그렇고요. 모르는 것투성이니까 잘 가르쳐 주시면 열심히 하겠습니다."

"그러게, 열심히 해서 오래 봤으면 좋겠어요."

안내된 자리 위에 조로록, 출입증부터 꾸며야 하는 서류들이 놓여 있었다. 내려다보고 있으려니 혜동은 웃음이 나왔다. 작년 한 해 질리도록 했던 행정 서무 업무에서 드디어 탈피했다는 실감이 났기 때문이다.

"학교 식물 공장 주무 팀이 따로 있었죠?"

"네. 에어로 팜은 아직 초기 단계로 알고 있어요."

"에어로 팜은 국내에서 우리가 가장 빨라요. 카이스트하고 제휴한 것이 신의 한 수였지 뭐. 아, 자리 만들어 놓을 테니 오후에 기술 지원팀 한선우 박사 설명 들어요. 개발자 설명 직접 듣는 게 가장 좋을 테니."

개발자라니. 자랑스러운 한편 혜동은 미묘한 기분이 됐다. 자라는 동안 혜동과 지우, 선우 셋은 친구이자 늘 경쟁자였다는 사실이 새삼스레 떠올랐기 때문이었다.

삶에 허덕이느라 정신없었던 데다 지우의 부재까지 겹치는 바람에 그 건강한 분위기는 모두 깨져 버렸고, 결국 커리어에서도 선우에게 한참이나 밀렸다. 게다가 모든 걸 걸고 열심히 해도 따라잡을 수 있을지 미지수였다. 나름 지는 거 싫어하는 성격인데…….

[너 아침 안 먹어?]

[1분이라도 더 자야지. 무슨 아침이야.]

[끼니 챙기라고 잔소리할 주제가 아니었네.]

[먹었어?]

[어. 밥 맛있더라.]

[누구랑 먹었어?]

[박장수 수석]

[아. 제너럴 박.]

[개그야, 별명이야.]

[둘 다. 가끔 물장수라고 부르기도 해.]

[야. 웃기지 마. 지금 웃을 분위기 아니야.]

[성격이 유해서 그쪽 팀원들 요령 피우는 모양이야.]

[그래? 다들 좋아 보이던데.]

미취학 아이를 둔 기혼 여인네 은정, 혜동보다 두세 살 많아 보이는 미혼의 윤주, 그리고 강민성 연구원과 같이 실내 야구장에 갔다던 30대 준성. 수석 1인, 책임 1인, 선임 연구원 2인, 5인 팀이었다.

담담히 맞아 주던 사람들 안에 누가 요령을 피우는지 알 길은 없지만 인상이 나빠 보이진 않았다.

[사람 보는 눈은 없네, 정혜동이가.]

[그래서 내가 너랑 친구를 하고 있는 건가 싶다.]

[…….]

[정곡이었어?]

[10분 후에 동편 출입구 쪽으로 나와.]

[일과 중에 결투 신청은 못 받지.]

[재미있냐?]

풋, 웃음을 머금고 혜동은 연구원 내부 메신저 창을 닫았다. 내선 통화를 마치고 수화기를 내리던 장수가 생각이 난 듯 혜동을 향했다.

"정 선생. 한 박사 연락 왔어요?"

"아. 네."

"다녀와요."

"네."

좌르륵, 커서를 내려 보고서 데이터 수치와 종일 분석한 자료를 대강 훑은 혜동은 자리에서 일어났다.

문을 밀고 나올 때 문득 좇아오는 시선을 의식하고 뒤를 돌아보았지만 다들 모니터를 들여다보고 있는 것 같아 그녀는 그대로 랩을 벗어났다.

방향을 가늠하던 혜동은 동편 출입구를 찾아 걸음을 옮겼다. 문밖에 서 있던 선우가 가볍게 손을 들었다. 라일락을 병풍 삼아 삼면에 벤치가 놓인 휴게 공간이었다. 봄이 되면 기가 막히겠구나 싶은.

"어때?"

기다렸다는 듯 선우가 물어 왔다.

"그냥. 이렇다 말하기엔 뭐가 없네."

민성을 대리하는 스케줄대로 팀 내 역할 분담이 이루어졌다. 소화할 수 있을까 걱정하며 그가 하던 일을 살펴보노라니 일의 강도가 그리 높지 않다는 결론을 얻었다.

가끔 순번대로 야근하며 에어로 팜을 모니터링 해야 하는 것을 빼면 어렵진 않았다. 시스템을 완전히 파악하지 못한 데다 에어로 팜이 워낙 주요한 프로젝트로 논의되는 것 같아 좀 부담스럽긴 했다. 개발자 설명을 들어 보면 감이 잡히지 않을까 싶기도 하고.

"왜 웃어."

"영광이네. 너 에어로 팜 제어 시스템 개발자라며."

"뭐라는 거야. 가."

"쑥스러워?"

"시끄러."

웃음을 나누며 실험동으로 가는 길. 겉옷이 살짝 부담스러울 만큼 햇살이 좋았다. 이 시기의 하루를 삼등분한다면 삼분의 일은 확실히 봄이라 할 만했다.

"에어로 팜 알고는 있지?"

"대충. 초창기 미국 방식에 대해서는 잘 알고 있어. 근데 여긴 다르다며."

"응. 좀 복잡해. 김인후 박사도 그렇고, 장헌영 박사도 원체 까다로운 양반들이라 여러 경우의 수를 설계해서 최적을 찾아내는 연구를 추구하니까. 태양열을 이용하는 부분 제어부터 LED만 이용하는 완전 제어까지 다양하기도 하고. 게다가 로컬 농장까지 연동해서 우리가 컨트롤하고 있거든. 이래저래 파악하자면 초반엔 고생 좀 할 거야."

"3개월 안에 할 수 있을까?"

"계약 기간 연장해 주겠지. 그 팀에서 충원 요구한 지 꽤 되는 걸로 아는데."

"넌 언제까지 근무해?"

"글쎄. 학장님이 조만간 들어와서 거취 정리하자고 하시네."

"들어오라는 거야?"

"KISTI하고 제휴하는 프로젝트가 있어. 강의도 맡으라 그러시고. 초우에서 마무리 좋으면 그대로 조교수로 임용될지도 모르겠어."

"정말? 전임 뛰어넘고?"

"조건 충족되면."

대화하는 사이 실험실이라는 위화감이 전혀 느껴지지 않는 외형의 건물 앞에 다다랐다. 3개월 시한부 인력에게 최대 난제가 될 공간 앞에 선 혜동은 정말 확실하게 벌어진 커리어의 간극을 또 확인했다.

"우리 교수님보다 몇 해나 먼저 임용되는 거네."

"우리 필드에선 20대 교수 임용 희귀한 케이스 아니야. 난 빠르다고 볼 수도 없고."

"한선우."

"어."

"너 쫌 재수 없어."

피식 터지는 선우의 웃음을 날려 버리고 건물 내 주조정실에 들어서니 호리호리한 청년이 다가왔다.

"안녕하세요."

"안녕하세요."

혜동은 반사적으로 인사를 받았다.

"김호연. 후배."

"아."

싱글싱글 웃는 상이 퍽 유쾌해 보이는 사람이었다.

"저희를 카이스트 팩이라고들 부르더라고요. 반갑습니다."

"정혜동이에요."

"알고 있습니다. 말로 누님."

휙 넘어간 선우의 시선에 호연이 움츠러들었다.

"우리는 주로 여기 상주해. 생육 조건은 그쪽 랩에서 설계해 주고 우린 컨트롤하는 역할을 하니까."

선우가 잠시 설명을 끊자 따라오던 호연이 물어 왔다.

"무균복 입어요?"

"그러지, 뭐. 오늘 센서 노드Sensor Nodes 조작까지 다 배워 둬. 저기."

혜동은 선우가 안내한 탈의실에서 무균복을 입고 소독까지 마친 후에 소문 자자한 에어로 팜에 마침내 입성했다.

"와아, 여기 뭐야."

완벽하게 기계의 도움으로 자라고 있는 수직 농장을 바라보며 혜동이 처음 내놓은 감상이었다. 어마어마하게 높았다. 층층이 쌓아 올린 솔루션 챔버*에 담긴 작물들이 블루 라이트를 배제한 LED 등 아래 가득했다. 미래 식물 배양 기술의 정점이라 호들갑 떨어 댈 만했다.

"괜히 국내 제일이겠어?"

"기죽이지 마. 안 그래도 떨리니까."

---

* Solution Chamber. 작물 뿌리가 담긴 투명한 장치. 일종의 모판.

식물 공장은 외부 일기의 영향을 받지 않고 작물을 재배하는 미래형 식물 배양 시스템이다. 파생된 기술 역시 그것을 기본 전제로 하고 있다. 에어로 팜은 식물 공장의 가장 발전된 형태였다.

배양액에 담그는 기존 식물 공장 방식과 달리 특수 섬유를 작물 뿌리 밑에 깔아 분사하여 생장시킨다. 성공적으로 정착이 된다면 이론상으론 95퍼센트 절수 가능한 방식이다.

시스템 구축과 효율적인 생육 조건 설계 보급을 위한 연구가 초우에서 선구적으로, 또 성공적으로 한창이었다.

"지금 들어가 있는 건 약용 식물이야. 메인 컨트롤 패널은 우리 사무실에 있고, 이게 센서 노드."

태블릿 PC와 흡사했지만 크기는 훨씬 컸다. 매뉴얼을 눌러 가며 선우가 시범을 보였다.

"안에서 생육 환경을 조절할 수 있어. 카메라가 있어서 컴퓨터로 모니터링 할 수도 있고. 아직은 시스템이 불안정해서 야간에 직접 살펴 줘야 해."

"설계 수치 확인해 주면 되는 거지?"

"응. 우리가 알 수 없는 부분이 있으니까. 특히나, 태양광을 이용하는 농장은 훨씬 복잡해서 전공자들이 같이 세팅을 해 줘야 해."

"무슨 말인지 알겠어."

"그럴 일은 없겠지만 혹시나 판단이 서지 않는 상황이 발생하면 반드시 나나, 저놈 호출해야 해. 임의로 조작하지 말고."

"임의 조작?"

"어. 전에 너희 팀 강 박사, 팔 부러진 사람 말이야. 사고 친 적 있었거든. 임의 조작 하는 바람에 농장 하나 다 갈아엎고 다시 돌렸어."

"아. 듣기만 해도 심란하네."

"그럴 일 없을 거야. 완전 초창기 일이니까."

"뭐야, 더 똑 부러진 프로그램으로 만들었어야지."

"왜 이래. 1에다 영을 담았고 0에다 육을 얹었거든?"

"이진수에 그런 게 실려?"

"당연하지. 데이터 쪼가리라고 우습게 보지 말란 말이야. 걔네 전부 내 영육으로 움직이는 놈들이니까."

"뭐라는 거야."

실없는 웃음을 나누고 있노라니 무균복을 차려 입은 가녀린 실루엣이 문을 열고 들어왔다.

"잠깐⋯⋯."

얼굴이 잘 보이지 않았지만 무균복 너머로 들려오는 목소리로 혜동은 누구인지 알아챌 수 있었다. 유전 랩의 윤주였다. 별로 말이 없던 사람.

"얘기 좀 해요."

선우에게서 풍기는 불편한 분위기를 감지한 혜동은, 윤주에게 묵례하고 먼저 나간다는 말을 남긴 채 돌아섰다.

밖에서 기다리고 있던 호연이 에어로 팜 안으로 슬쩍 시선을 집어넣었다 빼며 배시시 웃었다.

"어떠셨어요?"

"어려워요."

"별로 안 어려워요. 금방 익숙해질 거예요."

"그랬음 좋겠네요. 아. 메인 컨트롤 패널 조작하는 거 좀 보여 주실래요?"

"넵. 그러시죠."

거추장스러운 무균복을 탈의하러 걸음을 옮기노라니 호연의 한숨 소리가 따라왔다. 뭐라 중얼거리는 소리가 들려왔지만 해석은 불가였다. 거대한 프로젝트 앞에서 살짝 긴장한 터라 제대로 신경 쓸 겨를이 없었다. 혜동은 개의치 않고 탈의실로 향했다.

봄, 밤, 봄밤

"팀장님. 정 선생 환영 회식은요?"

"아. 그렇지 않아도 오후 팀장 회의에서 이야기가 나왔어요. 연구 의뢰 보고서 송부 시한 급한 건이 밀려서 아무래도 다음 주 중에 하지 싶어요."

은정과 장수의 대화에 준성이 소리를 지르며 끼어들었다.

"너무 늦잖아요!"

"이번 주 기대하고 있었는데."

"그러니까요."

"전형적으로 젯밥에 관심 있는 행태들인 거죠?"

딸려 나오는 웃음들이 유쾌했다. 분위기가 어떨까, 합이 좋을까 했던 걱정이 무색하게도 크게 걸리는 것이 없었다.

기혼자인 은정이 유쾌한 분위기를 주도했고, 종종 준성이 실없는 소리를 보탰다. 물론 넉넉한 품성으로 받아 주는 쪽은 장수였다. 출근 3일 차가 되었을 때, 혜동은 과묵한 윤주를 제외하고는 구성원의 캐릭터를 대략 파악했다.

"혜동 씨. 우리 연구원 근무 만족도가 참 높은데 그중 최고가 뭔 줄 알아요?"

"글쎄요. 회식일까요?"

"황박, 스포 하지 말아요. 직접 겪어 봐야지."

은정이 진성을 향해 핀잔하자 장수가 가세했다.

"기대치 어디까지 올려놓으시려고들 이래요."

혜동은 데이터를 훑으며 웃었다. 환영회가 있으면 송별회도 있을 테고. 3개월로 끝나 버릴지도 모르는데 알맹이에 비해 겉치레가 창대하다.

뭐가 됐던 더 절실한 건 쉽게 얻을 수 없어서일 것이다. 잠깐 얻었다 해도 시한이 있으니 중하긴 마찬가지고.

저녁녘 혜동은 정규 업무를 끝낸 후 선우에게 차를 빌려 수목원을 나섰다. 초우에서 오래 근무하고 싶은 이유는 다양했지만 가장 큰 건 노인네 때문이었다.

임시로 얻은 일자리가 더 소중한 이유. 보고 싶으면 내키는 대로 자리를 털고 찾아가면 되는 거리니까. 전공까지 살릴 수 있는 이곳, 지척에서 지낼 수 있는 일자리가 혜동에겐 그래서 더 절실하고 감사했다.

보고 싶으면 보고, 이야기하고 싶으면 하고. 누군가에겐 별 거 아닐지도 모를 일들. 한때 정혜동에게도 별거 아니었던 일들. 완벽하게 되찾지 못해 아프지만 이나마도 기꺼웠다.

샛노랗게 시야를 물들인 노란 꽃 울타리 안에서 전진 후진을 반복하며 서툰 주차를 하고 나오니 주차장 둘레에 틈 없이 빽빽하게 심어 둔 산수유 꽃 한가운데 파묻혔다.

금세 어두컴컴해지던 날은 어느새 길어지고 꽃은 또 피고. 때가 되면 태양이 가는 길까지 바꾸어 가며 생명을 움트게 하는 땅덩이. 참, 성실하기도 하다.

홀로 누리기엔 아까웠다. 함께 하고픈 할머니는 7년째 미운 짓 중이고 친구 놈은 도망가 버렸다. 노란 꽃망울을 등진 채 혜동은 씁쓸한 웃음을 밟고 깨끗한 병원 내부로 들어섰다. 데스크에 앉아 있던 낯익은 간호사가 유진에게 언질을 받았는지 눈인사를 해 왔다.

혜동은 7년간 변함없이 할머니의 집이요, 방이 되어 버린 병실에 들어섰다. 여느 날처럼 반듯하게 누운 채 눈을 감은 노인이 손녀를 맞았다. 고왔던 얼굴이며 인정이 그득한 눈을 숨겨 버린 할머니, 우리 할머니.

"말로 왔어요."

겉옷을 벗어 걸고 혜동은 의자를 당겨 침상 앞에 앉았다. 그날도 혜동은 바깥 공기가 만드는 생기가 닿길 바라며 말라비틀어진 손등에 차게 식은 손을 조심스레 얹었다.

"오는 길에 보니까 산수유 꽃 폈던데."

냉기가 사라지기 시작한 손을 옮겨 혜동은 온전히 노인의 손을 감싸 쥐었다. 거죽뿐이라 링거를 맞아도 붓기가 올라오지 않는다. 그래서 혜동은 제 기가 옮겨 가지 않을까 하는 마음으로 늘 노인의 손을 주무르곤 했다.

"올 봄엔 구경하러 가요. 할머니."

시커먼 어둠만 그렇게 들여다보지 말고 꽃구경 가요. 할머니 좋아하는 제비꽃도 보고 찔레꽃도 보러 갑시다.

검지 마디를 주무르는 혜동의 손끝에 힘이 들어갔다. 찬 기운이 남은 뺨 위로 혜동은 생기 없는 노인의 손을 올려붙였다. 노인네가 자주 하던 대로…….

눈 쌓인 겨울 날 쌍둥이랑 신나게 뛰놀고 들어가면 노인네들이 번갈아 언 몸을 녹여 주었다. 차게 식은 손은 할머니가, 차게 언 발은 할아버지가.

조그만 손발에 온기가 돌아올 때까지 그들은 주름진, 그러나 더없이 따뜻한 살갗을 혜동에게 내어 주곤 했다.

구역질이 올라올 만큼 피곤한 몸을 끌고 필사적으로 살아왔던 건 이제 정혜동이 할머니에게 온기를 나누어 줄 차례였기 때문이다. 할아버지가 돌아가시고 할머니가 그렇게 된 초반엔 그런 마음과 의지만 충만했었다.

시간의 흐름과 함께 나약하고 심약한 본성 한 자락이, 그만 놓는 게 좋지 않겠느냐 타협을 해 왔다. 그럴 때면 혜동은 그저 횡액이라 여기고 말았던 아버지를 생각했다.

그건 지우가 곁을 떠났을 때 정점을 찍었다. 견고하게 다져 놓은 의지와 의무로 충만했던 삶을 와르르 무너뜨리고 지우가 사라져 버렸던 그때.

구멍을 메우고 어떻게든 되돌려 놓기 위해 필요한 에너지로 그걸 택했다.

아버지에 대한 증오와 원망.

아이러니하게도 그건 말할 수 없이 지독하고 강한 에너지였다. 때때로 피폐해져 만신창이가 되는 부작용을 낳을 만큼 끔찍했지만, 덕분에 살아지는 이상한 에너지.

"나 안 보고 싶어? 할머니, 눈 좀 보여 줘 봐요."

노인네는 어둠 속에서 무슨 생각을 하고 있는 걸까. 이리 긴 시간 동안 도대체 무슨 생각 중일까. 어떤 생각이든 그건 기꺼우며 즐겁고 행복한 것일 리가 없다.

그러니까 그만 할아버지 곁으로 가는 것이 좋을지도 모른다. 그리도 사이좋던 영감 곁으로.

할머니를 위해 그러는 편이 나을지도 모른다.

링거 줄이 치렁한 노인네의 손을 내리며 혜동은 쓰게 웃었다. 그리곤 곧 생각을 접었다.

노인네를 위한 것이 아니라 실은 '정혜동을 위해'가 아닌지 구분이 가지 않기 때문이었다.

"왜 이런 생각을 하게 만드는 거야. 할머니."

눈 좀 떠 봐요. 곁에 있는 동안 세상도 보고, 손주도 보고, 그러다 가시란 말이야.

이제 그만 떠나시라는 못된 생각 따위나 하게 만들지 말고…….

스타트는 그럭저럭 잘 끊은 듯했다. 업무도, 인간관계도 특별히 튀는 것 없이 적응한 편이었다. 물론 업무가 마냥 만만한 건 아니었다.

면접에서 예감했던 대로 시드볼트 팀에서 협조 요청을 해 왔다. 등록된 종자 데이터의 이명二名, binomial nomenclature 분류가 제대로 되어 있는지 확인하는 작업이었다. 허드렛일이지만, 제대로 하자면 눈도 빠지고 진도 빠지는 일이랄까.

분류학은 들어가는 공력에 비해 저평가되는 학문 분야다. 한반도 내에 자생하는 희귀종이 완벽히 정리되지 않았으니, 학문적 과제는 지대함에도 불구하고 의미 없는 채집 분류쯤으로 경시하는 경향 때문이다.

연구소 내에 분류학 랩이 있는 곳도 흔치 않은 마당에 초우는 시드볼트까지 갖추었다. 육종하는 작물을 영구 보존 하는 것 외에도 여름이 되면 울릉도나 제주의 고산 지대에서 희귀종을 채집해 등록하고 분류하고 있다고. 조금이나마 기여할 수 있다는 것에 의의를 두고 혜동은 기꺼이 요청을 받았다.

넘겨받은 데이터 검수 자체는 어렵지 않았으나 자료가 워낙 방대해 시간이 적잖이 필요한 일이긴 했다. 무엇보다 맡은 역할을 해 가며 짬짬이 해야 하는 일이라 혜동은 연일 밤늦게까지 연구실에 남곤 했다.

"못 잤어? 피곤해 보여."

귀신같이 컨디션을 읽어 낸 선우가 물어 왔다.

"좀 그러네."

원내 식당인 솔은 다른 날보다 사람이 많아 좀 소란스러웠다.

"먹는 것도 시원찮고. 오늘은 들어가 쉬어. 며칠째야. 아마 추어같이 그러다 나가떨어지지 말고."

"한선우, 넌 날 우습게 보는 경향이 있어."

"우습게 안 볼 테니까 들어가 쉬라고."

"안 돼."

"왜."

혜동은 꿀꺽 물을 한 모금 마시고 컵을 내렸다.

"오늘 해금사 모니터링 해야 돼."

"어제 했잖아?"

"황 박사님이 바꿔 달래서."

탁, 선우의 젓가락이 접시 위로 내려갔다.

"바꿔 줬다고?"

"어."

"너 호구냐?"

딱 예상되는 반응이었던지라 혜동은 웃을 수밖에 없었다.

"황박, 그 인간 좀 뺀질대는 데다가……."

황준성 씨가 요령 피우는 타입임을 모르는 바 아니지만 어차피 데이터 정리하려 랩에 남을 예정이었으니 대수롭지 않았다. 손에 익지 않은 업무를 빨리 익히고 싶은 욕심도 있었고.

요 몇 년간 밤샘할 일이 한두 번도 아니었는데 뭐. 이래저래 별일도 아니건만.

"한심해?"

빙글 웃음을 머금은 혜동의 질문에 젓가락 끝에 걸려 있던 선우의 시선이 올라왔다. 물끄러미 바라보는 눈길이 길었다.

"알겠어. 한선우 씨가 무슨 말 하고 싶은지 알겠는데."

"아는 놈이 그러고 있지?"

"필요한 상황이니 요청했을 거고, 받아 줄 만하니 받아 준 거고."

응? 하는 시선으로 마무리하니 쯧, 혀 차는 소리가 돌아왔다. 혜동은 웃으며 잔반 위로 젓가락을 내렸다. 깔끔하게 정리되는 접시에 집중하고 있으려니 좀 높은 목소리들이 삐죽삐죽 솟아올랐다.

"안녕하세요. 원장님."

"늦으셨네요?"

생각할 여지도 없이 혜동은 반사적으로 고개를 들었다. 장수와 나란히 솔에 들어서는 헌영과 정확히 눈이 마주쳤다.

어찌하여 이 넓은 공간에서 한 번에 들러붙은 걸까, 그놈의 눈길이······.

시선 처리를 어떡해야 하나 어색해지는 순간, 수석 연구원 아무개의 인사를 받은 헌영이 고개를 돌리는 통에 엉켜 있던 건 금세 분리되었다. 싸르르 가슴 언저리를 타고 낯설고 어색한, 편치 않은 무언가가 지나갔다.

혜동은 인사하는 이들에게 묵례하며 이동하는 헌영의 뒤를 따라 한참을 같이 걸었다. 왜 속이 그런지 알아낼 수 있지 않을까 하는 기대를 품은 채 담담히, 천천히 마치 장헌영 씨처럼 걸었다. 그래 봐야 소용없다는 것도 알고 있었지만 말이다.

콕콕, 선우의 젓가락이 퉁명스러운 소리를 내며 접시를 찍는 바람에 혜동은 시선을 걷어 왔다. 예상대로 소용은 없었다. 마주한 선우의 눈빛이 복잡 미묘 하게 변하는 걸 무시하고 혜동은 기계적으로 젓가락을 옮겼다. 뭐가 됐건 깊이 주의를 기울일 상태가 아니었다. 그녀 역시 복잡하고 미묘한 심리였으므로.

좁디좁은 공간이니 같이 일하자면 껄끄럽지는 않을까 지레짐작했던 면이 없지 않았다. 터무니없는 기우였다. 첫 출근 이후 제대로 만날 일이 없었다.

업무로 인한 대면은 팀장급 선에서 모두 마무리되었고, 원장실은 분리되어 있어 더더군다나 볼 일이 없었다.

수목원 내 위치나 존재감으로 따지면 태양과 소행성 정도의 간극이었으니 오늘처럼 솥에서 거리를 두고 존재를 확인하는 것 정도가 전부였다. 그야말로 쓸데없는 걱정이었던 셈이다.

"너 다음 주부터 수업 있지?"

"다다음 주."

"저 양반 차 얻어 타고 다녀?"

선우의 시선이 가리키는 방향을 감지하고 혜동은 고개를 저었다.

"왜?"

"어려운 선배라니까."

"왜 어려운데."

혜동은 젓가락을 내리며 뭐라 답해야 하나 궁리를 했다. 역시나 선뜻 정리되지는 않았다.

사람을 좀 불편하게 하는 성격. 부러 그러는 것이 아닐까 싶을 만큼 화를 부추기는 화법. 무엇보다 그날 일로 인해 한동안 세트로 묶여 구설수에 오른 전적까지.

늘어놓고 보니 별로 대수롭지 않은 것 같기도 하다. 그럼에도 불구하고 어떻게 생각해도 저 남자는 여타의 사람들처럼 편안한 구석이 없다. 여러모로 그런 면이 있다.

"그렇게 물으니 떨어지게 답할 뭐가 없네. 처음부터 어려운 사람이라 여겨서 그냥 그런 거 같기도 하고."

"산파술이라도 써 주랴?"

"돌팔이 주제에 무슨 산파술."

혜동은 잔반을 말끔하게 정리해 넣고 자리에서 일어났다. 스무 살 이후 모든 영역을 통틀어 혜동이 게으름을 피울 수 있는 건 딱 한 가지였다.

생각, 생각하는 일, 생각해야 하는 일. 골치 아픈 생각은 미루어 둘 게으름의 자유가 그녀에겐 여전히 있다. 피울 수 있는 게으름이니 맘껏 누려야지.

하하, 호호. 웃는 소리며, 원장님 하는 하이 톤의 목소리를 무시하고 혜동은 선우와 함께 솔을 벗어났다.

미디어 아트 시즌도 끝나고 동절기 야간 개원은 종료되었다. 덕분에 수목원은 깊고 진한 어둠에 잠긴 상태였다. 연구동 건물과 멀리 떨어진 숙소동을 제외한 곳에서 새어 나오는 불빛은 점점이 박힌 가로등뿐이었다.

"나 내일부터 출장이야."

선우의 말에 두어 걸음 걸어 나갔던 혜동은 돌아서서 물었다.

"내일부터? 장기?"

"응. 일주일."

"너야말로 들어가서 쉬어야겠네."

"그럴 작정이야. 몇 시에 교대해?"

"5시."

선우는 걷던 걸 늦추면서까지 또 핀잔을 했다.

"그러게 왜 사서 고생이냐고."

"어차피 할 일도 있었고."

"하여간 맘에 안 들어."

"잔소리 좀, 어?"

"너, 내가 초우에서 밥을 몇 그릇이나 먹었을 것 같냐. 선배 말 귀담아 들어라, 좀."

"네, 네. 선배님. 알아 모십죠."

포기한 듯 선우는 쯧쯧, 혀를 차다가 웃어 버렸다.

"호연이가 잘하겠지만 무슨 일 있으면 전화하고."

"호연 씨가 잘할 거고. 무슨 일도 없을 거야."

"바라는 바네요. 간다."

"가. 잘 다녀오고."

웃음으로 마무리한 두 사람은 각자의 공간을 찾아 흩어졌다. 공식적인 근무 시간은 지났으나 복도로 새어 나오는 불빛이 어디 하나 이 빠진 곳이 없었다. 몇 번이나 열었다고 어느새 익숙해진 유전학 랩에 들어서며 혜동은 힐긋 벽시계를 살폈다.

7시 반. 한겨울만큼 긴 밤은 아니다. 즐기면서 일하자.

딸깍딸깍, 마우스 소리가 규칙적으로 울려 퍼지는 빈 공간에 한 시간마다 알람이 울었다.

목 끝까지 터틀넥 스웨터 지퍼를 끌어 올린 채 혜동은 알람이 울 때마다 앱을 열어 생육 수치를 확인하고 실험동에 나가 컨트롤 보드를 점검하고 돌아왔다.

점검 시간 사이사이에는 눈에 편한 조도의 스탠드 아래서 데이터를 정리했다. 연신 따듯한 물을 마시며 컨디션을 조절하는 것도 게을리하지 않았다. 책상 구석의 미니 가습기가 부지런히 습기를 뿜어 올렸고 째깍째깍 벽시계가 작은 소리를 냈다.

자정을 넘어섰을 땐 눈알에 모래가 들어간 것 같아 결국 눈을 감았다. 후우, 된 숨이 허공으로 솟았다. 쓰러지듯 의자에 몸을 묻으니 뻣뻣하게 굳은 어깨와 등이 비명을 질러 댔다.

이틀 연속은 무리였을까. 지나치게 과신했다. 아니, 정신 상태가 어느새 해이해진 건지도. 혜동은 허무하게 웃으며 헤드레스트에 머리를 기댔다.

알람이 있으니까, 조금만……

헌영은 울어 대는 핸드폰 전원을 꺼 버렸다. 책상 위에 엎드려 잠든 혜동을 내려다보던 그는 깨울까 그냥 나갈까 사이에서 고민 중이었다.

고민이 짧지 않았음에도 선택지를 모두 무시한 채 그는 결국 옆에 있던 의자를 끌어당겨 앉았다. 까드득, 무게가 실린 등받이에서 스프링 소리가 새어 나왔다. 헌영은 두 손으로 얼굴을 쓸어내리며 어쩌지 못해 웃었다.

왜 자는 모습까지 이 모양일까.

정확히 저녁 8시부터였다. 근무한 지 2주하고도 하루가 지난 어떤 놈이 주기적으로 실험동을 오가는 통에 심란하여 일이 손에 잡히질 않았다.

단백질 항체 배양 연구 의뢰 덕에 그렇지 않아도 복잡한 머리를 헤집어 대기를 여러 번. 오늘만 날인가, 작파하고 숙소에 들어가려던 길에 그는 유전학 랩 밖으로 흘러나오는 음악을 따라 들어왔다.

이 시간에 줄곧 울어 대는 음악이면 알람이 분명할 테고 끊기지 않고 있다는 건 어떤 상태인지 또 뻔했으니. 잠든 얼굴이나 볼까 싶었다.

아무래도 좋은 선택은 아니었다. 확실히 이렇게 한 꺼풀 벗은 편안한 얼굴을 보려니 더 심란해져 버렸다.

초짜 인턴, 하루살이 계약직. 그럼에도 불구하고 상현이 갖다 붙인 온갖 긍정적 수식어의 아이콘이라 할 만했다. 열어 둔 귀와 눈으로 들어오는 모든 정보들을 종합해 볼 때 과한 것이 아닐까 할 만큼 뭐 하나 나무랄 데 없이 잘 적응한 것으로 보인다.

확실히 과한 것이 아닐까 할 만큼이었다. 어제도 새벽녘까지 창밖을 오가며 사람 신경 쓰이게 하더니 어떤 인간 대리를 또 하고 있는 걸까.

게다가 시드볼트 데이터는 왜 정리하고 있는 것이며. 박장수에게 가지치기 제대로 하라고 했던 말은 어디서 길을 잃은 것일까. 모니터에 가득한 식물군의 학명學名을 바라보던 헌영은 잠들어 있는 작은 얼굴로 시선을 옮겼다.

가습기에서 습기를 뿜어 올리는 소리와 낮게 돌아가는 데스크톱 기계음. 빛바랜 입술에서 비어져 나오는 옅은 숨소리. 뭉근하게 퍼지는 열기에 헌영은 당혹스러웠다.

섹스도 매너도 도통 모를 것 같은 놈이니까. 전에 없는 케이스였으니 정신이 사나운 건 당연하다.

때때로 정염을 풀던 상대가 없진 않았다. 언제든 손 흔드는 것으로 깔끔하게 끝날 수 있는 부류. 복잡할 것 없이 본능이 원할 때 합의된 상대와 나누던 육체관계는 있었다.

2년 선배였던 준희와 잠깐 그렇게 지냈던 것을 마지막으로 그만두었다. 아무것도 없이 육체를 나눈 후의 공허함이나 자기 경멸 따위도 그렇거니와 상대의 미세한 감정 변화를 감지하고부터는 더 할 수가 없었다.

대단한 도덕 윤리가 작용된 행동 변화는 아니었다. 다만 성가시고 귀찮았을 뿐이다. 무엇보다 상대에게 여지를 주는 행위로 받아들여지는 것이 별로였다.

상현이 떠들어 댔던 대로 경혜가 준 트라우마에서 시작되었는지도 모른다. 보통의 관계 방식에 거부감을 느끼는 것에 어머니의 영향이 없다고 볼 수는 없다. 그래서 더 곤란했다.

그만둔 지 얼마나 됐는지 기억나지도 않는 방식으로 이 아이를 안는 건 말이 되지 않는 데다 그 모든 걸 엎고 전에 없던 관계를 시작하자니 그건 그것대로 골이 아프다.

인류 보편이 이상시해 둔 남녀 간의 그 관계를 장헌영이 유지해 낼 수 있을까.

가장 근본적인 의문이 해결되지 않은 상황에서 무책임하게 그럴 수는 없다. 때때로 가슴 언저리에 들러붙는 것이 연민인지 뭔지 장담할 수 없는 상황이니 더욱더 그랬다.

지랄 맞은 고민을 던진 주제에 잘도 잔다. 보고 있으려니 다 무시하고 한입에 털어 넣고 싶어진다. 저 목덜미를 흐르는 경동맥 줄기는 어떤 촉감일까. 어떤 맛일까?

헌영은 웃음을 머금은 채 얼굴 옆에 얌전히 놓인 작은 손을 가만히 그러쥐었다. 뭘 제대로 먹었나 늘 궁금하게 만드는 문제의 그 손.

좀 평범한 놈이면 어땠을까. 그랬다면 아예 눈길조차 안 갔을까? 섹스나 하고 말던 부류와는 확실히 동떨어진 타입이니까.

가느다란 검지 끝에 닿을 듯 말 듯 헌영의 입술이 내려앉았다.

이런 어이없는 짓을 하게 만드는 걸 보면 정말이지 전에 없던 상황인 건 분명하다. 입술을 떼어 낸 그는 작은 손을 제자리에 돌려놓으며 씁쓰레한 웃음도 같이 내려놓았다.

알람을 설정해 둔 이유가 있을 테니, 그만 깨워야지.

"혜동아."

가지런한 눈썹 결을 따라 흐르는 미세한 떨림을 바라보며 헌영은 자리에서 일어났다. 의자를 밀어 넣고 볼륨을 조금 더 높였다.

"정 선생."

잠에 취한 눈동자에 그의 모습이 고스란히 담기기 시작했다. 쉽사리 정신을 차리지 못하던 눈 안에 마침내 온전히 그의 모습이 잠길 즈음. 혜동은 예상과 한 치도 다르지 않았다. 발딱 책상을 밀고 일어나 꾸벅 고개를 조아린다.

"교수님."

의식하기도 전에 끙, 앓는 소리가 나갔다. 헌영은 저도 몰래 올라가는 손으로 얼굴을 가렸다. 혼자서 멀리도 다녀온 것 같아 낯이 뜨거웠다. 움직일 생각조차 없는 놈 데리고 어디까지 간 건지. 멀미가 날 지경이었다.

"아, 원장님⋯⋯."

그렇게 바꾸어 봐야, 그것도 딱히 위로가 되진 않았다. 현실은 지극히 맨땅이니. 이 간극을 어쩐다지.

"정혜동 선생."

간극은 간극이고.

"네."

언제 한번 제동을 걸어 볼까 싶었던 참이었으니. 몇몇 구성원들처럼 재수 없는 상사로 여긴다 해도 별수 없다는 각오를 불사하고 헌영은 벼르고 있던 걸 꺼냈다.

"야간 근무 로테이션 유지하는 이유가 뭐라고 생각해."

"……."

"알람도 못 듣고 떨어질 정도면. 호구 짓은 말았어야지."

무식하게 성실하기만 한 이놈이 손해 보지 않고 사회생활의 스타트를 끊길 바랐다.

"염치없이 팀워크 깨는 인간도 문제지만, 묵인하고 받아 주는 쪽도 한심하긴 마찬가지야."

"오전에 충분히 쉬었고 오후 출근이니까 그럴 만해서……."

"정혜동."

"네."

"이해 못 했어?"

"이해했습니다."

"이해는 했는데 납득은 못 하겠는 모양이지?"

"감당할 수 없다고 판단했으면 교체하지 않았을 거예요. 문제 생기지 않도록 할 테니까 굳이 신경 쓰지 않으셔도……."

뭘 제대로 건드린 모양이다. 온실에서 찔러 댔던 시절의 대화 패턴이 나오는 걸 보면.

"신경 쓰지 마라?"

고요한 눈을 마주하는 순간 혜동에게만 작동하는 그 특유의 가학의 심리가 훅 치고 들어왔다. 당돌하게 응수할 때는 좀 홍분하는 눈빛이라도 하던지. 나쁜 자식.

"랩이 원활하게 돌아가도록 지도 감독 하는 게 내 일이야. 그거 신경 쓰지 말라면 나는 사표 내야지."

잘근 빛바랜 입술이 깨물렸다. 와중에 더운 김이 가슴에 퍼진다. 그 입술, 그거 깨물고 싶어 미치겠는 놈 심정을 알 리 없을 테니.

이래저래 괘씸한 놈.

곤란해하는 걸 좀 더 볼까, 더 몰아붙여 볼까 하다가 헌영은 그만두기로 했다. 미움은 적당히 받고 싶은 섬세한 수컷의 심리라고 하면 좋을까? 표정을 보니 이미 틀린 것도 같지만 여하튼 그만 놓아줘야지.

"사표는 정혜동이 받아 주는 건가?"

상현이 봤으면 분명 그랬을 것이다. 농은 웃으면서 치는 거라고. 굳어지는 표정을 보노라니 확실히 왜 그런 잔소리를 하는지 알 것 같았다.

적당히 미움받고 싶은 수컷의 소망은 대망ㅊㄷ이었다.

Flower Dance(1)

　건반 위를 날며 피아노가 박자를 쪼개는 동안 남녀가 대화를 나눈다. 미래 우주 행성 어딘가 산소를 만드는 어떤 물체에 관한 진지한 대화였다. 산소를 만드는 그 오묘한 물체를 남자는 '꽃'이라 부른다고.

　좋아하는 곡을 알람으로 설정한 건 아무래도 실수였다. 집중을 깨트리는 형태로 불쑥 울려 퍼지는 걸 여러 번 들으려니 좋던 음악이 물린다. 지겨워졌다.

　혜동은 엎드린 채 책상 끝에 댔던 이마를 살짝 돌려 기계적으로 알람을 껐다. 새벽 2시가 되니 두 남자가 왜 연타로 호구 프레임에 가두려 했는지 실감이 났다. 물 먹은 솜처럼 몸이 처졌다.

　관리자 입장에서 보자면 더없이 한심했을 것도 같다. 하필 알람 소리를 못 듣고 잠이 든 그 시점에 들어올 건 뭔가. 신경 쓰지 말라고 큰소리를 치려거든 언행일치를 보였어야 했는데…….

쿵 이마를 내리찍으니 둔통이 퍼졌다.

한심하게 보이고 싶지 않은 마음에 자학의 심리까지. 이 밤에 그런 일로 마주하는 건 정말이지 별로였다. 혜동은 푸우, 한숨을 뱉고는 일어났다.

누군가의 부탁을 되도록이면 거절하지 않는 것, 사회적 미소를 잃지 않는 것, 모나지 않게 살아가는 행동 양식은 스무 살 이후 굳어진 습관이었다. 어찌 보면 갈등의 회피를 추구하는 모양새와 다르지 않은. 그러니까 그녀에겐 '호구'라 평가받을 만한 요소가 없지 않았다.

딱히 마음에 드는 행동 양식이라 그리된 건 아니었다. 다만 갈등이 불거졌을 때 소요되는 시간과 물적, 심적 에너지 소모가 아까워 내린 선택이었을 뿐이다.

결국은 '내가 하고 말지, 뭐.'가 되는.

힘없고 시간 없는 개인의 조금은 비겁한 삶의 방식이랄까.

물론 감당할 수 있다고 판단되는 선에서라는 전제는 있다. 그 기준을 지키는 것이 결코 쉽지 않지만 어쨌든 기준은 있다.

초짜 취급하고 자존심 긁어 대니 기분이 좋진 않았다. 일부 인정하고 있는 아픈 구석이라 더 기분이 상하는지도 모를 일이다.

오랜만에 마주했는데…….

혜동은 씁쓸하게 웃으며 겉옷을 걸쳤다. 바깥으로 나가자마자 남아 있던 잠은 순식간에 달아났다. 확실히 하루 중 삼분의 이는 아직 겨울이다. 일교차를 체감하며 혜동은 실험동으로 잰걸음을 옮겼다.

주조정실의 서버에서 내는 특유의 소음이 건물 전체에 미세한 진동을 퍼뜨리고 있었다. 열린 문 틈으로 마땅히 보여야 할 인물이 보이지 않았다. 어딜 봐도 근무하던 호연이 없었다.

자리를 비워도 되는 건가?

불안 섞인 의문을 품은 채 혜동은 생육 중인 작물을 비추는 메인 컨트롤 보드 앞에서 리스트대로 확인했다. 특별한 징후 없이 잘 돌아가는 것을 체크하고 탈의실로 이동하던 그녀는 실험동 내 당직실이 어디 있는지 두리번거렸다.

팜 내의 센서 노드 점검까지 완료하면 호연을 찾아 불러내고 갈 작정이었다. 피차 고달픈 근로자 간의 동병상련을 이해 못 할 건 아니지만 주조정실을 비워 놓는 건 아무래도 안심이 되지 않았다.

무균복을 입고 팜 안으로 들어섰을 땐 운 좋게도 에어로졸 타임이었다. 일제히 솔루션 챔버에서 미세한 물 분자를 뿜어 올리는 장관에 넋을 빼앗긴 혜동은 마지막 점검을 완수하고 탈의실로 향했다. 몸은 고달파도 또 이런 재미가 있으니 행幸이라면 행이다.

겉옷에 팔을 끼워 넣으며 주조정실에 들어선 혜동은, 무심코 모니터에 두었다 내린 시선을 민첩하게 되돌렸다. 모니터에 뜬 심상찮은 메시지에 홀린 듯 다가선 그녀는 잠시 혼란에 빠졌다.

텅 빈 주조정실에 들어올 때 올라왔던 불길한 감이 기어이 모니터 안에서 존재감을 과시했다. 이런 감은 안 맞아도 좋으련만.

무슨 소린지 당최 알 수 없는 프로그래밍 언어로 이루어진 경고 메시지를 해석하려다 포기하고 혜동은 곧바로 당직실로 이동해 문을 두드렸다. 강도를 높여도 반응이 없었다. 전화로 바꾸었으나 역시 보람이 없었다.

신호 음을 들으며 혜동은 조심스레 문을 열어 보았다. 시야에 잡혀야 마땅할 인물이 보이지 않았다.

답답증이 초조함으로 바뀌는 상태에 이른 채 혜동은 '한선우'가 뜬 액정을 귀에 붙였다. 그쪽도 끝까지 통화 연결이 되지 않았다. 잠재워 둔 성질머리에 금이 가는 소리가 들려왔다.

혜동은 할 수 없이 건물 밖으로 나섰다. 임의 조작으로 농장 하나를 뒤집었다는 말이 띵하게 골을 울리는 통에 걸음이 빨라졌다. 랩이 잘 돌아가게 관리 감독 하는 것이 책무라 말하던 헌영의 시니컬한 얼굴까지 떠올라 혜동은 꾸욱 입 안 살점을 물었다.

급해진 숨을 몰아쉬며 숙소 건물 안으로 들어선 혜동은 5층에 멈추어 있는 엘리베이터를 호출했다. 탁탁 초조한 손길이 두어 번 더 버튼을 눌렀다.

스르렁 기계음과 함께 한없이 느린 문이 열렸다. 익숙한 구조를 마주하며 5층에 내린 혜동은 지체하지 않고 선우 방으로 향했다. 탕탕, 두드리는 손에 실린 초조함이 무색했다.

도대체가…… 둘 다 부재중이면 어쩌자는 건지. 혜동은 치밀어 오르는 화를 누르고 전화기를 꺼냈다.

어찌해야 하나 생각을 돌리던 와중이었다. 부르르 진동이 먼저, 액정에 뜬 호연의 이름이 다음. 혜동은 안도하며 지체 없이 액정을 긁어 내렸다.

— 죄송해요. 전화 여러 번 하셨던데.

"주조정실에 있어요?"

— 네.

"에러 메시지 보여요?"

— 잠시만요. 뭐가 있었어요? 아!

혜동은 한숨을 꾹 누르고 목소리를 한껏 죽였다. 그제야 어둠에 잠겼던 숙소가 인식된 데다 시간 감각까지 회복됐던 터라 그럴 수밖에 없었다.

"들어갈게요."

— 네, 네.

진 빠진 허수아비가 된 기분으로 혜동은 다시 엘리베이터에 올랐다. 건물 밖으로 나서니 으스스, 한기 어린 바람이 불었다. 차르르 상록수 이파리를 쓸고 뒤에서 달려오는 바람에 진저리를 치며 혜동은 발을 떼었다.

짜악.

밤에 소리가 더 잘 들리는 건 과학의 영역이다. 혜동은 그 불쾌한 소리가 살갗에 부딪쳐 나는 소리임을 직감하고 고개를 돌렸다. 시야각에 잡히는 건 아무것도 없었다.

무슨 상황인지 파악하기엔 시간도 상황도 녹록지 않다. 혜동은 그대로 돌아서서 다시 걸음을 옮겼다.

짜악.

다시 또. 똑같은 소리가 발길을 붙잡았다. 연구동 뒤편 매화나무 가지가 요란스레 춤추는 걸 바라보던 혜동은 돌아설까 하다가 그대로 실험동으로 향하는 길을 되짚었다.

널찍이 떨어져 비자나무 군락으로 들어섰을 때 혜동은 어쩔수 없이 걸음을 멈추고 돌아섰다. 흐느낌 소리가 차가운 밤공기를 타고 굴절되어 기어이 그녀에게 도달했기 때문이다.

잠깐 검은 실루엣이 아른거리다가 금세 건물 안으로 사라져 버렸다. 흐느낌 소리의 주인을 따라 들어가는 남자의 얼굴이 센서 불빛과 함께 명확하게 상을 실어 날랐다.

전화를 받지 않은 이유를 알게 되어 다행이라 해야 하나?

에어로 팜 내에서 조우했을 때 드러났던 불편한 분위기 덕에 윤주와 선우 사이에 무언가 감지되는 건 있었지만 막상 목격하려니 복잡했다. 친구가 아닌 남자 한선우의 모습이 어색해서 그런 걸까.

선우는 성격이 유하거나 원만한 축은 아니었다. 그렇다 하여 따귀를 맞을 일은 무엇이며, 여자를 울릴 일은 또 무얼까.

혜동은 쓸데없는 궁금증을 지그시 밟고 나아갔다. 요란한 바람이 다시 매화꽃 군락 위를 훑고 지나갔다. 꽃잎이 떨어져 날리지 않을까 할 만큼 거센 바람이었다.

혜동은 옷깃을 여민 채 걸음의 속도를 높였다. 이 새벽에 뭐

하는 난리굿일까 하는 데 생각이 미치는 통에 고요한 웃음이 맺혔다. 전처럼 선우와 스스럼없이 지내는 건 자제해야겠다고 결론지은 채 혜동은 보폭을 넓혔다.

주조정실에 들어서니 이리저리 뻗친 머리를 하고 알코올 향을 풍기며 호연이 그녀를 맞이했다. 구겨지는 미간을 겨우 되돌린 채 혜동은 호연의 어깨 너머로 모니터를 응시했다.

"클로스 미디엄* 문제 같던데. 맞나요?"

"네. 그런 것 같아요."

호연이 키보드 위에서 날아다니며 문제를 뒤적이는 동안 혜동은 병풍처럼 서서 모니터를 응시했다. 도통 알 수 없는 세계였다. 한선우의 영과 육이 담겼다지만 저건 그냥 1과 0의 조합일 뿐인 데이터 쪼가리들 아닌가.

어이없게도 사람을 한없이 작아지게 만드는 능력이 있는 것을 보니 선우 말이 맞는 건가 싶기도 했다.

"클로스 미디엄 문제가 맞네요. 1농장 쪽이요. 근데 지금은 제대로 돌아가는 것 같아요."

"1농장이라면?"

"연구 참여한 로컬 농장이에요."

"연락해서 확인해 볼 수는 없나요?"

"아, 여기가 초창기 부지 확보가 어려웠을 때에 섭외된 곳인데요. 농장주님 거주지하고 좀 거리가 있는 곳이라 확신도 없

---

* Cloth Medium 특수 섬유, 식물 뿌리에 수분을 분사하는 매개체.

이 이 시간에 모니터링 협조 요청하긴 곤란해서."

"에어로졸이 제대로 안 됐던 걸까요?"

"네. 일단 그런 걸로 보이긴 하는데……. 컨트롤 보드에 나타나는 수치만 보면 문제없는 것 같아요. 날 밝는 대로 제가 연락해서 확인할게요."

부스스한 머리를 쓸어내리며 호연이 웃었다. 왠지 미덥지 않아 혜동은 선뜻 대답을 돌려주지 못했다.

"걱정되시는 거죠?"

"티 나요?"

"많이요."

솔직한 반응이 의외였던지라 혜동은 기다린 듯 마주 웃었다. 주조정실 비우고 술타령했던 업무 담당자 주제에 웃는 모습은 더없이 해맑았다.

"형 호출할까요?"

"아."

혜동은 잠시 고민에 빠졌다.

"전화했는데 답이 없었어요. 지금 이상 없이 돌아가고 있다면 굳이 그럴 필요 없을 것 같아요."

"그렇겠죠?"

"네."

혜동은 결국 그렇게 판단했다. 문득 옳은 결정인가 하는 메타 인지가 작동했으나 그냥 넘겼다. 이 시간에 그 상황의 선우를 호출하는 건 여러모로 내키지 않았다. 부재중 전화 기록이 있으니 상황이 된다면 연락이 오겠거니.

"저……."

"네."

"근무 중에 음주한 거, 형이 알면 저 죽거든요."

"아. 네. 알겠어요."

"감사해요."

"다음엔 저한테 죽을 수도 있어요."

"억, 누님."

"농담 아니에요."

"제가 죽을죄를……."

"호연 씨 없어서 저 패닉 상태였거든요. 다음엔 그러기 없기예요."

"진짜, 죄송해요."

두 손을 모아 굽신대는 과장된 몸짓의 죄 많은 남자와 두런두런 이야기하며 제어 모니터를 한동안 더 지켜보던 혜동은 가보마 하고 돌아섰다. 께름한 기분이 남은 상태였지만 당장 뭘 더 해 볼 것도 없었으니…….

돌아보면 초우에서의 시작이 꼬이기 시작한 건 그날 밤부터였다.

Flower Dance(2)

가파른 계단 끝에 주렁주렁 피라칸사스 열매가 열린 화분이 보인다. 분명 철제 계단인데 밟히는 곳마다 물컹거렸다.

빨리, 더 빨리.

혜동은 헉헉 숨을 불어 가며 있는 힘껏 걸음을 뗐다. 숨이 차도록 올라가도 그 자리였다. 아직 멀었는데. 주황 열매 그득한 화분 앞까지 가려면 한참이나 남았는데 눈발이 날리기 시작했다.

허억, 허억. 괴로운 숨을 뱉으며 혜동은 안간힘을 다해 계단을 올랐다. 순식간에 시야가 바뀌었다. 어디에 초점을 두고 있는지 알 수 없는 남자가 결박당한 채 플래시 세례를 받고 있었다.

혜동은 제자리에 멈추어 섰다. 눈이 부셔 머리가 찌릿거렸다. 멈추어 바라보기만 했을 뿐인데도 여전히 숨이 가빴다. 허억허억, 밀려나는 호흡을 뱉으며 혜동은 생각했다.

그만 깼으면 좋겠다. 이 꿈.

드르륵, 드르륵…….

누가 들었길래 답을 주는 걸까.

불시에 밀려든 소음과 진동 덕에 혜동은 두 눈을 열었다. 창밖에서 쏟아지는 빛을 멍하니 응시하던 그녀는 사이드 테이블 위의 전화기를 집어 들었다. 통화로 넘어가니 다짜고짜 은정의 급한 목소리가 귀를 파고들어 왔다.

— 정 선생. 자는데 깨운 거죠? 미안해요. 좀 나와야겠어요.

"네. 알겠습니다."

잔뜩 잠긴 목소리로 답한 혜동은 무거운 몸을 일으켜 침대에 걸터앉았다.

오전 10시였다.

이 시간에 야간 근무자를 호출할 일이 뭘까.

불길한 감은 본래 적중률이 높다. 혜동은 피곤한 한숨을 꾹 누르고 마저 문자를 확인했다.

[전화 못 받았네. 호연이랑 얘기했어. 잘 것 같아 문자 남긴다. 출장 다녀올게.]

혜동은 끙 소리를 남기고 일어나 욕실로 들어갔다. 지난밤 있었던 일들이 무작위로 뒤엉켜 뜨거운 물과 함께 쏟아졌다.

일 매무새가 영 마음 같지 않는데 결국은 뭐가 터진 모양이다. 혜동은 쏟아지는 물속에 한숨도 같이 흘려보냈다.

210

딸깍, 딸깍. 고급스러운 지포라이터가 규칙적으로 닫혔다 열리길 반복하고 있었다. 차가워 보이는 금색 테두리 안경을 쓴 날카로운 인상의 남자였다. 저 사람이 어느 랩 팀장이었나 생각하던 혜동은 그만두었다. 집중하지 않으면 안 되는 분위기였다.

"그러니까 에러 메시지가 뜨긴 떴던 거네요?"

"그렇긴 하지만……."

혜동은 호연과 나란히 긴 테이블 끝에 착석해 취조당하는 중이었다. 어느 시점부터였는지 명확하진 않지만 제1 농장 에어로졸이 작동하지 않았다.

그 광대한 규모의 농장 내 실험 작물을 다 폐기해야 한다는 누군가의 설명을 들으며 혜동은 의외로 침착할 수 있었다.

그러니까 설마 했던, 쓸데없는 걱정이길 바랐던 불길한 감이 적중했기 때문이다. 한번 가정하고 걱정도 해 봤던 일이 현실이 되니 생각보다 무덤덤했다.

"문제가 지속되진 않았고요. 지금도 시스템은 이상이 없는 상태입니다."

잠이 부족했는지 피로한 낯빛의 호연이 상황을 설명했다.

"그럼 더 문제 아닙니까?"

시니컬한 반문. 제1 농장에 들어간 롤라 로사* 주관 연구 팀장이었다. 바야흐로 이 자리는 심문과 변론이 오가고 심판 내지는 처분이 예정된 팀장 회의였다.

---

* Lolla Rossa, 국화과 허브.

"제어 시스템이 필터링을 못 하면 어떻게 믿고 연구를 추진하겠어요."

미세한 수치 하나하나를 조정해 가며 설계한 생육 조건인데…….

푸욱, 기술팀 호연의 심장을 찌를 말이었지만 유전 랩 2팀장 말은 틀리지 않다.

"상황이 어땠는지 부연해 줄 수 있나요?"

2팀장의 시선이 혜동에게 왔다. 굉장히 곤란한 요구였다. 그건 밀고자가 되어 달라는 거니까.

"특별히 말씀드릴 건 없습니다. 매뉴얼대로 모니터링 진행했고……."

본인이 하지 않는 이상 간밤의 해프닝을 있는 그대로 이야기할 수는 없다. 제어 시스템이 왜 불안정한지는 그녀가 알 수 있는 영역도 아니고.

걸리는 건 한 가지였다. 호연이 물었던 그때 다시 한번 선우를 호출했어야 했나 싶은.

어디선가 한숨이 흘러나왔다. 장수의 눈길이 혜동에게 왔다. 복잡다단해 보였다. 왜 준성이 아니고 혜동이었는지 그는 모르고 있었을 테니 당연한 반응이었다.

"한선우 박사는……."

"출장 중이라네요."

팀장들 사이 오가는 말들이 끊기고 침묵으로 대체가 되었을 때 관망하고만 있던 헌영이 그제야 입을 열었다.

"제어 시스템 자료 백업되어 있습니까?"

"네."

"기술 지원팀은 백업 자료 바탕으로 문제 분석해 주시고. 1농장은 원인이 나오거든 다시 돌리는 걸로 하죠."

간단하게 상황은 종료됐다. 팀장들이 자리에서 일어나 흩어지는 동안 혜동과 호연은 고개를 조아리고 우두커니 서 있었다. 뭔가 딱히 잘못한 것이 없는 것 같은데도 불구하고 죄인이 된 기분이었다.

언젠가 후각 중추에 새겨졌던 헌영의 향이 가까이 스치고 지나갔다. 가슴 언저리가 뜨끔해지는 향이었다.

문이 닫히는 순간 호연의 한숨이 튀어 나왔다. 릴레이라도 되는 것처럼 혜동 역시 한숨을 쏟았다. 이내 가느다랗고 하얀 호연의 두 손이 얼굴 위로 올라가더니 초췌한 얼굴을 마구 문질렀다. 동병상련이란 이런 걸 말하는 거겠지?

"선우랑 통화했어요?"

"아침 일찍 주조정실 들렀다가 바로 출장 갔어요."

"그럼……."

"네. 1농장 문제 있다는 거 형은 모르는 상태예요."

"……."

"분석하겠다고 대답하긴 했는데, 뭘 더 볼 게 없어요. 아침까지 계속 백업 자료 뒤집었거든요."

"전혀 없어요?"

"네. 적어도 제 능력으론 못 찾겠어요."

"그럼 선우에게 알려야 하지 않겠어요?"

"형 중요한 출장이라 지금 자초지종을 털어놓긴 그래요. 바로 올 수 있는 상황도 아니거든요. 제가 어떻게든 비벼 봐야죠."

중요한 출장이라면 전에 언급한 거취 문제일까.

"이게 시스템 에러면 곤란하거든요. 형 진로에 악영향 미칠까 봐 속이 타네요."

후우, 호연의 한숨이 이어졌다. 복무에 성실하지 못한 날이었으니 더 신경이 쓰이는 것이리라.

"괜히 죄송해요. 누님까지 불려 다니게 하고."

이 상황에 별로 도움이 되지 않는 말이었다. 전공 분야라면 문제 해결을 위해 무슨 궁리라도 해 볼 텐데, 답답하게도 할 수 있는 것이 없었다.

세미나실을 벗어난 두 사람은 말없이 각자의 공간으로 흩어졌다.

❧

"1농장 에어로졸 에러 있었다네요."

"응? 언제?"

"얼마 안 됐나 봐요. 문제 있는 줄 모르고 있었대요."

"무슨 소리야. 그럼 몇 팀이나 에러가 났다는 건데?"

"지금까지 그런 거면 뭐. 그나저나 2팀 난리 난 모양이에요."

"거기 롤라 로사 들어가 있지?"

"네."

"아."

안 그래도 입맛이 제로였는데, 뒤 테이블에서 들려오는 소리를 듣고 있으려니 혜동은 위장이 뒤집힐 것 같았다. 마주한 채 숟가락질을 하던 은정과 준성이 혜동의 뒤편으로 시선을 던졌다.

"혜동 씨."

랩에 들어간 즉시 점심 먹으러 나가는 이들과 동행하느라 설명할 짬이 없었다. 혜동을 부르는 준성의 불안한 눈동자가 심히 불편했다. 혜동은 하는 수 없이 설명을 시작했다.

"어제 클로스 미디엄 에러 메시지가 있었어요."

"무슨?"

"별 탈 없이 다시 원위치 됐고……."

혜동은 말을 맺지 못했다. 결과적으로 '별 탈 없이'가 아니었다. 어제 있었던 일을 있는 그대로 정리하면, 우습게도 사실과 다른 말이나 하는 실없는 인간이 되는 상황이다.

"정 선생. 제대로……."

혜동은 말을 끊은 준성에게 시선을 옮겼다. '모니터링한 거 맞아요?'가 생략되어 있음을 억양으로, 표정으로, 그 밖의 모든 것으로 알 수 있었다. 치밀어 오르는 무언가를 살포시 누르고 혜동은 예의 바르게 웃었다.

"황박. 헛소리 하려거든 입 다물어."

고맙게도 은정이 대신 일갈했다.

"아니, 뭐……."

준성이 구시렁대는 소리를 끝으로 젓가락질만 이어졌다. 뒤 테이블에선 다시 대화가 한창이었다.

"기술 지원팀에선 뭐래?"

"제어 시스템에는 문제가 없다네."

"한 박사가 그래요?"

"아니. 한 박사 출장 중이라 김호연 선생 얘기야."

"클로스 미디엄 에러였다면서요."

"제어 시스템 내에서는 제대로 작동된다고 하니까. 뭐."

"아니, 농장에 연락해서 제대로 모니터링을 했어야죠."

누군지 모를 사람의 날카로운 말이 속을 후볐다.

"1농장 특수성 알잖아. 그 시간에 섣불리 요청하긴 어려웠을 거야."

"그래도 연락했어야지."

"결과론이지 뭐. 엎고 다시 돌리기로 했다네."

"강 팀장님 난리 치셨겠네, 어제 당직자는 누구였어?"

"……."

"당직자 모니터링 제대로 한 거야? 어? 왜? 뭐?"

침묵이 넘어왔다. 뒤통수에서 무슨 일이 벌어지는지 안 보고도 알 것 같은 상황. 은정이 탁 소리가 나게 숟가락을 내리며 말했다.

"제어 시스템 오류면 뭘 어찌할 수도 없는 일인데. 신경 쓰지 마. 혜동 씨."

부러 큰 소리로 말했다는 것이 충분히 느껴질 만한 볼륨이었

216

다. 준성이 쭈뼛대며 첨언했다.

"괜히 미안하네요."

신경 쓰지 말라는 은정의 말도, 미안하다는 준성의 말도 와 닿지 않았다.

상황이 복잡해 누구의 잘잘못을 논하는 것이 애초에 가능한 일인지 알 수 없지만 결과적으로 2팀 프로젝트에 차질이 생겼으며 재정적으로도 연구원에 부담이 갈 상황이 된 건 확실했다.

일이 터졌을 때 최선이 무엇인지 좀 더 고려해 대처했더라면 하는 후회가 드는 건 어쩔 수 없었다. 그러니까 '왜 하필 그때' 라 할 만한 상황이 연속으로 펼쳐진 것일까.

시끄러운 속을 드러내지 않은 채 혜동은 차분히 오후를 보냈다. 때때로 드나드는 장수가 어딜 가는지, 또 무슨 논의가 더 있는지 궁금했지만 랩은 아랑곳없이 안정적으로 돌아갔다.

그럼에도 불구하고 에어로 팜 한 동을 갈아엎어야 할 일이 쉽게 넘어갈 이슈는 아니었다. 더군다나 불이익을 받는 팀에서는 시시비비를 가리는 것을 떠나, 당시 번을 선 당사자가 곱게 보일 리 없을 것이다.

혜동의 합리적 의문과 추론은 굳이 그럴 필요 없는데 또 예상을 적중했다. 시선 세례가 아주 요란한 데다 분위기도 묘했다.

덕분에 영업용 미소가 제대로 작동되질 않았다. 신경이 쓰였던지 은정이 잠깐 쉬자는 요청을 해 왔다.

"신경 쓰여?"

원내 커피숍에 마주 앉은 은정이 모락모락 김이 피어오르는 커피를 앞에 두고 물어 왔다.

"아무래도요."

"그럴 거 없어. 운 나쁘게 그날 근무자였을 뿐인데, 뭐."

혜동은 쓰게 웃었다.

구설수에 오르는 걸 좋아하는 사람이 어디 있을까마는 혜동은 특별히 더 꺼려하는 면이 있다. 초우에서 조용히 별 탈 없이 스며들듯 지내고 싶었던 소망은 아무래도 물 건너간 것 같아 속이 쓰렸다.

"사람 사는 곳 어디는 안 그럴까 싶지만 여긴 근무지의 환경적 특성이 좀 강해."

혜동은 고개를 끄덕였다. 구성원의 행동반경이 좁은 데다 워낙에 고요한 곳이니 무슨 일에 반응이 클 수밖에 없으리라. 타인의 잘못과 불행을 즐기는 인간 본성까지 더해지면 아마도 좋은 안줏거리가 될 것이다.

"대다수가 학연으로 얽혀 있고, 파벌 문제가 영 없을 수 없으니까. 1, 2팀 사이에 잡음이 좀 있곤 했어. 대단한 갈등까지는 아니고."

은정이 말끄러미 혜동을 응시했다. 안경 너머 눈빛에 흥미 같기도, 호기심 같기도 한 것들이 어려 있었다.

"게다가 자기, 기술 지원팀 한 박사하고 친하다며? 친구야?"

"네."

"괜스레 미움받을 요소지, 뭐야. 원장님도 그렇고, 한 박사는 우리 연구원에서 공공재 성격이거든. 공평하게 다 같이 눈으로 즐기는 귀중한 재화."

혜동은 픕, 컵을 내리고 냅킨을 집었다. 선우는 그렇다 해 두고. 헌영이 공공재라니……. 당사자는 아는 걸까? 질색할 텐데.

나름 심각한 분위기였는데 웃음은 어찌할 방도가 없었다.

"공공재를 사유화할 가능성이 있는 사람에게 호의적일 수가 있나."

은정이 모락모락 김이 올라오는 머그잔을 들며 웃었다. 이래저래 억울한 상황이다. 선우에게 뭔가 그런 감정을 털끝만큼이라도 가져 봤으면 덜 억울할 텐데 말이다. 둘 사이 '친구'라는 관계의 본질은 늘 뒷전이었다. 이성으로서 지니는 한계려니 하는 수밖에.

"회자되는 건 뭐 어쩔 수 없지만 분위기가 험악해지지는 않았으면 좋겠어요."

"곧 잠잠해질 거야. 험악하다 말할 수준도 아니고."

널리 시선을 돌려 사람들을 둘러보던 은정이 혜동을 향해 웃었다.

"새로운 사람이 들어오면 통과 의례처럼 그러는 면이 없지 않아. 쉽게 받아 줄 수 없지, 하는 심보랄까? 식구 되는 과정이려니 해. 나 때도 그랬고, 나도 그랬고."

하하하 웃으며 은정은 에너지가 남으니 그러는 거라고 첨언했다. 결국은 애 둘 낳아 '직장맘' 한번 해 보면 절대 그럴 여유 없을 거라는 신세 한탄으로 마무리가 되었다.

은정이 언급한 그 통과 의례라는 건 꽤 오래갔다. 마음이 편치 않을 수밖에 없었다. 주 중반이 넘어갔을 땐 좀 덜한 것 같았지만 여전히 뒤통수는 따가웠다.

대단한 처방 같은 건 없었다. 혜동은 스스로 뒤통수에 빨간 약을 발라 가며 일했다. 통과 의례는 또 지나가는 거니까.

주말을 이틀 앞두고 혜동은 저녁 시간에 유진의 호출을 받아 병원에 들렀다. 이것저것 설명을 듣느라 시간이 지체되는 바람에 식사를 놓쳤다.

여전히 눈 감고 있는 노인네를 보고 온 마음도 그렇거니와, 심란할 땐 아무 생각 없이 학명을 정리하는 일이 위로가 되기도 되는 터라 시드볼트 데이터를 좀 정리하고 들어갈까 싶었다.

간단히 때울 요깃거리를 사러 편의점에 들렀다가 1농장 건이 어떻게 돌아가고 있는지 궁금증을 해결해 줄 인물을 만났다.

"누님."

"호연 씨."

호연은 맥주를, 혜동은 삼각 김밥과 딸기 우유를 든 상황이었다.

"아. 저 오늘 근무 아녜요."

맥주 캔에 머무르는 혜동의 시선에서 맥락을 읽었는지 호연이 멋쩍게 웃었다.

"혹시 형이랑 통화하셨어요?"

"아뇨."

두어 번 전화가 엇갈리는 통에 대수롭지 않은 문자만 나누고 말았다.

"1농장 얘기는요? 선우 알아요?"

"문제가 좀 있어서 백업 자료 분석 중이라는 말만 했어요. 자세한 얘긴 돌아오면 하는 걸로 하고요."

"원인 아직 못 찾은 거죠?"

"네."

딸깍, 맥주 캔을 따 내며 호연이 답하고는 또, 물었다.

"한 캔 하실래요?"

"일할 거 좀 남았어요."

"아."

푸우우, 한숨과 함께 꿀꺽꿀꺽 목울대를 건드리며 맥주가 넘어갔다.

"무슨 마가 꼈던 건지. 그날 술은 왜 마셔 가지고."

대화를 나누는 상대가 자학의 타이밍일 땐 들어 주는 것이 최선이다.

"저 원장님께 이실직고 했어요."

"했어요?"

"네. 선우 형, 성과 평가에 불이익 갈까 싶어 얘기했는데 아무래도 역효과지 싶어요."

"무슨 역효과요?"

"팀 관리 못 하는 거 별로 안 좋아하시니까요. 떠도는 소문도

흉흉하고, 뭐. 그렇네요."

혜집어진 머릿속에서 선우가 전에 언급했던 보고서 초안 송부 얘기가 딱 걸렸다. 팀장도 세트로 박살 났다고 했던.

김밥 포장지를 뜯을까 하던 손을 놓고 혜동은 생각에 잠겼다. 커리어가 한참 처지는 건 아쉽고 시샘도 나지만 이런 일로 선우의 진로에 차질이 생기는 건 절대 달갑지가 않았다.

그럴 것까지 뭐 있나 싶으면서도 괜스레 죄책감마저 들었다. 생 초짜가 아닌 다른 이가 당직을 섰으면 어땠을까 하는 마음 탓에.

"원장님 뭐라고 하셨는데요."

"원인 분석이나 제대로 하라고요."

혜동은 딸기 우유에 콕 빨대를 꽂았다. 무척이나 헌영스러운 답이었다.

"아아, 술 마셨다니까 원장님 눈이 어땠는 줄 아세요?"

"어땠는데요?"

"빙속 계열 양반인 건 충분히 알고 있었는데도 말이죠. 눈에서 얼음이 뚝뚝 떨어지니까 입김이 나오더라고요."

아흐흑대던 호연이 맥주를 벌컥벌컥 마셨다. 아니, 술 때문에 그 난리였으면서 또 마시고 싶은 건가? 이어지는 호연의 넋두리를 한동안 들어 주다가 혜동은 좀 무거워진 걸음으로 랩에 들어왔다.

고즈넉한 공간에 덥수룩한 머리의 장수만 모니터를 뚫어질 듯 쳐다보고 있었다. 말끄러미 뒷모습을 보고 있으려니 그가 몸을 돌렸다.

"아. 정 선생."

"안 들어가셨어요?"

"어. 천궁 1번 4번 설계 결과가 엇비슷하게 나와서 비교해 보느라."

"피곤해 보이세요."

"정 선생이야말로 괜찮아? 생각하고 좀 다르지? 저녁은 먹었어? 식당에서 못 본 것 같은데."

"어디 좀 다녀오느라고요."

웃는 낯으로 앞선 질문을 슬쩍 뭉개 버리고 혜동은 자리를 찾아들어 갔다. 복잡한 심리를 눌러 붙이는 심정으로 클릭, 클릭해 가며 혜동은 시드볼트 데이터를 열었다.

탁, 김이 올라오는 허브티가 마우스 옆에 놓이는 바람에 혜동은 모니터에서 시선을 뗐다. 장수가 준성의 의자를 끌고 와 앉았다. 힐긋 모니터를 가리킨 그가 물어 왔다.

"성 팀장이 던진 일?"

"네."

"내가 죽일 놈이지."

"……."

"가지치기는커녕, 가위도 못 찾고 있으니."

맥락을 따져 보자면 이쪽도 자학인 듯하다. 왜 이런 상황의 중심에 서게 된 걸까.

"우리 팀원 부리는 것도 몰랐네, 내가."

"팀장님. 제가 감당할 수 있는 범위 내에서 하고 있으니까……."

혜동은 말을 끊었다. 굳이 걱정하지 않아도 된다로 이어질 말. 이 기시감 돋는 답을 헌영에게 했었다. 맘 같지 않은 상황이 발생했으니 자신 있게 답하는 건 그야말로 자신이 없었다.

"내가 천성이 물이야. 연구에 몰두하는 거나 좀 할까. 팀장 노릇은 영 젬병이네. 모진 소리 할 타이밍이 있는 건데……. 지난번 황박 대리 근무했던 거라며."

모락모락 김이 올라오는 컵을 말끄러미 내려다보며 혜동은 반성할 수밖에 없었다. 갈등 회피 성향에 발목이 잡혀 결국 이 지경인가 싶어서였다.

준성이 당직을 섰더라면 대처가 달랐을 수 있고 눈앞에 있는 선량한 사나이가 마음 쓸 일이 없었을지도 모른다. 가정이란 건 해 봤자 늘 허무하지만 자학에는 또 그만한 것이 없기도 하다.

"제가 괜히……."

"아니, 정 선생 나무라는 거 아니고. 준성이가 머리는 좋은데 놀멘놀멘하는 구석이 좀 있거든. 컨트롤 못 한 팀장 잘못이 크네."

의자를 밀고 일어나며 장수가 마무리했다.

"이미 지난 일인데 뭘 어쩌겠어. 정 선생도 신경 쓰지 말고."

딱히 마음에 닿는 주문은 아니었다.

"이만 들어갈까?"

"먼저 들어가세요. 마무리하고 들어갈게요."

"무리하지 말아요."

"네."

돌아서는 장수를 향해 뭐라 말할까 하던 혜동은 입을 다물었다. 죄송하다고 하기도 그렇고, 앞으로 그런 일 없도록 하겠다는 말도 그렇고…….

11시 즈음 장수가 숙소로 들어가고 홀로 남은 혜동은 뒤적뒤적 편의점 봉투를 헤집다가 그냥 밀어 넣어 버렸다.

"먹고살기 힘드네."

매가리 없는 웃음이 비어져 나왔다.

동경하던 곳이었기에 모든 것이 순탄할 거라 여긴 건지.

바람 빠지는 풍선처럼 웃음도 사그라졌다.

이거라도 빨리 해치워 버렸으면 좋겠다, 혜동은 모니터의 데이터를 들여다보며 생각하다가 랩을 벗어났다.

정신을 깨우러 화장실에 들어선 그녀는 미지근한 물로 세수를 했다. 뚝뚝 떨어지는 물방울을 쓸어 내던 혜동은 돌파구를 찾는 심정으로 젖은 얼굴을 응시했다.

할아버지 왈, 처음이 잘 풀리면 좋겠지만 그렇지 않거든 찬찬히 풀어 나가는 거라고 했다. 찬찬히…….

꼬여 버려서 찬찬히 풀어 나가자면 계약 종료 시점 될 것 같아요.

혜동은 웃으며 화장실 문을 밀었다. 모퉁이를 돌아서던 참에 막 건물 밖으로 나서는 익숙한 뒷모습을 발견했다. 폐 가득 공기가 차는 기분이었다. 불편하고, 거북한.

그럼에도 불구하고 호연이 이실직고했으니, 그녀 역시 그럴 타이밍이라 여겨졌다. 혜동은 헌영의 목적지가 어딘지 지켜보다가 출구로 향했다.

보름이 언제였는지 오른쪽 구석이 이지러지기 시작한 달이 덩그러니 하늘에 걸려 있었다. 혜동은 멀찍이 떨어져 늘어서 있는 유리 건물들을 응시했다. 거대 온실은 대다수가 어둠에 잠겨 있었다.

유일하게 호박색 조명이 새어 나오는 작은 온실. 혜동은 헌영이 들어간 그곳을 향해 걸었다. 육종된 화훼 작물을 시험 재배 하는 전용 공간이었다. 외부에 공개되지 않는 데다 출입 제한이 있는.

열린 문 틈으로 조심스레 들어선 혜동은 훅 밀려오는 꽃 향에 아찔해져 손을 뻗었다. 미지근한 원목 지지대를 잡은 그녀는 방사형으로 심어 둔 하얀 꽃 무더기를 바라보며 숨을 골랐다.

강렬한 향과 함께 하얀 꽃밭이 불러일으키는 온갖 이미지와 감각들이 제멋대로 뒤섞인 채 훅훅 치고 들어왔다.

달빛, 굵은 소금, 허생원, 동이, 늦여름 밤의 연무.

그리고 높아진 심박.

도무지 이유를 모르겠는 속도의 심박…….

학교 옥상 온실과 다르지 않다. 단둘이서 대면하는 경우가 다반사였으니까. 밤인지 낮인지 시간 불문일 때가 대부분이기도 했고. 그런데 왜일까.

"동형화同形花, homo type."

왜 다를까. 구불구불 꽃 덤불 이랑이 모이는 길 끝의 저 사람이 오늘은 왜 달라 보일까.

"이리 와."

미세한 강요가 섞인 요청에 혜동은 아무런 저항 없이 걸음을 뗐다. 방사형 길 중앙. 혜동은 기다리는 헌영을 향해 걸었다. 그가 초대한 꽃길을 걸었다.

달빛이 밟히는 바닥 옆에서 하얀 꽃이 싸라락, 쓸려 춤을 추었다.

반짝 헌영의 손에 들린 스마트폰 랜턴에 빛이 돌았다. 지척까지 다가갔을 때 그는 몸을 구부려 꽃잎 위로 랜턴을 비추었다. 혜동은 허리를 굽힌 그를 따라 몸을 낮추었다. 빛을 받은 하얀 꽃잎이 눈부셨다.

"야생종 유전자원에서 얻은 개체로 만들었어."

어떻게 이렇게 똑같은 높이로 자라 꽃을 틔웠을까. 메밀은 본래 암술보다 수술이 긴 장주화長柱花, pin type와 그 반대인 단주화短柱花, thrum type밖에 없다.

장주화든 단주화든 암술과 수술의 길이가 다른 꽃은 수정 확률이 높지 않다. 동형화를 만든 건 그 때문이다. 암술과 수술의 길이가 같으면 수정 확률이 높아지니까.

"타식성 야생 메밀로 칠천 번째 교잡에서 성공했고."

아, 의도하지 않은 탄성이 나갔다. 칠천 번째라는 말에서 그럴 수밖에 없었다. 얼마만큼의 시간과 노력이 들어갔는지 짐작할 수 있으므로.

널리 랜턴 불빛을 들어 그는 살살 흔들리는 꽃들을 비추었다.

고생깨나 시킨 놈들. 웃음이 묻은 목소리였다.

"동형화로 육종한 이유. 알고 있어?"

"논문 읽었어요."

헌영이 쓴 논문은 다 읽었다. 하나도 빠짐없이.

학계에서 기존 이론을 무력화시키거나 새로운 이론 줄기를 체계화한 논문을 '세미널 페이퍼Seminal Paper'라 칭한다. 이 사람이 발표한 글들이 그랬다. 학부 시절, 형중이 늘 모범으로 삼아 병아리들에게 가르치곤 했었다. 그런 까닭으로 이 분야에서 공부를 계속하기로 했다면 헌영의 글을 안 읽고 넘어갈 수는 없었다.

세미널 페이퍼가 아니었다 해도 찾아 읽었을 것이다. 헌영의 글을 좋아했다. 마주치는 것이 고달프던 시절부터 변함없이 그랬다. 인간성과 별개로 좋은 건 좋은 거니까.

전문 지식만 빼곡한 글이 좋아 봐야 얼마나 좋을까 싶지만, 헌영의 논문 안엔 눈을 깜빡이고 볼 만한 표현들이 숨어 있었다.

벌과 바람, 그리고 나비의 도움을 받은 꽃이 수정을 할 때…….

연구의 이유를 밝히는 서론의 막바지 문단. 몇 번이나 다시 본 기억이 난다. 이형화의 자연 상태에서 낮은 수정 확률, 정확히는 10퍼센트밖에 되지 않는 확률을 설명하는 부분이었다.

건조하고 군더더기 없는 글 한가운데 숨어 있었다. 딱딱하고 검은 돌로 가득한 글 속에서 소박한 메밀꽃을 발견한 기분이었다. 어떤 글엔 한 번, 어떤 글엔 두어 번. 이 사람의 글은 간결하고 정제되어 있는 데다 품위가 있었다.

"읽었어?"

"네."

"영광이네."

랜턴 빛이 일시에 꺼졌다. 빛 잔상이 남은 먹먹한 눈앞에서 웃는 얼굴이 선명해졌다. 혜동은 한숨을 꾹 물고 시선을 내렸다. 달빛 아래 꽃향기 속 미소는 반칙이다. 그건 그가 신경을 건드리려 던지는 화법보다 훨씬 더 공격적이었다. 왜 오늘은 달라 보이는지 여전히 결론을 얻지 못한 상태라 더 그렇게 느껴졌다.

생각에 치이는 그녀를 두고 헌영은 어둑한 꽃밭 가운데 놓인 벤치에 앉았다. 둘, 혹은 하나 반의 보폭만큼의 거리. 우두커니 선 채 혜동은 여전히 갈피를 잡지 못했다.

"그거 그만하고 앉아."

입술 위에 머물던 헌영의 시선이 눈으로 올라왔다. 혜동은 착한 아이처럼 잘근 짓이기던 입술을 놓았다. 그리고 또 착한 아이처럼 다가갔다.

두 사람은 머리 위로 둥그런 달을 얹은 채 대리석을 이어 붙인 벤치에 나란히 앉았다. 그리고 한동안, 펼쳐진 꽃밭을 누렸다.

불편할까 했던 심리는 점점 사그라졌다. 조금 빨라진 심박을 견디는 것 빼곤 불편하지 않았다. 아니, 견딘다고 표현하는 건 맞지 않는 것 같기도 했다. 이런 기분은 뭐라 표현하면 좋을까.

"이대로가 좋은데…… 들어야겠지?"

불쑥 헌영이 던진 말을 이리저리 돌려 보던 혜동은 할 수 없이 그를 응시했다. 기껏해야 두어 번으로 셈할 수 있을 것이다. 이런 얼굴은……. 그러니까 말이다. 오늘밤 이 사람은 왜 이런 얼굴일까.

"정혜동이 이 밤에 데이트하자고 날 찾아온 건 아닐 테고."

"……."

"해 봐, 할 말."

마주하는 눈 안에 아직 웃음기가 남아 있었다. 정말 데이트 청하러 온 것이 맞느냐 묻는 입술은 그래서 더 보기 좋았다.

"내가 잘못 짚었어?"

"아뇨. 드릴 말씀 있어서 온 거 맞아요."

"드릴 말씀이라니 거창하네."

"지난번 당직 때."

길게 뚫린 날카로운 눈매에 퍼져 있던 웃음기가 사그라지기 시작했다. 미소 따위 애초에 없었던 것처럼.

"메인 컨트롤 시스템에 에러 났을 때요."

이 얼굴이 맞다. 늘 이랬으니 대수로워하지 않아도 된다.

"김호연 선생이 한선우 박사를 호출할까 하던 걸 제가……."

그럼에도 불구하고 해야 할 말은 '대수롭지 않게' 흐르질 않았다. 심지어 멍청이처럼 머뭇댔다.

"계속해."

이런 멍청이 짓을 장헌영 씨가 참아 줄 리 만무하다. 늘 오만

해 보이던 턱선이 여지없이 경직하는 걸 바라보며 혜동은 숨을 모았다.

"제가 안 불러도 되지 않겠느냐 했었어요. 그때 한선우 박사를 불렀으면 어땠을까 생각해 봤어요. 결과적으로 제 판단 때문에 그런 일이 벌어졌을 수 있겠다는 생각이 들어요. 이런저런 경우의 수를 무시할 수 없으니까."

"본론."

짧아진 말엔 어느새 얼음이 박혀 있었다. 손바닥 위로 땀이 솟았다.

"이 일로 기술 지원팀이 불이익을 받게 되는 건가 해서……."

"다시, 본론."

혜동은 한동안 헌영을 응시했다. 아이러니하게도 익숙한 모습에 마음이 편해지는 기분이 들었다. 진짜, 정말 이 모습이 맞으니까.

"이번 일에 한선우 박사는 잘못한 것이 없어요."

결국 수준 낮은 답을 해 버렸다. 대놓고 1차원이지만 사실 본론은 그랬다. 혜동은 오랜 친구의 앞길에 아무 일이 없길 바랐다.

"정혜동."

"네."

무슨 말이 이어질까 기다리는 동안 더 집중하기 어려울 만큼의 침묵이 흘렀다. 열려 있는 천장 통풍구에서 산들, 바람이 흘러 내려왔다. 엉뚱하게도 바람이 좀 더 강했으면 하는 바람이

들었다.

"호구 짓까지는 그러려니 했는데, 주제넘는 건 봐주기가 어렵네."

경솔했을까? 좀 더 세련되게 돌려 말했어야 했을까? 아들내미 교수 되었다 좋아할 젖엄마 얼굴이 떠올라 마음이 급했다. 그냥 그랬다. 그건 그냥 가족 같은 이들에 대한 선의였다. 좀 멍청한.

"청탁을 하려거든 원인 조사나 끝난 후에……."

말을 맺지 않은 채 그는 손을 모았다. 얼굴 위로 모인 손이 두어 번 거칠게 오르내렸다.

"원인 밝혀지거든 그때 하든가."

"아뇨. 호연 씨나 제 잘못으로 밝혀진다 해도, 선우는……."

"혜동아."

혜동은 헌영을 마주한 채 입을 다물었다. 귀밑부터 일어선 소름이 피부를 수축시키는 통에 혜동은 꽈악, 주먹을 말아 쥐었다.

언제였지? 언젠가 이런 억양으로 불린 적이 있었는데…….

생각할 시간을 주지 않고 헌영은 벤치에서 일어났다. 키 큰 나무처럼 우뚝 솟은 남자를 바라보며 혜동은 다시 생각에 잠겼다. 그냥 착각은 아니었다. 오늘 밤 이 사람은 좀 다르다.

"그만 일어나."

정수리 위로 떨어진 낮고 익숙한 목소리는 익숙하지가 않았다. 그런 억양은 한 번도 들어 본 적이 없었다. 마치 달래듯 다정한 어조였다.

그래서 그랬는지도 모른다. 꽉 막힌 애처럼 떼를 쓴 건.

"잘못한 사람 선에서 책임지고 끝났으면 해요. 호연 씨도 저도 둘 다 같은 생각이니까요."

"그게 무슨 말이야."

"팀원이 잘못하면, 팀장님까지 불이익 받는다고 들었어요."

말 끝자락에 그의 한숨이 붙었다.

"너는…… 도대체 나를……."

어떤 말이 끊겼는지 궁금했건만 그는 끝내 말을 잇지 않았다. 마주한 두 사람 사이로 짧지 않은 침묵이 비집고 들어왔다. 좀 더 기다린 혜동은 다시 고집을 부렸다.

"그렇게 해 주셨으면 해요."

"그렇게 해. 책임져 봐. 다들 회피하고 싶어 안달인데 지고 싶은 사람이 져 봐."

혜동은 듣고 싶은 답을 기어이 받아 낸 채 그를 응시했다. 온실에 들어왔을 때처럼 머리 위에서 달빛이 부서져 내렸고 꽃향은 더없이 그윽했다.

달빛도, 굵은 소금 같던 꽃 더미도, 부드러운 밤바람도. 그리고 헌영의 미소까지도 모두 온실에 두고 혜동은 랩으로 돌아왔다.

무거운 짐이었던 문제를 해치웠는데 왜 마음이 불편한지 생각에 사로잡혀 있느라, 랩에 들어섰을 땐 고소한 냄새를 제대로 인식하지도 못했다.

키보드 옆에 놓인 캐리어를 보기 전까지 혜동은 생각에 파묻혀 벗어나지 못했다. 헌영을 대할 때 당돌하고 때로는 넘치는 구석이 없지 않았지만, 돌이켜 보면 그는 한 번도 그런 표정인 적은 없었다.

상처라도 받은 사람처럼. 왜 그런 눈으로…… 봤을까.

그게 뭐라고, 그게 뭐 어때서 또 이런 기분이 되는 것이며.

혜동은 키보드 옆에 놓인 캐리어를 돌려 보았다. 온기가 남은 밀크티와 스콘 두 조각. 그리고 말할 수 없이 고소한 냄새.

혜동은 바스락 소리를 내는 유산지를 열어 스콘을 한 입 베어 물었다. 촉촉한데 바삭하고 따뜻했다. 눈물이 날 것 같았다.

너무 맛있어서였는지, 이걸 두고 간 이가 그 사람인 것 같아서였는지 구분이 가진 않았다.

어미 새

인간에게 멀티태스킹 능력이 있다는 건 결코 행이 아니다.

"4월 마루원 정상에 선보일 원종 튤립입니다. 개화 기간을 일주일가량 늘린 것 외엔 건드리지 않았고요. 구근 이식은 이미 완료한 상태입니다."

금요일 오전 정기 회의 시간. 화훼 작물 팀장의 브리핑을 들으며 헌영은 원종原種 튤립 군락지를 연출한 '리틀 뷰티'의 시뮬레이션을 뜯어봤다. 하얀 줄기의 곧은 자작나무 조림지 아래 꽃 잔디처럼 붉은 튤립이 빽빽하게 뒤덮여 있었다.

"색 조합이 훌륭하네요."

"구근이 몇 년이나 가는 거죠?"

"4년 정도 예상하고 있는데 튤립 구근은 까다로워서 그때그때 보수를 해 줘야 합니다."

헌영은 팀장들이 대화하는 것을 듣고 시뮬레이션 영상을 보고, 또 수목원 방문자들의 반응이 어떨지 예측해 보는 것까지 했다. 거기까지는 과부하가 걸릴 정도는 아니었다.

간밤에 온실에서 속을 뒤집던 정혜동이 차지한 용량에 비하면 앞선 것들은 소소한 수준이다. 문제는 그 모든 것들이 한 공간에서 돌아가고 있다는 데 있었다. 그것도 섹터마다 오차 없이 잘 돌아가고 있었다. 고달프지만 진정한 멀티태스커라 할 만하지 않은가.

"……테마파크 튤립 축제에 따른 수요도 적지 않은 데다, 시립 수목원에서도 같은 종으로 보급받기를 원하고 있습니다. 제휴 농장에서 구근 생육은 무리 없이 진행되는 중이고요."

그랬다. 그러니까 저이가 작년 봄 테마파크에서 의뢰했던 튤립 원종 보강 연구 보고서를 신입에게 잘못 쥐어 주는 통에 초우의 신뢰도를 바닥으로 추락시킨 이다.

인간인 이상 실수가 없을 수는 없으니까 이해하고 넘어갈 수준이었다. 다만 성과 등급만은 한 단계 다운시켰다. 정신 차리라는 의미였을 뿐 대단한 불이익도 아니었다. 애초에 남의 돈으로 연구를 할 양이면 얼빠진 짓은 말아야지 하는 의미 정도랄까.

정혜동은 어디서 뭘 들은 걸까. 뭘 듣고 다짜고짜 팀원, 팀장 간 연좌제 운운한 것일까.

1농장 건은 일이 그렇게 된 원인도 나오지 않은 상황이다. 그놈 머릿속에 장헌영이 대체 어떤 인간형으로 박혀 있는지 확

실히 알 만했다. 다 좋다. 과거, 일없이 건드리던 행적이 화려
했으니 그건 그렇다 둘 수 있다.

연좌제가 싫다면 제 팀장 걱정만 하고 말 일이지. 왜 한선우
를 그 일의 중심에 두냐는 말이다. 정혜동 논리라면 한선우 몫
의 면죄부 청탁은 김호연이 해야지.

탁, 헌영의 손가락에 들려 있던 연주황 스테들러 연필이 책
상 바닥으로 떨어졌다. 탄식 같은 한숨이 흐르고 수순인 것처
럼 얼굴 위로 손이 올라갔다.

일제히 시선이 몰려드는 것을 무시하고 헌영은 마른세수를
했다. 한참이나 암흑과 함께 마찰시키고 나니 들러붙은 시선이
많기도 했다. 헌영은 툭 쳐 내듯 던졌다.

"계속하시죠."

화훼 작물 팀장이 살짝 당황하는 기색을 보였지만 분위기는
금세 제자리를 잡았다. 이어지는 브리핑을 새기며 헌영은 회의
내내 그랬던 것처럼 생각 하나를 더 돌렸다.

곰팡내 날 만큼 오랜 친구 사이라는 건 설명 없이도 알 수 있
었다. 혜동에게 한선우가 그 이상이 아닌 것이 분명히 감지되
는데도 머리며 가슴이 이따위였다.

그러니까 이 얄궂은 심리가 소유욕이니 독점욕이니 하는 것
들인 모양인데. 생전 가져 본 적이 없었으니 어떻게 대처해야
하는지 판단 범위 밖이었다.

게다가 그놈의 욕심이란 것이 참으로 단순하고 유치했으며,
동시에 어이없기까지 했다. 친구든 뭐든 정혜동이 한선우에게

그러는 것이 거슬린다. 그 아이가 맘고생할 일도 아닌데 사서 그러는 꼴을 보려니 속이 뒤틀렸다.

도대체 그런 놈을 어떻게 어머니에게 갖다 댔던 걸까.

그 이기적인 양반에게…….

"왜? 무슨 일 있어?"

회의는 끝났고 팀장들은 다 사라졌으나, 쓸데없이 섬세하고 집요한 박장수만 남았다.

"장수야."

"어."

"생육 데이터에 코 처박지만 말고. 팀 돌아가는 것도 좀 보고……."

"안 그래도 신경 쓰고 있어. 지난번 일로 미안했든지 준성이가 삐딱대질 않더라고. 결과적으로 잘된 거 아닌가 싶네? 자아 성찰을 유도하는 나의 리더십이 드디어 빛을 발하는 거랄까. 정 선생한텐 좀 미안하지만."

죽여 버릴까 보다, 헌영이 중얼거리는 소리에 박장수가 박장대소를 했다.

"엿 같은 리더십 들먹이지 말고 교통정리 좀 제대로 해."

선배에, 선배에, 선배인 것들이 하는 지시니 부탁이니 하는 것들을 수년간 받고 살아왔던 놈이 여기서라고 다를까. 좀 약게 살아 보라 힌트까지 줬건만 이빨도 안 들어간다.

하긴 최고로 괴롭히던 선배 놈이 갑자기 포지션을 바꾸니 진정성 있어 보이겠는가.

직속 상사가 팀 내 분위기를 잘 조율하면 낫지 않을까 싶은데…….

"왜?"

장수가 큼큼대며 물었다.

"왜 이런 일까지 신경을 쓰냐고. 장헌영이 까마득한 신입 통과 의례 치르는 것까지 챙기는 섬세한 캐릭터였나?"

"그냥 하는 소리 아니고. 업무 분담 확실히 못 박아."

덥수룩한 머리 아래 길게 찢어진 눈 안에서 눈알이 좌우로 한 번씩 굴렀다.

"정 선생이 장헌영 타입이었어? 환장하게 섹시한 여자랑만 놀던 놈이…….”

그래, 정혜동이 '환장하게 섹시한'의 정의를 새롭게 쓰고 있는 중이긴 하다. 속 뒤집히는 와중에 메밀꽃 더미에 눕히고 싶다는 생각까지 했으니 말해 뭐할까. 변태 새끼도 아니고.

"그, 누구야 준희 선배였나?"

"쓸데없는 소리 하려거든 나가."

"그때 말이야. 나는 너보다 준희 선배가 부럽더라고. 섹시한 걸로 치면 성별 불문 너 따라올 사람이 없잖냐. 그런 상대 품에 한번 안겨 보고 싶은 굉장히 인간적인 소망이 있었다 할까."

장수가 쿡쿡 웃었다.

"가끔 말이지. 나는 네놈이 키우는 작물들 다 뜯어다가 나물로 만들어 버리고 싶을 때가 있어. 솔 조리실에 갖다 주면 좋아들 하실 거 아닌가?"

장수의 눈빛이 연쇄 살인마를 보는 그것으로 변했다. 헌영은 팔짱을 끼고 입술을 틀어 올리며 웃었다. 환장하게 섹시한 미소였다.

똑똑, 조금 투박한 노크 소리 덕에 모니터에 박힌 시선이 모두 출입문을 향했다. 머리숱이 부족한 중년의 사나이와 수더분한 인상의 젊은이가 상자를 들고 들어섰다.

"웬일로요? 뭘 또 요구하시려고?"

"김 박사님 참말 야박하시네. 만날 빚쟁이 취급이셔."

은정이 웃음으로 맞으며 자리에서 일어났다. 업무 지원팀 전용 녹색 출입증을 목에 건 두 사람은 작지 않은 상자 네 개를 공용 탁자 위에 올렸다.

"뭐예요? 이건?"

은정이 궁금증을 드러내며 단박에 달라붙었다. 노안이 왔는지 멀찍이 물러나 상자 위 메모를 보던 중년 직원이 음, 정혜동 선생님 앞으로 왔네요, 했다.

"정 선생."

혜동은 들여다보고 있던 모니터에서 벗어나 공용 탁자 쪽으로 향했다. 뭘까 하며 상자를 열자마자 세 사람의 감탄이 쏟아졌다.

"어머, 이게 뭐야. 이걸 아까워서 어찌 먹을까."

"그러게요. 기가 막히네."

같은 것이 있을까 싶을 만큼 다양한 종류의 수제 떡이었다. 색깔도 모양도 무척이나 예쁘게 빚어진 채 낱개 포장 된. 은정 말대로 어찌 먹을까 싶은 떡이 상자를 그득 채우고 있었다. 다가온 준성이 오, 감탄을 했다.

"누가 보낸 걸까?"

은정이 동봉되어 있던 카드를 혜동에게 내밀었다.

혜동 씨, 새로운 환경은 어때요? 잘 지내고 있을까요? 혹, 지나치게 잘 해내려 애쓰고 있지는 않는지.

걱정되는 마음과 함께 전해요. 맛있게 먹어요.

ㅡ 주영

아! 어깨에 들어간 힘은 살짝, 아주 살짝만 빼는 걸로!

눈 밑이 뜨거워졌다. 혜동은 당혹스러웠다. 푹 숙여 흐린 눈을 숨긴 채 그녀는 출입문으로 향했다. 뒤통수로 시선이 좇아왔지만 신경 쓰지 않고 연구실을 벗어났다.

화장실 한 칸에 들어앉은 혜동은 두 눈을 꾹 눌렀다. 뜨거운 습기가 손끝에 닿았다. 보는 이도 없는데 그녀는 멋쩍게 웃었다.

지우 장례 이후 주영에게 주기적으로 만나자는 연락이 오곤 했었다. 여러 번 거절했음에도 불구하고 그녀는 연락하는 걸 그만두지 않았다. 거절하기 미안해 한두 번 만나면서부터 새로운 인간관계가 시작됐다.

만남에 특별한 무언가는 없었다. 여전히 바빴던 터라 긴 시간을 내지 못했기 때문에 그냥 밥을 먹고, 커피를 마시고 헤어졌다.

정신과 닥터로서 할 수 있는 처방도, 조언도 별것이 없었다. 그러니까 무얼 해 보라 조언한 건 방금 그 메시지가 처음이다. 무척 주효해서 몸뚱이가 주책을 부렸다. 이렇게나 파악당하고 있었나 싶어 왠지 좀 부끄럽기도 하고.

그러니 말이다. 싫은 소리 듣는다고 당장 무슨 사달이 날 것도 아닌데. 아르바이트 잘릴 걱정 같은 거 안 해도 되는데. 이 월급이면 당분간 할머니 병원비 걱정도 없는데. 왜 이렇게 힘든 걸까.

힘 좀 빼고 살아도 되는데…….

— 받았어요?

"네. 잘 받았어요."

— 입보다 눈이 즐거웠죠?

"네. 예뻐요."

유쾌한 웃음소리가 넘어왔다. 온 연구원에 떡이 나누어지고 난 뒤 혜동은 주영에게 전화를 했다. 고맙다, 인사하는 것이 왜 그리도 어색한지 말이 나오지 않아 곤혹스러웠다.

"잘 먹을게요."

— 고맙다는 말이죠? 그거?

다시 웃음이 넘어온다. 혜동은 보이지도 않을 웃음으로 답했다.

— 오늘 점심시간 좀 비워 둘 수 있어요?

"아. 그럼요."

— 애 낳으러 엄마 집에 왔거든요. 여기 수목원에서 지척이에요. 그이랑 얼굴 보러 갈게요.

순전히 타인들이었다. 학교에서의 연이 있었다 해도 그건 그냥 꽤 학번 차이가 나는, 모두에게 다정한 선배라는 위치였을 뿐 그 이상의 의미는 없었다.

웃음 띤 얼굴로 다가와 준 두 사람이 타인 이상이 된 긴, 지우의 죽음을 함께했다는 사실 외에는 아무것도 없었다.

지우의 후배 아무개가 그런 선택을 했다 말했을 때, 혜동은 이해할 수 없다는 것으로 선을 그었었다. 두 사람만큼, 아니 백분의 일만큼이라도 두 사람이 혜동에게 베풀던 것들을 그때의 지우에게 주었다면 어땠을까.

막을 수 있었을지도 모른다.

여유가 없었노라 변명하고 떠나간 지우를 탓하면서도 지울 수 없는 죄책감과 뼈 아픈 회한이 늘 가슴을 아프게 하는 건, 저들이 타인 이상이 된 이후부터였다.

"혜동 씨!"

"잘 지내셨어요?"

"응, 나야 뭐 그렇죠. 혜동 씨는 어때요? 잘 지냈어요? 어째 까칠한 것도 같고."

혜동은 웃으며 뺨 위에 손을 올렸다. 언제나 얼굴 좋다는 소리를 한번 들어 볼까.

"야근할 일이 종종 있어요."

"혹, 오빠가 괴롭히는 건 아니죠?"

상현이 환한 얼굴로 추측을 보탰다.

"그럴 가능성 충분하지."

"높은 분이라 범접할 기회도 별로 없는데요 뭐."

카페로 이동하며 혜동은 부분적 사실을 기반으로 변호 아닌 변호를 했다. 맘고생 안에 헌영이 들어 있긴 하지만, 결코 그가 괴롭혀 그런 건 아니니까. 어쩌면 그 반대일지도 모른다. 꽤나 한심하게 굴어 성가시게 만든 것 같으니…….

혜동은 생각을 접고 풍경 좋다며 감탄하는 주영을 향해 웃었다.

리비히의 최소율(1)

연둣빛 이파리가 돋아나기 시작한 빽빽한 나무들 덕에 수목원은 군데군데 물감을 찍어 바른 수채화 풍광 속이었다. 두 남자는 나란히 그림 속 방사형 길을 따라 걷고 있는 주영과 혜동의 뒤를 시선으로 좇았다.

무슨 인연으로 둘은 저토록 이질감 없이 친밀해 보이는 걸까. 궁금한 마음과는 별개로 참 보기 좋은 모습이었다.

"뭔가 예상과 다르네."

놀리거나 빈정대거나. '절친'이라 규정하고 송상현이 던지는 대화의 방식이다. 헌영은 지독히 쓴 액체를 음미하고 컵을 내렸다. 앙증맞은 에스프레소 잔이 커다란 손안에 들리니 마치 미니어처 같았다.

"무슨 소릴 하려고."

"고생한 놈은 그렇다 치고, 어째 괴롭힌 놈으로 보이는 쪽도 까칠하냐고."

"무슨 근거로 괴롭혔대."

"아니야?"

헌영은 뒤로 물러나 등을 기대며 한숨 쉬듯 뱉었다.

"그럴 여지도 없었네."

"응?"

"저놈이 사서 그러는 통에 건드려 볼 새가 없었다고."

"뭔 소리야."

궁금해하는 얼굴을 마주한 헌영은 피식 웃어 버렸다.

"송상현. 이왕 어미 새 노릇하는 거, 먹이도 갖다 먹이지 왜."

"성별은 좀 지켜 주자. 아빠 새로 정정."

재미없는 농을 던지고 홀로 호탕하게 웃던 상현은 좀 더 작아진 두 여자의 뒷모습을 찾았다.

"어미 새는 주영이가 하고 있잖아?"

모양도 색깔도 딱 주영의 취향을 담은 것들이었다. 랩에 들어온 거라며 그 뺀질대는 황준성이 책상 위에 몇 개를 올려 두고 나갔다.

받은 놈이 들고 오지 않고 왜 꼴 보기 싫은 자식이 가져온 걸까 생각했더랬다. 좀 밝은 얼굴이 됐지 않았을까 궁금했는데.

"저 자식이 주영이는 또 어떻게 홀렸길래 그러는 거야."

"그냥, 혜동일 보면 어릴 때 생각이 난다네. 동생 하나 얻은 것처럼 챙겨 주고 싶고 그런가 봐."

오빠에게도 그러지 못해 안달인데 동생처럼 여긴다니 오죽
할까.

"기꺼이 받아?"

"아니, 기꺼이 받을 성격이 아니잖아. 초반엔 거부깨나 했지."

두 여자는 '봄의 정원'의 중앙 화단 탑을 찍고 카페 방향으로
돌아오고 있었다. 일없이 웃는 낯으로 걷던 주영이 턱, 걸음을
멈춘 채 혜동의 손을 끌어당겨 제 배에 갖다 댔다. 태동이라도
있었던 모양인지.

"우리 주영이는 참 센 캐릭턴데 어쩌면 저렇게 하는 짓은 사
랑스러울까?"

헌영은 얼빠진 놈처럼 웃고 있는 상현을 훑었다. 팔불출, 송
상현, 월드 클래스.

"장헌영. 뭐 나한테 할 말 없어?"

"무슨 소릴 하려고 또."

"장수가 그러던데. 정 선생한테 그렇게 신경을 쓰신다고?"

시선을 걷어 오니 상현의 눈 안에 절반의 호기심과 절반의
웃음이 반들거렸다. 이것들이 내통질이라도 하는 건가.

"어쩌고 싶은 거야?"

상현이 웃음기를 지우고 물어 왔다. 쓴웃음 든 한숨을 뱉으
며 헌영은 커피 잔으로 시선을 내렸다.

"그때 민효상 일 때문에 혜동이 한동안 구설에 올라 고생했
을 거야. 네놈하고 무슨 사이냐 찧고 까불고. 삼각관계였네부
터 시작해서. 성실한 척하더니 연애질이 오졌네 어쩌네, 내 귀

에까지 들어왔는데 오죽했을까."

비자나무 옆에 선 두 사람은 여전히 주영의 불룩한 배에 손을 얹고 이런저런 이야기 중이었다.

"가벼운 마음으로 그러는 건 아닐 테고."

이렇게 긴 시간 이어진 인연인데, 상현이 첨언하며 머그잔을 들었다. 헌영은 걸음을 뗀 두 여자를 오래도록 응시했다.

"철드는 중인가 싶기도 하고. 벌받는 건가 싶기도 하고."

"무슨."

"생각 없이 살다가 저렇게 어려운 놈 만나서 빌빌대는 거."

"우리 형님, 철드는 중 맞네."

씁쓰레하게 웃는 헌영을 바라보던 상현이 한숨과 함께 뱉었다.

"그만 인정하고 벗어나지 그래?"

상현이 들어 올렸던 머그잔을 테이블에 내렸다.

"따져 보자면, 생각 없이 살았다는 게 문제의 근원 아니야? 그 근원 어디 닿아 있는데?"

글쎄, 거기 갖다 붙이면 다 설명되는 건가? 그저 어머니 핑계면 끝나는 건가.

"그게 전부는 아니고."

"그래. 전부는 아니지."

뭉텅뭉텅 이가 빠진 듯 축약된 심리를 담은 말뿐인데도 빤하게 이해한 듯, 오랜 친구는 담담하게 받았다.

"전부든 일부든, 인정했으면 그걸로 됐어."

상현은 짓궂은 사춘기 사내아이처럼 웃으며 말을 이었다.

"장헌영, 너 식물학자야. 그것도 꽤 유능한. 육종해. 초유전자로 거듭나란 말이야."

그러니 말이다. 식물의 생장을 좌우하는 것은 충분한 양의 영양소가 아니라 부족한 양의 영양소. 부족한 영양소…….

덕분에 뒤틀린 채 지금에 이른 못난 인간이 온전히 타인을 품을 수 있을까.

더군다나 상대가 정혜동이다. 저놈이 지금보다 편안해지길 바라는 지극한 바람이 아이러니하게도 더 깊이 심사숙고하라고 채근한다. 함부로 건드리지 말라고 브레이크를 걸어 댄다.

"괴롭힌 전적 때문에 겁나 그러는 건 아니지? 들이댔는데 밀어내고 도망이라도 가 버릴까 봐."

상현의 놀림 섞인 말을 들으며 헌영은 웃었다. 세상 무뎌 보이는 박장수도 그렇고 그저 사람 좋아 보이는 송상현도 그렇고. 이놈이나 저놈이나 예리하다.

그 걱정도 없진 않았다. 저 복잡하고 난해한 놈이 갑자기 방향을 틀어 버린 인간을 어찌 받아들일지. 둘의 간극이 얼마만큼인지 감조차 잡히지 않는 상황인데.

내 욕심이 그득하니 받아 주지 않겠느냐 하고 싶지만, 그러면 이 갈증이야 풀릴 테지만…….

혜동이 맑은 눈으로, 편안한 마음으로 돌아봐 주길 바라는 마음도 그 못지않았다.

"여러모로 쉽지가 않네."

"네놈이 평생 '갑'으로 살다가 처음으로 '을' 해 보는 건데 쉬우면 그건 또 정의가 아니지."

빙글거리는 상현을 말끄러미 바라보던 헌영은 교차해 둔 다리를 풀었다.

"고소해?"

"어."

"악취미. 네놈 아들내미 너 닮을까 벌써 걱정이다."

"딱 나 닮을 건데?"

상현의 웃음과 함께 도어 벨이 딸랑 소리를 내며 경쾌하게 울었다. 문을 밀고 다가오는 두 여자의 표정이 극과 극이었다. 밝게 웃는 주영과 마냥 어려워하는 혜동.

그러니까 저놈이 방금 전 비자림 앞에서 그랬던 것처럼 활짝 웃는 얼굴을 보여 준 적이 한 번도 없다. 한선우, 장주영, 송상현, 심지어 김호연에게도 자연스럽던 걸 말이다.

"오빠. 언제 나왔어요?"

상현이 두 여자에게 각각 당겨 주는 의자에 앉으며 주영이 싱글댔다. 멀찍이 상현 옆으로 자리를 잡는 혜동에게 예기치 못한 내상을 당한 헌영은 주영에게 안부를 물었다.

"컨디션은 어때."

"좋아요. 공기도 좋고, 매일매일 눈도 호강하고 입도 호강하고."

"떨어져 있는 남편 생각은 '일'도 안 하고."

상현의 볼멘소리를 받은 주영이 웃어 댔다. 카페 매니저가 다가온 건 그 타이밍이었다. 롱 에이프런을 두른 짧은 머리의 맵시 좋은 매니저 광진은 헌영과 허물없이 지내는 사이였다.

헌영은 트레이 위에 놓인 접시의 내용물을 보자마자 얼굴 위로 손을 가져갔다.

저 자식이…….

테이블 위로 반질반질 보기 좋게 익은 스콘 조각을 담은 접시가 내려졌다. 고소한 냄새 덕에 방금 구웠구나, 누가 봐도 알 수 있는 것들이었다.

"어머, 이게 뭐예요? 주문 안 했는데?"

"서비스예요."

"냄새가 기가 막히네."

호들갑 떠는 부부를 바라보던 매니저가 씨익 웃었다.

"원장님이 원체 좋아하시거든요."

"무슨?"

주영이 물티슈로 손을 닦으며 동그란 눈으로 궁금증을 표했다.

"가게 닫고 숙소 들어가려는데 구워 내라고 하시더라구요."

"응? 무슨 그런 갑질을 다 했어요?"

"개당 10만 원씩 받았으니까. 갑질은 아니고요."

혜동의 귀 끝이 빨갛게 물들었다. 무심코 바라보던 주영이 매니저에게 옮겼던 시선을 다시 혜동에게 고정했다. 뺨까지 붉게 물드는 것을 말끄러미 바라보던 주영은 반사적으로 헌영에게 시선을 이동시켰다.

"윤광진. 그만하고 가지?"

헌영에게서 떨어진 나직한 강요에 매니저가 느물느물하게 웃었다. 주영의 눈길이 이리저리 오가느라 바빠졌다.

"폭리였나 싶어서요. 서비습니다. 맛있게 드세요."

느물느물 웃던 매니저가 총총히 멀어진 후 주영이 스콘 하나를 집어 들었다.

"여기 뭔가 대단한 히스토리가 담긴 것 같은데."

"쓸데없는 소리 말고. 먹어."

"혜동 씨. 이거 맛있어요?"

헌영의 이마에 핏줄을 긁어 올리는 질문을 날린 주영의 시선은 여전히 헌영에게 고정된 채였다.

"그 질문 누구한테 하는 거야? 헷갈리네."

상현이 너스레를 떨어 보탰다. 천생연분 나셨다.

"맛있었어요."

차분히 흘러나온 대답에 모두의 시선이 혜동에게 빨려 들어갔다.

"무척요."

찬찬히 올라간 혜동의 시선이 헌영에게 고정됐다. 상현과 주영의 얼굴에 동시에 웃음이 스며 올라왔다. 헌영의 표정이 생전 본 적 없는 형태로 변해 갔기 때문이다.

"상현 씨, 나 잠깐 좀 나가서 걷고 싶어요. 아니, 걷고 싶어야 할 것 같아요."

"그러게. 방금 걷고 들어왔는데, 또 그래야 할 것 같지?"

척척 죽을 맞춘 부부가 의자를 밀어 넣고 멀어졌다. 담소하던 그들은 힐긋 자리에 남은 두 사람에게 시선을 보낸 채 길게 웃었다.

테이블을 사이에 두고 둘만 남았다. 혜동의 알람으로 울어대던 피아노 연주곡이 조금 소란스러운 카페 안을 메웠다.

피아노 연주곡, 밀크티, 카페 베이커리, 달빛. 꽃향기, 솥에서 먹는 밥.

정혜동이 좋아하는 것이 아닐까 짐작해 본 것들. 하나씩, 하나씩 다가가는 길.

언제 닿을까 문득문득 치미는 조바심이 쓴데 또 쓰기만 하진 않았다.

"다행이네."

"……."

정혜동은 보통 이렇게 눈 크기를 늘려 묻는 짓 같은 건 하지 않는다. 그동안은 이렇게 여자 같은 모습을 보인 적이 없었다.

"맛있었다며."

여전히 빨간 귓불을 하고, 분홍빛 뺨을 하고 혜동이 물었다.

"왜요?"

질문에 든 맥락이, 설마 그럴까 하는 얼굴로 헌영은 그녀를 마주했다.

"왜 다행인데요?"

"……."

"왜…… 제가 맛있게 먹은 게 선배님께 다행인데요?"

궁금해요.

붉은 입술이 그렇게 마무리하고 닫혔지만 질문은 계속 이어졌다. 대답을 들어야겠다는 더없이 고집스러운 눈으로.

헌영은 목덜미가 뜨거워지는 낯선 기분을 느끼며 혜동을 마주했다.

그 당연한 답을 굳이 뱉으라는 건가?

이놈 입장에서 보면 궁금한 것이 당연한 것도 같고. 아니, 곤란해하는 것이 보고 싶은 걸까? 아니면 그간 당한 걸 갚아 주고 싶어 그러는 걸까.

얼마든지. 낯이 뜨거워도 정혜동이 원한다면 답해 줘야지. 목구멍에서 소리를 만들어 내려는 찰나였다. 벌컥 카페 문이 열렸다. 두리번거리는 얼굴이 두 사람을 발견하고는 소리를 질렀다.

"말로 누님! 원장님! 찾았어요!"

헌영에게 고정되어 있던 혜동의 눈길이 속절없이 떨어져 나갔다. 벌떡 일어선 혜동이 호연에게 다가가는 것을 바라보며 헌영은 의자 등받이에 한껏 몸을 기댔다.

연구동 앞에 멈추어 선 낡은 트럭 앞으로 우르르, 연구원 사람 몇이 몰려 있었다. 호연에게 이끌린 혜동이 그들에게 다가가는 것을 바라보며 헌영은 웃었다.

본래 '을'은 쉬운 거 아니라고 송상현이 지껄이던 대로 아닌가. 얼굴을 쓸어내리는 손도, 손 아래 드러난 미소도 씁쓸했다.

그날 저녁 미루어 두었던 혜동의 환영 회식이 열렸다. 초우에서 열리는 회식의 참여는 순수하게 자유 의지에 맡긴다. 그건 김인후 원장 때부터 내려오는 전통이었다.

자유 의지에 맡기는데도 불구하고 참여율은 100퍼센트에 근접했다. 이유는 단순하고 명료했다. 메뉴가 기가 막히기 때문이다. 산속 깊은 곳에 박혀 있는 지리적 요건 탓에 회식이 잦을 수 없었다. 그런 이유로 한 번 잡힐 때 왕창 몰아 쓰는 경향이 강했다.

오늘의 메뉴는 참다랑어 대뱃살이었다. 이쯤 되니 환영이 목적이 아니라 대뱃살 목적이 아닌가 싶을 만큼 신입은 안중에도 없었다. 더구나 사고부터 치고 시작한 신입이라는 이미지마저 박혀 있었으니 말해 뭐할까.

유전학 랩 팀원들이 한 테이블 옆 대각선의 메인 자리에 앉은 채 시끌벅적 술자리는 이미 시작됐다. 오후에 그간 오리무중이었던 오류 원인을 알아낸 팀원들 분위기는 시종 화기애애했다.

1농장 주인이 전원 컨트롤 박스에서 새끼 고양이를 찾아내 부리나케 초우로 달려왔다. 어미 잃은 새끼 고양이 한 마리가 따듯한 케이블 박스에 들어가는 바람에 케이블 위로 기어오를 때마다 전선 접합 부위가 느슨해져, 에어로졸 기능에 문제가 있었던 걸로 결론이 났다.

"허무하다, 허무해."

장수가 고추냉이장에 두툼한 참치 한 점을 푹 담가 쓸어 올렸다.

"김호연 선생이나 정 선생 맘고생한 거 말이야. 그럴 일도 아니었는데……."

두 팀원은 시종 기분이 좋다. 테이블 너머로 호연이 간간이 혜동을 바라보며 웃어 대면 혜동이 활짝 웃는 얼굴로 답하곤 했다.

웃는 거 보니 살 것 같은데 바라보고 있으려니 또, 마뜩잖았다. 그리 맘고생한 주제에 배알이 저리 없어도 되는 건가? 헌영은 술잔을 채우며 장수에게 툭, 던졌다.

"정리 좀 해."

"뭘."

"그 대가리는 장식이야 뭐야. 팀원 통과 의례 깔끔하게 끝내 줄 의무, 팀장한테 있잖아."

"아무리 크기로서니 대가리라니."

어이없어 웃는 헌영을 따라 웃던 장수는 기꺼워하며 자리에서 일어났다.

"안녕하십니까. 초우 가족 여러분. 물장수 인사 올립니다."

반듯하게 허리를 접으니 여기저기서 박수와 웃음이 따라붙었다.

"새 식구 맞이가 좀 늦었습니다. 맛나게 들고 계신가요?"

네, 네, 성원해 주는 분위기를 정리하고 장수는 목을 가다듬었다.

"얼마 전 1농장 에어로 팜에 불미스러운 일이 있었는데요. 그 일 때문에 기술팀 김호연 선생과 우리 신입이 맘고생이 있었습니다."

장수가 자초지종을 설명하기 시작하니 술렁술렁, 분위기가 산만해졌다.

"……여하튼 새끼 고양이 덕에 그날 번섰던 두 사람이 좀 힘들었습니다. 이런 일도 있을 수 있다는 교훈을 얻었으니 그걸로 된 건가 싶기도 하고요."

은정이 혜동의 어깨를 툭 치는 것을 바라보며 헌영은 앞에 놓인 소주를 마셨다. 제대로 오명까지 벗으니 그제야 술맛이 돌았다.

"그럼, 우리 신입 인사 듣겠습니다."

박수 소리가 넓은 룸을 채웠다. 일어서는 옆모습을 시야각에 새겨 넣으며 헌영은 소주를 한 잔 더 채웠다.

"맘고생을 하긴 했지만 대뱃살로 환영해 주셔서 깜빡 잊을 뻔했어요. 열심히 배우겠습니다. 감사합니다."

쿨하다, 정혜동! 예쁘다, 정혜동! 은정과 준성이 박자를 맞추어 주거니 받거니 했다. 무심했던 주제에 인자하기 짝이 없는 미소로 장수가 건네받았다.

"분위기 이어 건배사 운 띄우겠습니다. 다들 잔 채워 주시고요."

웃음소리, 병 부딪치는 소리, 젓가락 내려가는 소리 뒤로 모두들 잔을 추켜올렸다.

"진!"

"진하고!"

"달"

"달콤한!"

"래"

"내일을!"

"위하여!"

……는 무슨,

"오늘만 살자! 죽자아!!"

오랜만에 잡힌 회식이어서 그런 건지 메뉴가 좋아 그런 건지. 많은 이들이 일제히 내지르는 호응이 좋았다. 건배사를 주도하고 앉는 장수 역시 만면에 웃음기가 그득했다.

"됐냐?"

"마셔라."

"정 선생 누명 벗으니 나도 좋은데, 너 님은 오죽할까."

그러게, 오죽하네. 장수가 킥킥대며 빈 술잔을 채웠다.

술자리가 무르익었다. 혜동에게 잔을 들고 나타나는 이들이 하나둘 줄을 이었다. 신입을 향해 찧고 까불던 얼굴인지 순수한 호의인지. 혜동은 많은 이들이 따라 주는 술을 반가운 얼굴로 받았다. 배알이 없는 건 없는 건데, 저러니 결국 사람들이 인정하고 좋아하는 거겠지.

끊임없이 술을 마시는 모습을 지켜보는 동안, 헌영은 결국 납득할 수 없는 심리 상태에 이르렀다. 하얗게 질리는 얼굴색이며 새빨갛게 색이 묻어나는 입술이며.

그러니까, 저놈은 술 마시면 색기가 올라오는 모양인데…….
주는 대로 다 받아 마시는 모습이 거슬리기 짝이 없었다.

'타인이 술을 마시던 술독에 빠지든 무슨 상관일까' 하는 자
세로 수십 년을 살아온 인간의 인격을 바꾸는 재주까지 있었
다. 정혜동은.

헌영의 술잔 비는 속도가 덩달아 빨라졌다. 정점을 찍은 건
새롭게 등장한 인물에게 혜동이 손을 들어 웃어 보였을 때였다.

한선우가 간간이 '정말로'라고 부르거나 '말로야'라고 부르는
것으로 신경을 긁곤 했다. 남자 눈엔 남자가 보이는 법이니 한
선우가 정혜동만큼 순수한 놈이 아니라는 건 진즉에 파악할 수
있었다.

지척에서 친구를 가장한 채 버티고 있는 심리를 잡아내는 것
도 대수로운 일이 아니었다.

한선우에게도 보일 것이다. 장헌영의 심리가. 그래서 둘만
아는 히스토리를 담았을 애칭을 부러 불러 대는 것으로 신경을
긁는 것일 테지.

뜨겁고 급하고 강한 속성의 감정들을 잔 위에 띄운 채 헌영
은 연신 술을 부었다.

"술 좀 받으시나 봐."

"덕분에."

"영광이네."

헌영은 장수 말을 무시해 버리고 몇 번째인지 모를 술잔을

털어 넣었다. 혜동의 웃음소리가 들려왔을 때 그는 부유하던 감정까지 모조리 부어 넣고 자리에서 일어났다.

웃는 얼굴로 비그르르, 무너지기 시작하는 혜동을 잠깐 바라보던 그는 그대로 자리를 떴다. 고픈 담배를 태우기 전 헌영은 카운터에 대리를 먼저 요청했다.

회식을 즐기지 않는 원장인 걸 다들 아는 마당이니 뭐 어떠랴. 그는 여느 날처럼 회식 파장의 스타트를 끊었다.

《성냥팔이 소녀》의 엔딩

"마셔."

통유리 아래 길게 놓인 편의점 테이블 끝에 이마를 붙이고 있던 혜동은 선우를 향해 고개를 돌렸다. 숙취 해소 음료 캔이 시야를 가리는 통에 선우가 검지로 새벽을 기다리는 그 촌스러운 디자인의 용기를 5센티미터쯤 밀어 올렸다.

"이거 만날 사람들한테 먹였는데, 효과 있는 거야?"

커피 음료에서 빨대를 분리하며 선우가 대수롭지 않게 답했다.

"가성비로 따지면 꿀물 먹는 게 나을 수도."

"그래?"

"응."

혜동은 테이블 끝에 붙어 있던 머리를 들어 올렸다. 술을 입에 대지 않은 선우 덕에 편안하게 수목원에 도착해 편의점에 붙들려 왔다.

"한 교수."

"뭐라는 거야."

"한 교수 하자, 울 젖엄마 행복하게."

스스럼없이 지내는 건 자제하자고 했건만, 윤주가 보이지 않는 걸 확인하고 혜동은 술을 깨러 왔다. 하고 싶은 이야기도 있고 기분도 별로였고. 겸사겸사.

"그럴 수 있을 것 같아."

"정말?"

웃음으로 긍정한 선우가 음료 위로 푹, 빨대를 꽂았다. 입 안으로 허연 플라스틱 막대가 들어가는 걸 지켜보던 혜동은 술기운을 끌고 올라온 버거운 숨을 뱉었다.

"잘됐네."

혜동은 테이블 위에 다시 이마를 박았다. 숙취 해소 음료까지 마셨음에도 불구하고 취기는 여전했고 반가운 소식을 들었는데도 기분은 개운치가 못했다.

처음부터 기분이 그랬던 건 아니었다. 대략 출발점을 찾아보니 회식 자리를 떠나는 헌영의 뒷모습을 봤을 때부터였다.

맘고생했던 것에 비하면 허무할 정도로 잘 마무리되었고 은정이 말한 대로 조금 배타적인 구성원 속으로 섞이기 전의 그 통과 의례라는 것도 대체적으로 잘 지난 것 같았다.

꼬인 것들이 제자리를 잡았으니 홀가분해야 맞는 건데…….

허하다. 속이.

부스스 일어선 혜동은 삼각 김밥 코너로 비틀거리며 걸어 나갔다.

"한선우. 계산."

돌아보는 얼굴에 웃음기가 걷혔다. 썰물 빠지듯 삽시간에.

"다른 거 먹어."

"이거 먹을 거야."

"다른 거 먹으라고."

참치마요 김밥을 들고 돌아온 혜동은 따가운 시선에 아랑곳하지 않고 빨간 매듭 줄을 당겼다. 탁 잡아챈 김밥이 부스럭 소리를 낼 겨를도 없이 쓰레기통에 날아가 박혔다.

"야 이 씨!"

분노의 외마디를 무시한 한선우가 '다른 거'를 찾으러 나갔다. 선우를 노려보던 혜동은 그대로 테이블 위에 이마를 내렸다. 아무래도 맞설 여력이 없었다.

"할머니가 그랬어. 음식 버리는 놈 천벌 받는다고."

편의점에 오면 지우가 불쑥 나타나곤 한다. 잊지 말라는 듯이. 안 잊었다 말해 주고 싶어 혜동은 가끔 그 맛없는 김밥을 먹는다.

투두둑, 탁, 탁.

바나나, 구운 달걀, 그리고 녹차. 처박힌 참치마요의 대체제로 뽑혀 온 것들. 혜동은 이마를 바닥에 댄 채 중얼거렸다.

"됐어. 안 먹어."

배가 고팠던 게 아니라 뭔가 허했을 뿐이니까. 한숨이 길었다. 누구의 한숨인지 구분할 필요는 없었다. 동시에 시작해서 동시에 끝난 까닭에.

"녹차라도 마셔. 숙취에 좋아."

"선우야."

"어."

"《성냥팔이 소녀》 말이야."

"또 무슨 선문답 시작하려고."

"너, 그 이야기 엔딩이 어떤지 기억나?"

"엔딩? 글쎄. 어땠지? 그러고 보니 새드라는 것밖에 기억이 없네."

혜동이 테이블 위에 이마를 댄 채 고개를 돌렸다.

"아마도 다들 그럴 거야."

"뭐야? 하고 싶은 이야기가."

후우, 한숨 뒤 혜동은 혼잣말을 하는 게 아닐까 싶은 볼륨으로 이었다.

"소녀 앞에 말이야. 어떤 사람이 나타났거든."

선우가 물끄러미 혜동을 내려다보며 떼어 냈던 빨대를 다시 물었다.

"어떤 사람?"

"음. 근사한 사람."

"근사해?"

"성격은 좀 나쁘지만, 근사해."

"뭐가 근사한데."

"언젠가 소녀가 위험에 빠졌을 때 말이야. 나서서 주먹질도 했다더라고."

"했다더라고?"

"잘은 몰라. 그냥 주변에서 그렇게 떠들어 대서 알게 된 거지."

"그리고?"

"가끔, 다정한 짓을 하기도 하고……."

"왜, 성냥이라도 다 팔아 줬어?"

"음. 만약 그랬다면 근사하다고 느끼지 않았을 거야. 이쪽 소녀가 배가 덜 고팠던지. 그러니까, 연민이니 뭐니 이딴 걸 싫어하는 좀 철없는 애라……."

커피 음료를 툭, 소리 나게 테이블에 올리며 선우가 물었다.

"어떻게 아는데?"

"……."

"그 다정한 짓이라는 거 말이야. 연민에 기반을 둔 건지, 아닌지 어떻게 아냐고."

테이블 위에 올린 머리가 떨어져 들렸다. 상체를 일으킨 혜동은 선우를 향해 몸을 틀었다. 휘청휘청해 세상은 여전히 어지러웠다.

"나쁜 놈."

"누구?"

"너."

"왜?"

"아파."

"정곡이었어?"

나쁜 자식, 혜동은 낮게 중얼거리며 창밖으로 시선을 돌렸다. 가로등 빛을 받은 매화 색이 어울리지 않게 따듯한 빛깔이었다.

딱 이맘때였다. 부지런한 매실나무가 피운 꽃이 동매冬梅인지 조매早梅인지 모호한 겨울과 봄의 경계. 한 해 쉬고 복학했을 때 심란한 이야기들이 한참을 따라다녔다.

그게 그렇게 오래갈 일인가 싶어 짜증스러웠다. 물론 표현하진 않았다. 기업 연구동을 지어 준 회사 자제와 대법원장 후보 아들이 연루된 이야기니 어찌 보면 오래가는 것이 이상한 일은 아니었는지도 모른다.

그러니까 그런 일에 연루되리라 생각되지 않는 장헌영 같은 사람과, 전혀 의외의 가난뱅이 근로 장학생 하나가 그 사이에 끼어 있었으니 더 그랬을지도 모른다.

남 말 하기 좋아하는 이들이 낸 결론은 좀 더 다채롭게 윤색되어 있었다. 다채로웠지만 한편 상투적이고도 빤한 이야기였다.

'얌전한 척 뒤로 호박씨였어?', '남자 후리는 솜씨도 장학생이네.' 등등 온갖 소리가 다 돌았지만 결정적인 건 그 말이었다.

'동정심을 자극했나 보지, 뭐.'

다른 건 다 무시할 수 있었지만 그건 좀 아팠다. 스무 살 이후의 삶에서 형편없이 인간관계 범위가 축소되었던 건 어려웠던 여건을 제외하고도 그 어디쯤에 닿아 있었으니까.

평범하지 않게 아니, 못하게 살아가는 그녀를 향하는 상투적인 '동정'과, 그 안에 미미하게 감추어져 있던 '경시' 또는 '멸시'. 그런 시선도, 대접도 받고 싶지 않았다.

그러니까 부러 멀고 얕은 인간관계를 유지하려던 건 나름의 자기방어이자 자존심을 지키기 위한 보루였다. 막상 깊이 있는 무언가를 추구할 여력도 없었지만 말이다.

어찌 됐든 누가 됐든 혜동은 그딴 걸 받고 싶지 않았다. 그런 식으로 회자되는 건 정말 별로였다. 게다가 생각지도 못했던 이가 그랬다니까.

그게 정말 그랬을까. 반년간 그리 고달프게 하던 사람이 갑작스레 연민하고 동정할 마음이 들었을까? 납득이 가지 않았다.

결론을 얻지 못한 채 구석 어디 처박아 두었던 것이 요 며칠 둥둥 떠올라 괴롭혔다.

게으름 그만 피우고 생각해 보라고. 그 사람이 왜 그러는지 궁금하지 않느냐고.

오래전 그 일은 차치하고 타인에게 아쉬운 소리까지 해 가며 늦은 밤 무언가를 먹이려 했던 의도가 궁금하지 않느냐고.

아니, 의도 자체가 궁금한 건 아닌지도 모른다. 어쩌면 사실 여부를 떠나 그에게 바라는 답이 있는 것 같기도 하니까.

그냥 그의 행위 안에 순수한 감정만 그득했으면 했다. 그것이 대단한 어떤 감정이길 바라는 건 지나친 비약일 테니 그저 남자 여자 사이에서 일어날 수 있는 '어떤 것'이길 바랐다.

"어. 제대로. 마이 아파."

"여전하네. 정혜동."

"뭐가."

"그 죽일 놈의 자존심."

"왜, 꼴같잖냐?"

쯧 혀를 차며 고개를 돌리는 선우를 보던 혜동에게서 푸후
훗, 웃음이 샜다. 술 냄새가 지독한 웃음이었다. 고개를 돌렸던
선우가 다시 혜동을 응시하며 물었다.

"그래서, 그 어떤 남자가 연민이면 어쩔 건데?"

동정하는 거면?

헤실헤실 웃음이 풀렸다. 혜동은 눈 밑이 뜨거워질 때까지
풀린 웃음을 잡지 못했다.

"그러게. 어쩌지? 성냥만 몽땅 팔아먹어 버리면 되는 건가?"

"짠하네."

"누가 짠한데."

소녀 쪽? 남자 쪽?

선우는 대답 없이 발개진 혜동의 눈가에 시선을 고정하고 있
었다.

어딜 보는 거야. 한선우. 대답이나 하지.

"몰라서 묻는 건 아닐 테고."

"몰라서 물었는데?"

혀 차는 소리가 들려올 타이밍이었는데 한숨 소리만 컸다.
혜동은 다시 웃었다.

"선우야."

"어."

"《성냥팔이 소녀》엔딩 말이야."

"응."

"난 그게 왜 새드인지 모르겠단 말이지."

고달픈 게 일거에 정리되는데, 할머니 품에 안겨 편안해지는데. 왜 다들 그게 해피가 아니라고 생각하지?

"혜동아."

"응."

"너."

"어."

"술 마시지 마. 주정뱅이 새끼야."

푸하하하, 골이 띵하게 울릴 때까지 혜동은 웃었다. 인생 살고 볼 일이다. 주정뱅이 소리를 듣는 날도 오고.

"말로야."

"응."

건들건들하던 상체를 등받이에 기댄 채 혜동은 녹차를 마셨다. 배가 불러 불쾌해질 때까지 꿀꺽꿀꺽 넘겼다. 숙취에 좋다니까. 이제 주정뱅이 짓은 그만해야지.

"제대로 된 해피엔딩으로 해. 너만 해피라고 생각하는 거 말고. 다들 그렇게 생각하는 엔딩."

선우가 드르륵 의자를 밀고 일어났다.

"혹 그렇게 되지 않거든. 뒤돌아보고."

옆을 봐도 좋고.

"뭐? 뭔 소리야. 그게."

주정뱅이는 과연 누굴까 하는 의문을 남기고 선우는 문을 나섰다. 선우를 따라 혜동은 비틀거리는 몸을 옮겼다.

건듯 불어오는 밤바람에 달콤한 봄꽃 향이 실려 있었다. 이거 이렇게 좋은데 복잡한 심리 따위 뭐가 대수겠는가. 혜동은 배시시 웃었다.

좀 더 걸어 술 좀 깨자 합의한 채 선우와 나란히 숙소 계단을 올랐다. 언젠가 꼭 이렇게 올랐을 땐 다시 또 이럴 일이 있을 거라 생각지도 못했는데…….

역시나 인생 오래 살고 볼 일이라 생각하며 4층에 이르렀을 때였다. 바람을 타고 담배 냄새가 날려 왔다. 혜동은 생각에 또 빠졌다. 또 이럴 일이 있으리라 정말 생각지도 못했다.

같은 건물에 사니까 별 대수로운 일은 아닐까?

어떤 일이 눈에 띄게 되는 건, 빈도수가 높아 그런 것일 뿐일지도 모른다. 물론 모두 그런 건 아닐 수도 있다. 정말 우연히 일이 그렇게 되는 경우도 없지는 않을 테니까.

헌영이 5층 비상계단 창 앞에서 자주 담배를 피우던 사람인지 그냥 그날 처음으로 그랬던 건지. 그것도 아니면 혹 다른 의도가 있었던 건지.

어느 쪽일까?

담배 연기가 직선을 그었다. 두 사람의 고개가 먼저 그리고 한 사람의 고개가 다음. 의례적인 묵례 외에는 아무것도 남기지 않은 채 혜동은 선우가 밀어 주는 문 안으로 들어섰다.

담배 냄새를 실은 바람이 복도까지 따라 들어왔다. 머리가 살짝 아파져 버렸다.

"정혜동."

"어."

"표정이 그 모양이면 어째."

"어떤 모양인데."

"하는 거 보니 밀당은 형편없겠네."

"그거 뭐에 쓰는 건데. 먹으면 숙취 해소 시켜 줘?"

"씻고 자라."

멍청아, 볼륨을 낮춘 마지막 말만 크게 들리게 하는 기현상을 남기고 선우는 엘리베이터 방향으로 걸어 나갔다. 혜동은 푸욱 한숨을 몰아쉬고 키패드에 손바닥을 눌렀다.

한선우는 역시 못된 놈이다.

드르륵, 연속으로 전화 진동이 울었다. 혜동은 앓는 소리 끝에 전화기를 집었다.

[헬 게이트 열렸어?]

욱신, 편두통 덕에 혜동은 눈을 감았다가 열었다. 창틀 위로 햇살이 거하게 부서져 내리고 있었다. 여러 번 오타를 낸 끝에 겨우 답장을 했다.

[좀 더 자야겠어.]

[음주는 양날의 검이라는 거 잊지 마시길.]

안 가르쳐 줘도 충분히 알 것 같았다. 두통만 지독한 것이 아니었다. 혜동은 전원을 끄고 으슬으슬 추운 몸을 이불로 돌돌 감았다. 토요일이라 다행이라는 생각을 하며 그녀는 다시 잠에 빠졌다.

때때로 눈을 떴지만 다시 잠들었고 깨면 다시 눈을 감았다. 사이클을 몇 번이나 반복했는지 결국은 허리가 아파 잠에서 깼다. 어둑해진 사위 속에 멍하니 누워 있던 혜동은 탄식을 뱉었다. 몇 시인지 시간 감각 자체가 없었다.

몸살이라도 오는 건지 목이 싸하게 잠긴다. 빙글 몸을 굴려 일어나려던 혜동은 끙 신음을 뱉고는 포기해 버렸다. 정신력이 이 지경이 된 걸 보니 확실히 긴장이 풀리긴 풀린 거다.

혜동은 베개 위로 한껏 고개를 들어 올려 창밖을 응시했다. 하루를 날렸다. 할머니 보러 가는 날인데……. 노인네 기다렸으면 어쩌나.

답 안 나오는 생각을 하던 혜동은 힘껏 기운을 모아 일어났다.

샤워하고 나와 양치를 하며 혜동은 핸드폰 전원을 켰다. 기다렸다는 듯 울어 대는 진동이 요란스러웠다. 선우에게서 온 문자가 차곡차곡 쌓여 있었다.

[밥 먹으러 안 나와?]

[죽은 거야, 산 거야.]

[똑똑.]

[똑똑똑]

액정 위로 풋, 웃음이 맺혔다.

[엄마 보자셔. 집에 간다. 문 앞 확인해.]

입을 헹구어 낸 혜동은 부재중 전화번호를 열었다. 액정 위로 올라간 손이 멈칫 길을 잃었다. 과 사무실 번호가 여러 통이었다.

토요일에 전화할 일이 뭘까.

저녁 7시가 넘어가는데 받을까 하는 생각으로 통화 버튼을 눌렀다. 생각했던 대로 전화는 연결되지 않았다.

새 조교는 2년 후배가 맡았다. 인수인계를 일주일 넘게 해 줬던 터라 딱히 연락할 만할 일이 없을 텐데……. 혜동은 개운치 못한 심정으로 현관문을 밀었다.

수목원 카페 종이 가방과 죽집 로고가 박힌 종이 가방이 나란히 놓여 있었다. 거하기도 하다, 생각하며 모두 집어 들었다.

작은 테이블 위에 먹거리를 모두 펼쳐 놓은 혜동은 생각에 잠겼다.

왜 죽이 아직도 뜨거운 걸까. 선우가 문자 보낸 시간을 열어 보고도, 기어이 확인을 해야겠기에 혜동은 선우에게 문자를 보냈다. 문 앞에 무얼 가져다 두었느냐고.

[매니저님이 만들어 준 특제 양송이 스프, 샌드위치.]

[죽은?]

[무슨 죽?]

[아냐, 됐어. 아줌마한테 안부 전해 줘.]

전화기를 밀어 넣고 혜동은 무릎 위로 얼굴을 묻었다. 신음 같은 탄식이 뭉개졌다.

그러니까…….

나한테…… 왜 그래요.

똑, 머리카락에서 물방울이 떨어져 어깨 위로 스몄다. 방 번호를 뚫어질 듯 바라보던 혜동은 꽉 주먹을 움켜쥐었다. 콩콩, 자신 없는 소리가 울려 퍼졌다. 기대한 무언가가 없었다. 쾅쾅, 조금 더 힘을 실었다. 역시나 반응이 없었다. 혜동은 안도의 한숨을 내쉬었다.

아, 이 모순적인 심리는 뭘까.

홀로 궁금증을 해결할 길이 없다는 결론에 밀려 혜동은 결국 올라왔다. 습기를 머금은 몸에 한기가 잔뜩 들러붙을 만큼 문 앞에 서 있다가 방 주인을 불러내고자 했건만. 결과는 이랬다.

롱 니트 스커트 아래 슬리퍼 밖으로 드러난 발가락을 말끄러미 내려다보다가 그녀는 엄지를 꾹 눌렀다.

누군가 문을 열어 이 이상한 꼴을 목격하기 전에 가야지. 두 발이 각각 분침과 시침이 되어 3시를 만들었다. 벌컥 문이 열리는 통에 3시였던 발이 당황한 채 12시로 모였다.

혜동은 열린 문 앞에 서 있는 남자를 피해 한 걸음 뒤로 물러났다. 왜 늦게 나왔는지 온몸으로 보여 주는 터라 더 당황스러웠다.

검은 천이 맨몸에 고스란히 들러붙고 얼마 지나지 않아 셔츠 넥 홀로 얼굴이 드러났다. 브이넥 라인 아래 두드러진 빗장뼈를 바라보던 혜동은 푹 고개를 숙였다.

소리가 들렸다. 낮게 눌렸지만 그건 분명 한숨이었다. 혜동은 한없이 중력에 밀리고 있는 고개를 끌어 올렸다. 숙소엔 같은 보디워시를 배치하는 모양이다. 같은 향기가 났다. 그게 뭐라고 가슴이 울렁거려 도무지 진정이 되질 않는다.

"……."

혜동은 달싹, 열기 위해 움직였던 입술을 그대로 닫았다. 흐트러진 머리카락과 본 적 없는 옷차림 덕분에 낯선 사람 앞이었다. 대차게 질문하려던 결기는 온데간데없이 사라졌다. 헌영의 한숨 소리가 다시 들렸을 때 혜동은 이미 자학의 단계였다.

"무슨 일."

"할 말이 있어서요."

그래서 밤으로 넘어가는 이 시간에 남자 연구원만 묵는 숙소 층에 올라온 것이다. 할 말이 있어서. 굳이…….

혜동은 바짝 입술이 말랐다. 마음이 급해졌다.

"궁금한 것도 있고, 해서."

뭐라도 드러나는 반응이 있어야 마땅한 타이밍이다. 할 말이 있으면 해 보라든지, 궁금한 것이 있으면 물어보라든지. 일반적인 사람이라면 그래야 마땅하다.

무슨 삿된 기대란 말인가. 콕콕, 찔러 대던 때조차 드러내는 뭐라곤 없던 사람이었는데……. 혜동은 힘껏 숨을 모았다.

"지난번 그 일……."

철컥, 문고리 내려가는 소리가 복도 어딘가에서 울렸다. 당황할 새도 없이 팔 위로 거센 악력이 스며 들어왔다. 순식간에 문지방 안으로 딸려 들어갔다. 뒤통수 위로 쾅, 묵직한 철문 소리가 울리는 통에 혜동은 질끈 눈을 감았다.

시커먼 암흑 속에서 따뜻한 습기를 머금은 공기가 살갗을 쓸었다. 부끄러울 만큼 숨소리가 커지고 나서야 혜동은 닫힌 눈을 열었다.

"지난번 일은 제가……."

벌어졌던 입술이 말을 맺지 못하고 다시 닫혔다. 스탠드만 밝혀 둔 공간에는 익숙한 향이 그득했다. 낮은 조명을 등지고 선 헌영이 여전한 얼굴로 그녀를 기다리고 있었다.

팔에 감긴 손가락이 불러일으키는 감각은 무척 낯설었고 물기 묻은 머리카락이 뻣뻣해진 채 관자놀이를 쓰는 통에 불편한 무언가는 극으로 치달았다. 급기야 소름마저 올라왔다.

"제가 경솔했어요."

그건 참 중의적인 말이었다. 그날 밤이나 오늘 밤이나 다 해당이 되는 것 같은.

팔 위에 머물던 남자의 손이 떨어져 나갔다. 혜동은 문밖에서 넘어오는 발자국 소리를 들으며 헌영을 마주했다. 엘리베이터가 내려가는 소리 뒤로도 한참이나 침묵이 이어졌다. 궁금증을 풀고 싶어서, 고요한 눈에서 무얼 찾아볼까 싶어서 애를 쓰던 혜동은 그만 포기하기로 했다. 그리고 물러나려던 참이었다. 위장이 뒤집힐 것 같았지만 평온한 척 그러려고 했다.

"경솔했어, 그래."

분명 그럴 참이었다.

"굳이 그 말을 하겠다고. 이 시간에 여길 올라온 건가?"

낮게 가라앉은 말을 들으며 혜동은 꾹 물었던 입술을 열었다. 반발심을 부추기는 건 이 사람 특기니까. 몇 년 전 그때랑 달라진 것이 없다.

이럴 거면 문 앞에 그딴 건 왜 가져다 둔 거냐고.

"왜 그래요?"

"……."

"나한테 왜 그래요?"

울컥 솟아오르는 감정이 필터를 거치지 않고 쏟아졌다.

"왜 그랬어요? 왜 나한테…… 그랬어요?"

이 사람이 이유 없이 괴롭혔으니까, 이유 없이 괴롭히고.

"궁금하게 왜 그래요."

끔찍한 짓을 하려던 사람을 막아 주고. 또…… 이유 없이 다정하게 굴었으니까.

"왜요! 왜 멋대로 그래요."

여전히 고요한 남자의 눈이 싫어 혜동은 눈을 감아 버렸다. 억울했지만 그녀는 고백할 수밖에 없었다.

"그게 다 무슨 의미인지…… 기대하게 되잖아요."

가볍게 닿는 감각을 제대로 인지하기도 전에 인정사정없이 허리가 꺾였다. 휘청, 몸이 그의 품 안으로 딸려 들어갔다. 단단한 몸에 부딪쳐 전달되어 오는 충격이 적나라했다. 혜동은 폐 속 깊은 곳에서 뿜어내던 숨을 일시에 멈추었다.

차게 식은 입술 위로 같은 온도의 살갗이 내려왔다. 뭉텅 터진 숨을 빈틈없이 받아 넘기며 헌영은 단숨에 혀를 밀어 넣었다. 움찔 물러나는 뒤통수를 꽉 끌어 모은 채 뾰족한 턱 끝을 눌러 벌어진 입 안으로 깊숙이 파고들어 왔다.

마비된 듯 멈추어 버린 혀를 얽은 채 그는 집요하게 비집었다. 혜동은 온몸의 에너지를 앗아 가는 헌영을 받아 내며 숨을 쉬게 해 달라고 요구해야 하나 생각했다.

요구라니, 그건 가당치도 않았다. 쿵, 차가운 감각과 충격이 등판을 지나 허리 아래로 퍼졌다. 허물어져 가던 몸이 차가운 금속에 찰싹 들러붙었다. 팔딱팔딱 피를 올려 보내는 목덜미의 새파란 경동맥에 그가 코를 박고 중얼거렸다.

"왜 그랬을 것 같아."

번쩍 부유한 몸이 그의 몸과 문틈에 꽉 끼었다. 떨어진 듯 붙은 듯 입술이 마주했다.

"정혜동."

혜동은 답하지 못하고 가쁜 숨만 되돌려 보냈다.

"왜 그랬을 것 같냐고."

"내가 먼저 물었잖아요."

쪽, 입술이 붙었다가 떨어졌다.

"남자가 여자에게 그럴 이유가 뭐야. 뭐겠어."

하아, 하아. 홀로 높은 호흡인 것이 말할 수 없이 억울하고 분한데도 불구하고 혜동은 확인하고 싶었다.

"내가, 여자예요?"

입술 위로 헌영의 웃음이 내려앉았다. 치약 맛 나는 혀가 다시 그녀의 혀를 찾아 얽었다. 알알하고 달달한 맛이 같이 느껴졌다. 길게 입술을 흡입한 그가 종잇장만큼의 공간을 만들었다.

"혜동아."

"……."

"대답해 봐."

혜동은 대답 대신 그의 눈을 응시했다.

"그 취향 아직 유효해?"

"무슨 취향요."

"색다른 곳에서 하는 섹스 좋다던. 그 취향."

대답할 새도 없이 답싹 입술이 물렸다. 촉촉하게 마찰하는 소리가 깊어졌다. 이리저리 물러서는 혀를 붙잡혔다. 단단한 목덜미를 감았던 혜동의 손에서 스르르 힘이 빠질 때까지 그는 그녀의 입 안을 헤집었다.

가녀린 등판 위로 커다란 손이 달라붙었다. 꼭 붙어 마찰하던 입술이 떨어지는 순간 혜동은 헌영의 어깨 위에 이마를 기댄 채 부족한 숨을 몰아쉬었다.

"좋아요."

"좋아?"

"네."

웃음이 감기는 그의 눈을 바라보며 혜동은 다시 눈을 질끈 감았다. 무언가 이상했다.

순서가 맞는 건가? 알고리즘 파괴 아닌가. 다 건너뛰고 이런 결론에 도달해도 되는 걸까.

제로였다. 알고리즘은커녕, 이 분야에 관심도 아는 것도 모두 '0'에 수렴한다.

그럼에도 불구하고.

지금은 그저 이 사람의 순수한 미소가, 행위가, 요구가 마음에 드니까. 그걸로 충분히 얻고 싶은 답을 얻은 것 같으니까.

"유효해요, 그 취향."

헌영이 눈을 찾아 비집고 들어왔다. 재차 확인하고자 하는 눈빛이 본 적 없는 남자였다. 혜동은 눈물이 배어 올라오는 눈으로 활짝 웃었다. 가차 없이 슬리퍼가 벗겨져 날아갔다.

침대로 향하는 거리는 말도 안 되게 짧았다.

《성냥팔이 소녀》의 그 남자

뒤통수를 감싸 안은 손에 쿵 떨어지는 충격을 흡수한 채 헌영은 혜동을 응시했다. 가쁘게 불어 대는 숨에서 말할 수 없이 단내가 올라왔다.

솔에서건, 엘리베이터에서건, 수목원 내 어디에서건 눈에 띄지 않아 종일 애를 끓이던 얼굴.

생전 술을 마셔 본 적 없었을 것 같은 놈이니까 술병이 나도 단단히 났을 테고.

뭐 마려운 강아지로 만들더니 겁도 없이 기어들어 왔다.

겁도 없이.

윤형중의 메시지를 들고 처음 온실에 올라왔을 때도 그랬다. 겁내고 있으면서 태연한 척. 그런데 또 그것이 전부는 아닌.

침대에 올리고 싶었던 건 그때부터가 아니었을까. 아니, 그건 결과론일 뿐인지도 모른다. 지금 생각해 보니 그렇더라 하는.

아무렴 어떨까. 지금 여기, 다름 아닌 그 정혜동이 침대에 올라와 있는데.

뻣뻣하게 굳은 활근을 세운 채 헌영은 상체를 내렸다. 겁먹은 얼굴을 가두느라 세워 두었던 팔이 찬찬히 꺾이고 지극히 대조적인 두 몸이 침대 위에서 달라붙었다.

지체 없이 입술을 비집어 또 거침없이 혀를 밀어 넣었다. 터지는 숨을 배려하지 않고 헌영은 물러서는 혀를 빨아 당겼다.

알알이 박힌 치열을 남김없이 훑어 내던 그는 부어오른 입술을 부드럽게 쓸었다. 쪽, 쪽. 어르고 달래는 소리로 혼을 빼던 그의 손이 맨살을 파고들었다. 상체를 다 가릴 듯 커다란 손이 가차 없이 브래지어 안으로 들어가 날 가슴을 움켜쥐었다. 딱딱하게 일어선 유두가 손바닥 살갗에 쓸렸다.

둥글게 말려들어 가는 어깨를 점점이 찍어 눌러 내려간 그의 입술이 가슴으로 파고들었을 때 혜동은 본능적으로 허우적댔다.

손목을 꽉 움켜 단숨에 일으킨 헌영은 다리 위에 그녀를 안아 올렸다. 가쁜 숨이 이마 위로 뿌려지는 동안 그는 얇은 카디건을 벗겨 던졌다. 후들후들 부드러운 천 아래 차가운 손을 밀어 넣어 넓게 등을 감싼 채 그는 기다렸다.

손과 손목, 살갗과 핏줄. 경계를 쓰는 손가락은 느릿하고도 부드러웠다. 열리지 않는 눈을 기다리던 헌영의 손이 뺨 위로 올라갔다. 살결을 쓰는 엄지가 여러 번 설득을 했다. 그만 떠 달라고.

"혜동아."

흐르는 시간을 끊어 내듯 촉촉한 눈이 열렸다.

"생각이 변했거든. 변하거든."

등을 감싼 차가운 손이 혜동의 온기를 받아 같은 온도가 되어 가는 동안. 동그란 눈 밑에서 스르르 올라오는 물기를 바라보며 헌영은 생전 해 볼 일이 없었던, 해 보리라 생각지도 못한 말을 했다.

"거부해."

다시 혜동의 눈이 감겼다. 쌕쌕 숨을 불어 대던 얼굴이 가볍게 양옆으로 흔들렸다. 헌영의 손엔 일말의 망설임도 없었다. 후드득, 단추가 떨어져 내리자마자 하얀 어깨가 드러났다.

레이스로 감싸인 얇은 톱이 한 꺼풀 머리 위로 올라가 떨어졌다. 톡, 능숙한 손가락이 브래지어 후크를 풀었다. 흘러내리는 가느다란 끈을 끌어 올리려는 손을 붙잡은 채 헌영은 혜동의 상체에 아무것도 남기지 못하게 했다.

오스스 소름이 돋아난 살갗을 바라보던 그는 높이 솟아오른 가슴을 베어 물었다. 뒤로 한껏 튕겨지듯 물러난 혜동은 패닉에 빠진 눈으로 그를 바라보았다. 가녀린 등판 위를 차지한 커다란 손이 물러난 몸을 힘껏 당겨 왔다. 간신히 유두 끝부분만 잠겨 있던 입 안에 파들거리는 가슴이 그득 물렸다. 혀끝에서 구르던 살이 씹히고 빨리는 소리가 숨을 막을 만큼 노골적이다.

견고하고 단단한 그의 어깨를 밀어내는 의미 없는 동작이 몇 번. 창백하던 혜동의 뺨 위로 새빨간 열기가 퍼져 나갔다. 하아, 하아, 숨을 몰아쉬며 어깨를 붙잡았던 손가락이 힘없이 미끄러졌다.

뒤통수를 감싸 안은 채 헌영은 혜동을 침대 위에 내렸다. 온몸의 혈관이 터질 듯 부풀어 오르는 감각 속에서 그는 얇은 티셔츠를 걷어 올렸다. 교차된 팔 위로 티셔츠가 넘어가고 조각처럼 구획된 근육만 남았다.

열리는 지퍼 사이로 드로어즈에 눌린 페니스의 실루엣이 길게 드러났다. 붉어지는 혜동의 얼굴 위로 가느다란 팔이 올라갔다. 길 잃은 눈동자를 내려다보던 헌영은 얌전히 모아 둔 혜동의 발목을 움켜잡아 힘껏 끌어당겼다.

미끄러져 내려오는 하체 위로 스커트가 말려 올라갔다. 거침없이 스커트를 걷어 내리는 헌영의 손이 순간 속도를 죽였다.

살갗에 닿는 반응 하나, 눈빛 하나하나. 높은 호흡까지. 뭐하나 처음이라 말하지 않는 것이 없었다. 몸이 원하는 대로 거침없이 밀어붙여도 되는 상대가 아니다.

그럼에도 불구하고 배려를 논할 계제는 아니었다. 정혜동의 처음을 고스란히 받아 완벽하게 모두 다 누릴 작정이었다.

어디 이런 시대착오적인 데다 꼴같잖은 사고가 박혀 있었는지 모르겠지만. 이걸 다른 놈에게 줄 생각은 절대, 없었다. 그랬다.

스커트가 사라져 파들거리는 다리 위로 뜨거운 입술이 내려갔다. 맨다리 사이, 기어이 얇은 천 조각마저 벗겨 냈을 때 혜동은 온몸을 뻣뻣하게 경직시켰다. 헌영은 그녀의 양 무릎 뒤로 엄지를 밀어 넣었다. 꽈악 눌러 접은 무릎을 밀어 올린 채 그는 허벅지 사이로 얼굴을 묻었다.

작은 삼각지 위로 입술이 내려앉았다. 아아, 겨우 가쁜 숨만 터트리던 혜동이 처음으로 소리를 냈다. 그 미약 같은 신음이 또 듣고 싶어 헌영은 붉은 살갗에 입을 맞추었다. 짧게 이어지던 신음이 입술과 함께 악물렸다. 물기가 남은 헌영의 머리카락 속으로 가느다란 손가락이 감겨 들어왔다.

입술, 혀, 그리고 말할 수 없이 부드러운 그녀. 짧은 머리카락에 엉킨 가느다란 손가락에 꽈악 힘이 들어갔다. 헌영은 아랑곳하지 않았다. 내밀한 살갗 안으로 습기가 감겨 마찰하는 소리가 점점 커졌다.

경직된 몸이 흐물흐물 이완할 때까지 헌영은 녹을 듯 부드러운 살을 집요하게 탐했다. 머리카락 안에 든 손가락에 실렸던 힘이 빠지고 분명치 않게 중얼거리는 소리가 들렸다.

헌영은 촉촉해진 밀지에 길게 입을 맞추고 몸을 일으켰다.

"이런 짓…… 하는데."

이런 짓? 헌영은 매끈한 액이 묻은 입술을 핥으며 장골에 걸린 바지와 드로어즈를 한 번에 내렸다. 페니스가 튕겨 올랐다. 그간 그리 고생시키던 당사자를 향해 거침없었다.

"……장소가 무슨 의민데요."

구실로 들이댔던 말에 꽂혀 있는 걸까. 이놈은…… 아무래도 연구 대상이다.

뭐가 됐든. 이 와중에 생각할 여유가 있다는 거지. 거친 호흡 안에 남자의 웃음이 진해졌다.

"그러게. 몰랐는데…… 그렇네."

하얀 다리 사이에 무릎을 세운 헌영은 상체를 내렸다. 입맞춤, 마찰하는 소리, 그리고 매끈한 입구에 닿은 페니스. 굵게 일어선 힘줄이 비집고 들어가라 충동질하는 것을 누르고 헌영은 연신 입을 맞추었다.

뭉툭하고 거대한 선단 앞에 물리적인 장애물은 아무것도 없었다. '처음인 상대'가 '처음'인 그의 배려밖에 없었다. 욕구를 앞서는. 그러나 지독히도 괴로운.

혜동이 그의 허리를 끌어당기는 것으로 답하지 않았다면 좀 더 이어졌을지도 모른다. 물론 끝까지 그럴 자신은 없었다.

부여잡은 작고 부드러운 엉덩이가 눌려 터지지나 않을까 할 만큼 무자비한 기세로 헌영은 페니스를 밀어 넣었다. 꿰뚫고 들어가는 살덩이에 들러붙는 감각은 모든 예상을 뛰어넘었다.

왜일까. 섹스일 뿐인데…….

머리를, 가슴을 그리도 시끄럽게 만들었던 상대의 몸이라는 것으로 이렇게 되는 것일까. '쾌감'이라 칭해 버리고 말기엔 턱없는 것들이 말초부터 가슴 언저리까지 빈틈없이 퍼졌다. 숨을 멎은 채 경직한 혜동을 내려다보던 헌영은 깊이 숨을 골랐다.

이 얼굴이 그리도 보고 싶었다. 오래오래 볼 작정이었다.

단단한 남자의 엉덩이가 뭉치는 순간 깊은 자맥질이 느리게, 느리게 시작됐다. 허리부터 광배까지 바짝 일어선 근육이 두드러지다 말기를 여러 번.

목덜미에 팔을 두른 채 달라붙는 여자를 안고 남자는 허리를 저었다. 조금 더, 조금 더. 혜동이 편안해질 때까지 속도를 내지 못하는 몸엔 조갈이 났다. 남자의 몸을 품느라 한없이 버거운 내벽이 간헐적으로 경련했다.

너무나 얇고 부드러운 살에 뒤덮인 고운 목선에 깊이 잇자국을 새겨 넣으며 그는 혜동의 몸속 깊은 곳으로 파고들었다. 단정하고 정갈한 얼굴만 보여 주려던 몸속, 가장 뜨겁고 솔직한 곳이었다.

힘껏 수축하는 엉덩이 근육이 내리꽂힐 때마다 작은 몸이 감당하지 못하고 부서질까 움찔, 힘을 늦추던 그는 차차 이성을 놓았다. 매끄러운 체액이 윤활할 만큼이 되었을 때 그는 마침내 속도를 냈다.

깊이 박아 넣을 때마다 혜동의 몸은 버티지 못하고 위로 밀렸다. 가는 허리를 움켜잡아 내리며 그는 허리를 찔러 넣었다.

입술을 꽉 물어 삼긴 채 혜동은 눈을 감고 있었다. 뭐라도, 무슨 소리라도 듣고 싶어 헌영의 허리 짓은 점점 격렬해졌다. 그럼에도 끝내 혜동은 소리를 내지 않았다.

퍽퍽, 살이 부딪는 소리와 헝클어진 호흡 속에서 헌영은 듣고 싶은 목소리를 찾느라 멈추지 않았다.

인간의 본능에 가장 솔직한 행위 중 하나니까. 쾌락을 위한, 필요에 의한, 본능에 의한 행위. 누구와 나누든 섹스는 그 정도의 의미였다.

운동을 했던 전력 덕인지 타고났던 건지. 긴 시간 빈번하게 열락으로 이끌곤 했었다. 그러니까 오래전엔 그랬던 것 같지만……. 상대가 까무러치게 할 만큼 이성을 잃었던 적은 없었다.

동글동글 모양이 드러난 가녀린 목 뒤 경추를 검지 끝으로 쓸던 헌영은 머리카락을 걷어 올리고 입술을 눌렀다.

적나라한 체액들을 온몸에 남긴 채 여전히 지분대고 싶은 건 강도 높은 호르몬의 장난이라 절하시킬 수준은 아니었다. 확실히.

어느 쪽이 먼저인지도 명확하지 않다. 거리낄 것 없이 친밀함을 나누고 싶은 것인지. 온몸 구석구석을 차지하고 싶은 것인지.

기꺼이 다가와 어필하는 것도 아닌 데다, 색기라곤 없는데 왜 집착하게 되는 것일까. 뭐가 달라서.

잡힐 것도 같고, 끝내 찾지 못할 것도 같은 이유. 여기 어디에 숨어 있는 것일까. 옅은 숨소리를 들으며 헌영은 혜동의 허리를 당겨 몸에 붙였다.

맞춤한 듯 부드러운 몸이 녹을 듯 달라붙었다. 정수리 위로 여러 번, 여전히 주린 남자의 탄식이 흩어졌다.

수학과 물리학을 동원해 계산을 해 보자면 그건 도저히 답이 나오지 않는다. 답이 나오지 않는데 어떻게 가능했던 걸까.

혜동은 말로 표현하기 버거운 통증 탓에 눈을 떴다. 덕분에 간단히 의문은 풀렸다. 불가능에 가까웠던 걸 가능하게 만들었기 때문이다.

베개 아래로 뻗은 단단한 팔이 길게 머리를 가로질러 혜동의 몸을 안은 채 손목을 감싸 쥐고 있었다. 온갖 곳을 다 만졌던 손이 젠틀한 척, 그러고 있다. 얼굴에 올라오는 열기가 지나치게 의식되는 바람에 혜동은 신음에 가까운 탄식을 흘렸다.

보통의 남녀 관계는 어떨까. 잠자리를 하고 난 후엔 일반적으로 이렇게 상대의 품에 안겨 깨어나는 건가.

뭐 어떻든 그건 상관이 없다. 지금 중요한 건 '지금'이다. 깨어난 뒤엔 어찌해야 하는지 당장 가이드라인이 시급했다.

혜동은 뻐걱대는 몸을 살짝 틀었다. 아무래도 자신이 없었다. 마주치기 불편할 땐 조용히 빠져나가라, 하는 항목이 있을 것도 같은데. 없다면 이참에 한 줄 추가하는 것도 나쁘지 않을 것이다.

찬찬히 팔을 뻗은 혜동은 침대 모서리를 짚었다. 팔에 힘이 실리기도 전에 흡, 비명에 가까운 신음이 튀었다. '별짓'을 다 해 버린 사이가 됐음에도 불구하고 이런 건 당혹스러웠다. 왜 이런 짓을 하는 걸까. 그것도 '별짓' 아닌 것처럼 평온하게.

가슴 위로 올라온 손을 내려다보며 혜동은 두어 번 심호흡을 했다. 조심스레 밀어내 볼까 맘을 먹었을 때 귓바퀴에 입김이 닿았다. 진저리가 올라와 혜동은 몸을 움츠렸다.

"일관성이 없어."

지극히 평온한 사람 앞에서 홀로 유난일 순 없다.

"뭐가요."

"정혜동 몸."

"알아듣게…… 말씀하시죠."

"말씀을 해야 알아들어?"

움켜쥐는 섬세한 손가락 사이로 하얗게 밀려 나오는 살 무덤을 내려다보며 혜동은 뜨거운 머리로 그제야 이해를 했다. 마른 몸에 비하면 균형이 맞지 않는 면이 있다.

"많이 먹여 살 좀 붙으면 잡아먹을까 했는데."

가슴에 머물던 손가락이 목덜미 근처 머리카락으로 올라왔다. 검지에 사르르 말린 머리카락이 오른쪽으로 쓸려 넘어와 시트 위로 떨어졌다.

"그래서 그랬어요? 잡아먹고 싶어서?"

"달리 무슨 이유가 있었을 것 같아?"

어깨 위 살갗에서 웃음의 진동이 흘렀다. 한숨이 베개에 막혀 뭉개졌다.

근사한 말로 포장 같은 거 할 사람도 아닌데 뭘 기대한 걸까. 여자로 봐 주면 됐다는 생각에 오케이한 거면서. 그놈의 심리 참 간사하고 요망하기도 하다.

"정혜동."

"……."

"혜동아."

혜동은 베개 위로 더 깊이 얼굴을 묻었다. 끄응, 탄식을 누른 채.

"대답."

한숨을 베개 위에 뭉개는 동안 목 뒤를 길게 쓸던 손가락이 어깻죽지 뼈까지 내려왔다. 어깨를 덮은 손에 힘이 들어갔다. 부드러운 완력에 덧없이 떠밀려 뒤집혔다.

부드러운 완력이라니. 강철로 된 무지개도 아니고…….

빨갛게 눌린 혜동의 입술 위로 웃음이 내려왔다. 처음 그랬던 것처럼 헌영은 의식이니 통각이니 하는 것들을 가볍게 뭉갰다. 이쯤 어디 역설 하나가 더 숨어 있다.

격통이 '쾌'가 되는 이상한 현상, 정말이지 이상하다고밖에 설명할 길 없는 감각이었다.

촉촉하고 뜨겁고 긴, 길었던 마찰 음이 잦아들었을 때 헌영은 완전히 흐트러진 혜동의 호흡을 차분히 응시했다. 이 낯익은 구도가 도무지 마음에 들지 않는다. 힘에 부치는 건 왜 정혜동뿐인 걸까.

"그 이유는 별로야?"

웃음으로 휘기 시작한 눈꼬리를 올려다보며 혜동은 꾹 입술을 물었다. 이 지점에서 발끈하면 말리는 거다.

"아뇨. 좋아요. 기가 막혀요. 마음에 들어서."

웃음을 머금은 입술이 다시 내려왔다. 머리 뒤로 허리 뒤로 손이 파고들어 왔다. 붕 떠오르는 몸이 단단한 몸에 좀 더 밀착됐다. 정혜동의 폐활량은 정말 형편없구나 깨달았을 즈음이었다.

빠르게 교차하는 남녀의 호흡 사이로 강한 소음이 비집고 들어왔다. 탁자 위에서 핸드폰이 난동을 부렸다. 무시하고, 무시하고, 또 무시했지만 전화를 거는 쪽도 집요하긴 마찬가지였다.

혜동은 읍읍대며 고개를 휘저었다. 입술을 물었던 남자의 이와 입술이 벌어졌다. 붙어 있던 입술이 완전히 분리되고야 난동 부리던 전화기가 그의 손에 들어갔다. 액정을 긁어내리는 손가락 아래로 낮은 욕설이 흘렀다.

"장헌영입니다. 네. 김 박사님."

잠깐 놓여난 혜동은 그제야 뻣뻣하게 긴장했던 몸의 힘을 풀었다. 5초 남짓이었다. 그럴 수 있었던 시간은.

전화기를 귀에 붙인 채 헌영이 몸을 겹쳐 왔다. 내리누르는 무게감 덕에 통각점이 극도로 예민해졌다.

"안녕하시죠. 네. 그럼요."

내리깔린 남자의 눈이 도톰하게 부어오른 입술 위를 배회하다가 가볍게 닿았다. 마찰하는 소리가 통화 소리에 섞일까 민망해진 혜동은 고개를 돌렸다. 부질없었다. 홱 되돌려진 얼굴 위로 다시 입술이 내려왔다.

"네. 전량 수입 제품입니다. 클로스 미디엄 특허가 다 그쪽에 있으니까요. 네. 미국 맞습니다."

통화 상대는 귀로, 혜동은 입술로 헌영의 말을 들었다. 상대의 말이 먼 감도로 혜동에게도 들려왔다. 어이없어 벌어진 입술에 길게 압력이 들러붙었다.

내리깔렸던 그의 눈썹이 들리고 시선이 얽혔다. 뜨거워지는 뺨을 내려다보던 헌영이 다시 또 혜동의 입술을 흡입했다. 조금 더 큰 소리가 났다.

생각했던 것보다 훨씬 낮이 두꺼운 사람이라 여겼을 즈음 오른손에 있던 전화가 왼손으로 넘어갔다. 찌이익, 무언가 찢어지는 소리, 능숙한 손놀림. 그리고 자유로워진 오른손.

다리 사이에 정확하게 위치를 잡은 그의 눈에 스민 의도가 너무나 명확했다. 혜동은 화악, 얼굴을 붉혔다.

세상 모든 에너지를 이기는 원천이 아닐까 했던 그 신체 일부가 버겁게 밀려들어 왔다. 자극받았던 입구에 닿는 통증이 극심했다. 혜동은 두 눈을 꽉 감은 채 턱을 밀어 올렸다.

"아. 자료를 보내 드리죠. 네. 제가 지금 하던 일이 있어서요. 마무리되는 대로⋯⋯. 네. 그럼."

쿵, 통화를 마무리하자마자 침대 밑으로 핸드폰 떨어지는 둔탁한 소리가 울렸다. 목덜미 옆으로 그의 얼굴이 내려왔다. 뜨거운 입김과 함께 무언가 일시에 쏟아졌다.

"힘 빼."

그럼에도 불구하고. 그녀는 무슨 요구를 들어주고 말고 할 상태가 결코 아니었다.

"정혜동. 그러지 말라니까."

참느라 악물린 남자의 신음이 못 견디게 자극적이다. 그러니까, 이 사람이 그 사람이라는 것이 실감이 나지 않는다.

무심하고 찬 데다 더없이 못되기까지 했던. 그럼에도 가끔은 다정했던⋯⋯.

혜동은 꼼짝없이 굳어 있는 그, 장헌영의 어깨를 꽈악 물었다. 그간 남아 있던 뒤끝은 그것으로 퉁 쳐 줄까 생각했건만.

그가 그럴 여지를 주지는 않았다. 온몸이 아니, 온 세상이 흔들리기 시작해 혜동은 무얼 더 생각할 수 없었다.

봄밤의 원인

"뭘 해 달라고요?"

카페 카운터 앞 테이블에 박혀 있던 의자가 가볍게 들려 앉기 좋을 만큼의 공간을 벌렸다. 헌영은 앉자마자 시간을 확인하고 그제야 황당하다는 광진을 응시했다. 기다렸다는 듯 광진이 속사포를 쏘아 댄다.

"아니, 그러니까. 바로 지은 쌀밥에, 북엇국. 그것도 장헌영 씨께서 지난여름에 육종한 그 감자가 들어간 북엇국에, 들기름으로 구운 김과, 입맛이 돌 만한 나물 반찬을 적어도 두 가지 이상 만들어 내라는 말씀이죠? 지금 이 시간에?"

"부탁."

"원장님, 여기 한식집 아니고요. 그 유명하다는 초우표 유기농 재료로 빵을 굽는 카페 베이커리지 말입니다. 여기 이 몸이르 코르동 블뢰 베이커리 과정의 그랑 디플롬을 받은 고급 인력이라는 걸 설마 잊은 건 아니실 테고.”

“부탁이 왜 부탁이겠어. 어려운 거 아니까 부탁이지.”

어이없어하던 얼굴이 이내 흥미로운 낯으로 변했다.

“혹시 숨겨 둔 여자한테 애라도 섰어요? 딱 입덧하는 마누라 챙기는 느낌인데……. 지난번 스콘도 그렇고. 아니, 아니지. 만날 숙소에 박혀서 야근이나 하던 양반이 그럴 리는 없는데.”

“무슨 말이 그렇게 많아. 그냥 좀 해 줘.”

턱하니 팔짱을 끼고 광진은 거만하게 헌영을 훑었다.

“부탁하는 자세도 영 아니고.”

“뜸 들이지 말고 제시해 봐. 뭐 해 주면 돼. 원하는 게 뭐야.”

“참나, 원장님은 이래서 배우신 분!”

쿡쿡 웃는 얼굴이 영 밉상은 아닌데, 하여간 손해는 안 보고 사는 놈이다, 윤광진은.

“그 왜 있잖습니까.”

빙그레 웃음기가 도는 얼굴로 광진은 마침내 딜을 시작했다.

“루이 암스트롱, 지미 핸드릭스. 그리고 아무도 없는 새벽 고속도로.”

“뭐라는 거야.”

“아이고 참, 아시면서 그러신다. 벤틀리 걔도 주차장에 계속 박혀 있으면 답답허지 않겠습니까? 한 달 정도 제가 신나게 얘를 밟아 가지고 길들여 드리고 싶은 소망이 있는데 어떠신지?”

“얼마나?”

"한 달?"

대답을 대신한, 잠잠한 응시 앞에서 광진은 슬쩍 물러섰다.

"한 달은 아무래도 길죠? 보름 정도면 뭐."

"일주일."

"열흘!"

"일주일."

"아, 됐어요. 결렬."

헌영은 테이블 위에 둔 핸드폰 액정을 활성화시켰다.

"왜요? 어디 전화하시게."

"솔 조리사, 그 누구였지. 숙소에 있는지 모르겠네."

"일주일 좋습니다. 콜콜!"

"금요일은 안 되고."

"그 정도쯤이야 양보해 드려야죠."

능청스러운 웃음을 만면에 띤 채 광진은 주방으로 들어가며 룰루랄라 휘파람을 불었다.

아무래도 이쪽에서도 '을'이다. 요리를 배우든지 해야지, 원.

헌영은 다시 시간을 확인했다. 잠들어 있는 원조 '갑'이 깨어나 도망가 버리기 전에 먹이고 싶었다.

두 번째 안았을 땐 적절히 강도를 조절할 만큼의 양심은 있었다. 꽤나 신경 썼는데도 불구하고 연달아 하는 섹스는 무리였던지 혜동은 흐물흐물 늘어진 채 다시 잠들었다.

잠든 채 녹아 있는 모습을 들여다보고 있으려니 아무래도 양심이 있었다고 자평할 건 아니었다. 덕분에 복잡해진 심경으로, 잠에 ㅃㅏ진 얼굴에 붙잡혀 시간을 죽이다가 약속한 자료를 보내기 위해 랩에 나왔다.

챙겨 줬던 걸 먹고 올라온 건가 하는 생각이 미친 김에…….

집밥 같은 밥을 표방하고는 있지만 솔의 음식은 대량으로 요리하는 음식 특유의 한계가 있다. 가족이라곤 아픈 할머니뿐이라고 했으니까. 종종 집 냄새 나는 음식이 당기는 건 그 역시 그랬으니까. 적당히 손맛을 낼 줄 아는 사람 음식이면 최선까진 아니더라도 차선은 되리라.

"양은 얼마나 할까요?"

"1인분만."

광진의 물음에 답하느라 주방으로 옮겨 갔던 시선은 금세 출입문 쪽으로 되돌아갔다.

닥닥, 닥닥, 미야야옹.

출입문 귀퉁이를 마찰하는 소리가 점점 커졌다. 소리가 들렸는지 오픈 키친 기둥 너머에서 광진의 얼굴이 툭 튀어나왔다.

"엇, 저 녀석."

탁탁, 가스레인지 점화하는 소리가 급했다. 젖은 손을 닦으며 카페 밖으로 나갔던 광진이 비쩍 마른 새끼 고양이를 데리고 들어왔다.

"요 녀석 먹이려고 고양이 초유 사러 시내 나갔다 왔잖아요."

"그래서. 그걸 누가 키운다는 거야."

"그거라뇨."

대꾸하며 꾸러미를 뒤지던 광진은 초유 통을 꺼내 안내문을 들여다보느라 잔뜩 미간을 구겼다. 막상 먹이 줄 사람은 내버려 두고, 비쩍 마른 고양이는 겁먹은 눈으로 헌영을 응시해 왔다.

작은 짐승과 주고받은 짧지 않은 시선 대치 끝에 헌영은 결국 웃었다. 그 모양을 하고 앞발을 모은 채 꼿꼿이 허리를 세우고 있는 것이 누군가와 오버랩 되는 통에.

1농장 주인이 고양이를 야생 동물 보호소에 맡긴다 했을 때 호연이 여기서 맡겠노라 소리를 질렀다. 유전 랩 2팀장이 수목원에서 무슨 고양이냐며 핀잔을 하니 그 자리에 있던 이들이 일제히 헌영을 응시했다. 그 녹색 괴물이 나오는 영화의 '장화 신은 고양이' 눈빛으로 일사불란하게 통일한 후였다.

다른 때 같으면 무시해 버리고 말았을 테지만 그중 누구보다 그런 눈이었던 어떤 놈 덕분에 이 조그만 짐승이 이곳에 남은 참이다. 원장 대리 자리는 조만간 다른 사람에게 줘야 할지도 모른다.

책임과 의무가 따르니 생명이 있는 존재는 함부로 거두지 말 것, 하는 개인적 원칙을 사뿐히 지르밟은 데다 사적 감정을 정무적 판단에 개입시켰으니 말이다. 후임으로는 장수가 좋을 듯도 하고.

"집사 자리 지원자 미어터지니까 걱정 마시고요."

"너, 손 제대로 씻고 요리해."

하이고 참, 길게 혀까지 차던 광진은 납작한 볼bowl에 사료와 초유 가루를 섞어 비비적댔다. 미지근하게 김이 올라오는 물을 부어 멀찍이 출입문 근처로 자리를 옮긴 새끼 고양이 앞에 놓고 톡톡 두드리니, 조그만 짐승이 한참이나 경계하다가 다가왔다.

주방에서 압력솥 김 빠지는 소리가 요란해졌다. 광진이 들어가 버리고 홀 안에 둘만 남았다. 헌영은 얇은 혀를 할짝대는 짐승을 물끄러미 응시했다.

모두가 키우는 고양이라⋯⋯. 뭐, 어떨까. 수목에 해를 입힐 짐승도 아니고.

'원인'이라 이름 지었다고 호연이 떠들어 댔다. 에어로졸 오류의 원인이라서 그렇다고. 네이밍 센스가 대놓고 일차원이라 오히려 신선할 지경이다.

고양이는 할짝할짝 초유를 혀에 바르는 와중에 간간이 고개를 들어 헌영을 바라보곤 했다. 겁먹은 눈동자 안에 경계심이 첩첩하고 톡톡했다.

정말 꼭 어떤 놈 같아 절로 웃음이 나온다. 지저분한 건 용서치 않겠다는 듯 분홍빛 작은 혀가 날름 입가에 묻은 말간 액체를 핥고 지나가는 순간, 제대로 눈이 마주쳤다. 반짝 빛나던 새까만 눈이 휑, 시선을 피하더니 접시에 코를 박는다. 헌영은 다시 웃었다.

"상추 겉절이 했으니까. 빨리 드세요. 안 그럼 숨 죽어 맛없어요."

"담엔 숨 죽어도 맛있는 걸로 해."

"아, 정말."

헌영은 웃음을 남기고 문을 밀었다. 나서기 전 돌아보니 새끼 묘가 아닌 척 시선을 다시 접시 위로 떨어뜨렸다. 또 다른

'갑'으로 등극하려 폼 잡는 짐승을 뒤로하고 헌영은 완전히 카페를 벗어났다.

단정하고 묵직한 보온 가방을 들고 잠들어 있는 여자에게 향하는 길. 어스름한 달빛 아래 봄밤.

카페 앞을 차지한 천리향이 바람에 향기를 풀어 날리느라 바빴고 연구동 앞 화단의 하얀 수선화는 언제부터였는지 한창이었다.

화목花木의 향기와 빛깔이 그 어느 때보다 선명했다. 제대로인지, 관리가 미흡하지 않은지 살피고 말던 것들이 오늘따라 그렇다. 잠들어 있는 그놈이 무슨 짓을 한 것이 분명하다.

푹신하게 밟히는 잔디 위를 걷던 헌영은 4층 오른편 구석의 창을 살폈다. 혜동의 방이 어둠에 잠긴 걸 확인하고야 그는 보폭을 넓혔다.

왜 침대행을 받아들였는지, 무슨 의미였는지 숙고할 여지가 없었다. 흐트러지는, 솔직해지는 모습을 보고 싶어 그 지랄을 해 왔던 걸 일시에 보상받자니 외려 넘쳐 버렸다.

넘치는 걸 좀 주워 담을 걸 하는 후회에 그제야 속이 쓰렸다. 그게 뭐든 '처음'엔 보통 의미들을 부여하니까. 좀 더 배려했어야 하지 않았나 싶어서.

자박자박, 몇 걸음을 마저 걷던 헌영은 우뚝 멈추어 섰다.

첫 섹스가 어땠는지 특별히 걸리는 것이 없었다. 쭈뼛 등줄기로 서늘한 감각이 훑고 지나갔다. 혹여 그 아이에게 오늘 밤은 별것 아닌 처음이 되지는 않을까. 장헌영이 그랬던 것처럼?

아, 이건 무슨……. 이 나이에 자존감 점검이라도 해야 하는 건가.

헌영은 푸스스, 천리향의 향기가 묻어나는 바람에 웃음을 날려 보냈다. 보폭은 더 넓어졌고 속도는 더 빨라진 채 그는 이 밤의 아니, 봄밤의 원인을 향해 걸었다.

혜동은 부상병이 된 심정으로 카디건을 찾아 나섰다. 스탠드 불빛 아래서 한참을 찾아 헤매다가 마침내 침대 구석에 박혀 있는 걸 발견해 둘러 입었다.

팔을 들어 올리는 그 작은 동작을 하는 것조차 아야야, 소리가 절로 났다. 옷을 갖추어 입고 머리도 쓸어 넘겨 높이 묶어 올리는 것으로 정리를 했다. 힐긋, 투명한 가벽에 비치는 모습을 찾아 꼼꼼하게 매무새를 가다듬고 현관으로 나온 혜동은 센서 등이 빛나는 현관 앞에 우두커니 섰다.

깜빡깜빡 센서 불빛이 사라졌다가 다시 들어오길 두어 번. 혜동은 가지런히 놓인 슬리퍼 앞에 무릎을 말고 쪼그려 앉았다. 1인치의 오차도 없을 것처럼 단정하게 놓인 슬리퍼를 말끄러미 내려다보며 그녀는 무릎에 얼굴을 묻은 채 웃었다.

할머니와 장헌영 씨. 도무지 공통분모라곤 없을 것 같은 존재들인데 신기하게도 헌영이 주향자 씨를 소환해 낸다.

전에 살던 기로의 집은 한옥이었다. 대청마루가 있고 높은 댓돌이 놓인. 할머니는 늘 댓돌 위에 놓인 신발을 가지런히 정리하곤 했다. 먼지 한 톨 앉을 새가 없을 만큼 항상 깨끗했다. 집 안 곳곳이 그런 편이었지만 그곳은 특별히 더 그랬다.

'복이 들어오는 길이니까. 깨끗이 해 둬야지.'

빙그레 웃는 낯으로 할머니는 쓸고 또 쓸고, 그 위에 놓인 것들을 가지런히 정리하곤 했다.

분명히 던져 버렸으니까. 어떤 모습으로 이걸 정리한 걸까? 혜동은 다시 웃었다.

평생 누군가에게 숙여 본 적 없을 것 같은 그 콧대 높은 허리를 숙였을 테고. 커다랗고 섬세한 검지와 중지가 브이 자를 그려 코를 꿰듯이 들어 올렸을 것이고…….

삐비빅, 익숙한 소리가 단숨에 생각을 자르고 들어왔다. 꽃향기를 잔뜩 몰고 넓은 어깨 위에 센서 불빛을 얹은 채 복이 들어오는 그 길로, 그가 왔다.

혜동은 여전히 쪼그리고 앉아 고개를 들었다. 뒷목이 빳빳해질 때까지 그를 올려다보던 혜동은, 저도 모르게 그렇게 말했다.

"다녀오셨어요."

말끄러미 그녀를 내려다보고 있던 남자의 눈에 어리는 웃음을 바라보고 있노라니 혜동은 비로소 실감이 났다.

뭐라고 한 거야, 대체.

화르르, 뜨거워지는 얼굴을 무릎에 쿡 박은 순간 밤바람 냄새가 훅 끼쳐 왔다. 머리 위로 손이 올라와 부비적부비적, 재촉하는 바람에 혜동은 어쩔 수 없이 뜨거운 얼굴을 들었다. 이마 위로 조금 찬 입술이 붙었다가 떨어졌다.

"다녀왔어."

순식간에 무릎 아래 목덜미 뒤로 커다란 손이 감겨 번쩍 온몸이 부유했다. 가이드라인 뒤꽁무니에 올릴 그 한 줄을 제대로 싣기는 글렀구나 생각했지만 혜동은 웃을 수밖에 없었다.

카페에서 종종 보던 숟가락이 국그릇을, 역시나 가느다란 젓가락이 감 장아찌 위를 찬찬히 오갔다. 작은 거실 테이블 앞, 바닥에 앉은 혜동을 마주한 채 헌영은 소파에 앉아 통화 중이었다.

"춘계 대회 전이라면 맞출 수 있습니다. 네."

몇 분 전부터, 통화하는 그의 시선이 혜동의 서툰 젓가락질을 따라다니고 있었다. 안 그래도 불편했는데 누군가 먹는 걸 바라본다고 생각하니 혜동은 입맛이 돌질 않았다.

"원내 에어로 팜 견학 신청은 언제든지 가능하긴 한데, 네."

불편해하는 걸 눈치챈 건지 헌영은 소파에서 일어났다. 등 뒤로 냉장고 문이 열리고, 끝날 줄 모르는 긴 통화가 이어졌다.

"지역 농장까지 보려면 적어도 2주 전에는 스케줄을 조율하셔야 하고요. 네."

에어로 팜 연구 수준은 국내 최고라더니 여기저기서 시달리는 걸까. 멋대가리 없는 일중독자들 같으니라고.

"그럼요. 원하시는 대로 드려야죠."

달그락, 컵 놓이는 소리가 들렸다. 소파로 되돌아온 헌영은 3분의 2가량 채운 물 컵을 밥공기 옆으로 밀어 주고 다시 돌아섰다. 얼마 지나지 않아 맥주 캔 따는 소리가 시원스레 울렸다.

"네. 자원 식물 학회지에 실렸던 글 맞습니다."

성큼 가로질러 잘 정돈된 책장 앞에 선 헌영은 검지를 내밀어 두꺼운 학회지를 꺼냈다. 좌라락, 종이 넘어가는 소리를 들어 가며 혜동은 생각지도 못했던 음식을 마저 먹었다.

할머니 손맛에 미치진 못했지만 훌륭했다. 이런 음식은 정말 오랜만이기도 했고.

양껏 먹은 후 설거지를 마칠 때까지 통화는 끝나지 않았다. 쭈뼛, 어떻게 해야 하나 타이밍을 재느라 헌영을 보노라니 가까이 오라는 눈짓이 돌아왔다. 혜동은 잠시 머뭇대다 소파에 자리 잡은 그를 향해 걸음을 옮겼다.

에어로 팜에 대해 묻는 소리가 핸드폰 밖으로 흘러나왔다. 보폭 하나쯤 사이에 두었을 때 헌영은 수화기를 막은 채 핸드폰을 내렸다.

"욕실."

툭, 떨구고는 다시 통화. 욕실이 뭐 어떻다는 거냐고 묻는 눈을 했지만 그는 대꾸하지 않고 손짓을 했다, 들어가라는.

팔락 넘어가는 종이를 바라보던 혜동은 버티던 걸 그만두고 욕실로 향했다. 깔끔한 욕실 거울 앞에 선 혜동은 한 걸음 앞으로 다가섰다. 목덜미에 꽃이 피어 있었다. 그것도 한두 군데가 아니다.

"수납장 열어 봐. 칫솔 있을 거야."

붉어진 얼굴로 혜동은 열린 문 틈 너머를 바라보았다. 길고 길었던 통화가 드디어 끝난 모양이다. 그럼에도 팔락, 종이를 넘기는 얼굴은 여전히 두꺼운 책에 고정되어 있었다.

"북엇국 맛 나는 키스는 별로라."

"……."

혜동은 헌영이 던진 '키스'라는 단어와 어감이 주는 모든 것을 폭풍처럼 재생시키는 두뇌의 민첩함에 진저리를 쳤다. 저 뻔뻔함은 어떻게 가능한 걸까. 아무리 생각해도 저 사람은 이 분야에 지나치게 능숙하고, 노골적이며 또 여유롭다.

모델이니 배우급의 미모가 아니면 장헌영 근처에도 못 간다 더라, 하는 말 따위를 신입생부터 지겹게 들어왔던 터라 헌영이 처음일 거라 여기진 않았다. 그러니까 방금 침대 위에서 공유한 것들을 누구, 또 누구와도 나누었음은 당연한 추정일 테고.

욱씬, 가슴 언저리에 통증이 일었다. 혜동은 거울에 비친 얼 빠진 여자를 멍하니 응시했다.

이 맘에 안 드는 반응은 대체 뭘까.

멍청히 반사적으로 수납장을 열어 칫솔을 꺼내 든 그녀는 타이밍을 놓쳐 버린 김빠진 응수를 했다.

"누구 마음대로요."

북엇국 맛이든, 치약 맛이든 이쪽은 또 키스할 여력이 없다. 김빠진 응수라 그런지 대답이 돌아오질 않았다. 소리 없이 웃는 얼굴이 넘어가는 책장 사이로 살짝 비쳤을 뿐.

홱, 몸을 돌린 혜동은 야무지게 칫솔을 물었다. 하얀 거품이 입술 위를 어지럽히는 것을 바라보며 혜동은 결국 웃어 버렸다.

여유로운 사람 앞에서 먼저 페이스를 잃는 건 부전패다. 와 글와글 거품기 넘치는 물로 입 안을 헹구어 내며 혜동은 미간을 잔뜩 찌푸렸다.

이길 승산이 없다 여기고 있으면서 왜 저 사람을 이겨야 한다는 강박에 사로잡혀 있는 걸까.

혜동은 실없는 생각을 거품과 함께 뱉어 버리고 나란히 브이 자를 그리도록 칫솔을 양치 컵에 꽂아 넣었다. 칫솔을 밀어 넣던 손길과 시선이 멈칫 타월 옆 작은 상자 위에서 멎었다.

보통 이렇게 상자째 사서 쟁이는 건가? 콘돔 상자를 집어 올려 이리저리 살펴보는 혜동의 눈길엔 학구열 이상의 호기심이 담겨 있었다.

세계 특허, 실제 피부와 같은 착용감과 밀착감.

콘돔으로 특허를 받는 건 어떤 기분일까. 늘어나는 재질인데 사이즈는 왜 굳이 필요한 거며.

"그거 가지고 나와."

혜동은 움찔 어깨를 움츠린 채 뒤돌았다. 여전히 종잇장은 넘어가는 중이고 헌영의 시선도 거기 붙어 있었다.

"명색이 자연과학돈데, 검증했으니 재현 반복을 해야지."

기꺼이 모르모트 해 주겠다는 남자에게서 시선을 분리한 혜동은, 뜨거워진 낯을 찬 손으로 눌러 식혔다.

그게 어디 자연과학도에게만 필요한 자세일까. 왜 여기 적용하라는 건지 터무니없지만 끈질기게 검증하고 재현 반복해야 하는 건 연구자에게 필요한 기본 중 기본이다. 아니, 이쪽 분야 역시 미지의 세계인지라 알아 가는 자세로는 좋은 방법인지도 모른다.

그래도 그렇지. 정황상, 그러니까 연구에 비유해 논한다면 이건 실험 설계 오류급의 과한 빈도다. 엉터리다.

"잘 먹었어요. 이제 그만 내려가 볼게요."

욕실에서 나와 상황을 정리하려니 팔락거리던 책 위에서 그가 마침내 고개를 들었다.

"누구 마음대로?"

내내 통화하는 뒷모습만 보느라 아쉬운 면이 없지 않았지만 막상 마주하니 생각이 달라졌다. 전화를 건 이에게 잠깐 고맙다 여긴 건 이런 모순된 심리 때문이었다.

오늘 밤 장헌영 씨는 모순과 역설의 한가운데에 존재한다. 아, 장헌영 씨가 아니라 사실 정혜동이 거기서 허우적대는 것 같기도 하다.

"이리 와."

게다가 낯설다. 헌영을 마주할 때의 상황과 마음가짐이 모두 무너졌다. 디폴트값 위에 새로운 감정이 돋아난 것처럼, 부끄러웠다. 그놈의 자연과학도식 재현 반복은 절대 무리라 여겨질 만큼 낯이 뜨거웠다.

"그만 갈게요."

"너 읽어 두면 좋을 글 찾았어."

펼쳐진 학술지가 탁, 소리를 내며 탁자 위에 놓였다. 마주친 눈빛은 초우 원장 대리의 것이었다. 치사하게.

"주세요. 가져가서 볼게요."

다리를 교차해 올리며 헌영은 느긋하게 소파 등받이에 몸을 기댔다. 비죽 모양 좋은 눈썹이 사선으로 솟았다. 그래서 가져다 달라는 말인가? 하는 의미가 분명한 비대칭 라인.

이 사람이 방금 먹어 치운 맛난 밥을 들고 온 사람이라는 것이 도무지 현실감이 없는 건 이런 요소들 때문이다. 혜동은 내키지 않는 걸음을 옮겼다.

"그런 상투적인 말이 왜 있는 것 같아?"

"무슨요."

테이블 위 학술지에 뻗었던 하얀 손이, 정확히는 손목이 커다란 손아귀에 잡혀 들어갔다. 와락, 당겨져 무릎 위에 앉고 보니 의심이 깊어졌다. 읽으면 좋을 만한 글이라는 걸 정말 찾아 두긴 한 걸까.

웃음기 도는 눈을 제대로 볼 여유가 없었다. 목덜미에 부딪쳐 오는 입술이 지나치게 노골적이었다.

"들어올 땐 마음대로지만 나갈 땐 그럴 수 없다, 하는."

잘근잘근 살갗을 깨물어 가며 턱 끝에 도달한 입술이 물어 왔다.

"이의 있어?"

"있어요."

찬찬히 혜동의 얼굴을 쓸던 눈이 웃었다.

"기각."

꽉 붙잡힌 턱 위 입술이 벌어졌다. 밀려들어 오는 혀를 피하지 못하고 결국 또 얽혔다.

이성이 사라지는 것을 속절없이 체감하던 혜동은 말캉하고 뜨거운 입술을 꽉 깨물었다. 움찔 움직임을 멈춘 남자가 입술 사이를 띄우자마자 혜동은 견고한 가슴을 밀어 겨우 간격을 벌렸다.

"무시할 거면서 왜 물었어요?"

뾰족한 물음을 말도 안 되게 근사한 웃음으로 받은 그가 되돌려 줬다.

"소파, 침대. 어느 쪽?"

이 사람이 진짜. 화를 낼 사이도 없이 번쩍 몸이 들렸다. 침대로 향하는 길은 처음보다 훨씬 짧았다.

'키스 말이야. 부위별로 의미가 다르다는 거 알고 있어?'

언젠가 지우가 그런 유치한 걸 물었다. 물론 혜동은 모른다고 답했다. 지우의 일장 강의가 시작됐지만 리포트를 쓰느라 건성으로 들었다. 길게 나열되던 부위별 의미는 대체로 다 흘러가 버렸지만 그것만은 기억에 남아 있다. 등에 하는 키스의 의미.

엎드린 채 베개에 얼굴을 묻은 혜동의 등 위로 간간이 현영의 입술이 내려앉곤 했다. 의미를 알고 하는 키스일까. 그냥 의미 없는 입맞춤일까.

서로의 몸을 공유하는 건 오묘하고도 신비로웠다. 이번엔 의식을 놓지 않았으니 발전했다고 봐도 좋을 것이다. 오르가슴을 제대로, 그것도 길게 느꼈으니 확실히 발전이다.

사이드 테이블 위에 콘돔 포장지가 뜯긴 채 널브러져 있었다. 그건 좀 데미지가 컸다. 포장지를 능숙하게 이빨로 뜯었다. 바람둥이 같으니라고.

"섹스를 밝히는 체질 같은 게 있을까요?"

"체질이라기보다 성욕의 경중이라는 게 맞겠지."

"그렇담 당신은 꽤 중한 거죠?"

날갯죽지에 머물던 입술에서 일순 웃음이 터졌다. 오래 이어지던 듣기 좋은 소리가 잦아들고, 간질간질 등줄기로 입김이 내려왔다.

"그러게. 덕분에 알았네."

말도 안 돼.

"믿으라고 하는 말은 아니죠?"

"안 믿겨?"

"당연히요."

부드러운 손길이 볼록 솟은 어깨뼈를 지나 옆구리로 내려갔다.

"근거 대 봐. 안 믿기는 근거."

"그건, 그러니까……."

그러게. 근거는 뭘까.

남자의 웃음이 또 등을 간질였다. 옆구리로 내려간 따듯한 엄지가 얇고 부드러운 살갗을 쓸어내린다. 토독토독, 뼈에 걸리는 손가락을 따라 이어지는 꽤 오랜 움직임. 오래 흐르던 움직임의 말미에 뭔가 붙었다가 스러졌다. 한숨 같은.

"제대로 먹어."

"먹고 있어요."

얼굴 옆에 놓여 있던 작은 손 위로 커다란 손이 내려와 덮였다. 가볍게 끌려 올라간 손가락 끝마디에 따듯한 입김이 닿았다.

"제대로."

"제대로요."

똑같은 답을 돌려주며 웃으니 또 한숨으로 돌아온다. 혜동은 남자가 해 주는 걱정이 싫지 않았다. 글쎄, 그 지점에 넘어가 여기 엎드려 있는 것도 같으니, 뭐.

"왜요?"

"뭐가."

"왜 제대로 먹이고 싶냐고요."

"몰라서 묻는 건 아니지?"

이건, 몇 번을 물어도 같은 대답일까. 유치하게 이 질문에 집착하고 있는 이유도 모르겠고. 혜동은 탄식 같은 한숨을 몰래 삼켰다.

"말로야."

움찔, 몸이 반응했다. 그 애칭을 헌영이 알고 있다는 것에 놀라고, 그 다정한 어감에 또 놀라느라.

"왜 그렇게 불리는 건데."

"그냥요."

"그냥?"

"그냥."

"반복하라는 의미 아니었는데."

"그만 물으라는 의미였는데."

어깻죽지에 붙어 있던 입술이 떨어졌다. 그리고 한참 침묵이 이어졌다. 입술이 공급해 주던 온기가 사라지니 금세 소름이 돋아났다.

"정혜동."

"네."

얌전히 대답을 돌려줬는데도 헌영의 한숨이 등줄기 위를 흘러내렸다. 뭐가 이토록 무거운 한숨을 부른 것일까. 그 별칭에 얽힌 이야기를 하려면 별별 이야기를 다 해야 하는데…….

그가 그 별별 이야기를 다 듣고 싶어 한다는 데 생각이 이르지 못한 채 혜동은 후들후들 힘 빠진 팔을 짚어 상체를 일으켰다.

몇 시일까? 이대로 여기서 잠들면 곤란하다. '초우의 공공재'라는 장헌영의 방에서 밝을 때 나서는 모험을 할 수는 없으므로.

"이해를 못 한 거야. 그러는 체하는 거야."

윽, 혜동은 욱신대는 몸에서 터지려던 비명을 꾹 눌렀다. 둥글게 말아 일으키려던 몸을 가볍게 누른 채 그가 몸을 겹쳐 왔기 때문.

"뭘요."

"마음대로 나갈 수 없다는 말."

쓸어 넘긴 머리카락 아래 목덜미에 얼굴을 묻은 채 그는 다시 혜동의 몸을 열었다. 애무는 길지 않았다. 촉촉하게 젖어 있던 몸은 처음보다, 두 번째보다, 그리고 세 번째보다 한결 편안하게 그를 받아들였다.

그럼에도 후배위가 주는 확연한 이물감은 지극했다. 빳빳하게 긴장한 허리를 움켜쥔 채 뿌리 끝까지 밀어 넣은 헌영은 혜동의 등줄기에 연신 입을 맞추었다.

통증이 쾌快가 되는 이상한 몸 상태는 여전했고, 역설의 한가운데서 움직이는 그의 에너지도 여전했다. 천천히, 천천히. 움직이는 허리가 말할 수 없이 부드러웠지만 집요하고 강했다.

하아, 하아. 높은 호흡을 신호로 혜동의 몸을 가두고 있던 헌영의 팔에 힘이 들어갔다. 꽈악 손목을 움켜쥔 채 그는 좀 더세차게 허리를 밀어 올리기 시작했다. 퍽, 퍽, 연약한 살과 단단한 근육이 부딪치는 소리. 훨씬 더 높아진 호흡.

부드러운 무언가는 점점 사라져 갔다. 격렬하게, 집요하게, 끝이 없을 것처럼. 그는 내내 혜동의 등줄기에 입술을 눌러 가며 그를 밀어 넣었다.

아득해지는 머릿속으로 지우와 나누었던 그 시답잖은 대화가 흘렀다.

'등에 하는 키스?'

'응.'

'뭔데?'

'되게 로맨틱해.'

'그러니까. 뭔데.'

'상대가 내 사람이라는 것을 확인하고 싶다는 의미.'

'그게 뭐야. 등에 키스를 할 정도면 이미 그런 사이 아니야?'

시니컬한 물음에 왜인지 빨개진 얼굴로 지우가 까르르 웃었더랬다.

말로야

볕이 좋은 날이었다. 숙소부터 연구동에 이르러 카페까지. 어디 그곳뿐일까? 하늘 아래 모든 곳이 그래 보였다.

주말 끝자락, 늘 그랬던 초우에서의 일상.

왜 그럴까 하는 물음에 이미 답은 있었고 더 숙고할 것도 없이 혜동은 그 답을 인정하기로 했다.

밤 내내 타인의 체온 속에서 잠이 들었다. 그건 빈약하고 보잘것없는 그녀의 것에 댈 수 없을 만큼 따듯하고 안정적이었으며, 또 강했다. 심지어 맞닿은 살갗을 따라 심장으로 파고들어 와 가르치려 들기까지 했다. 너, 이거 필요했지 않았느냐고.

혜동은 투명하게 부서져 내리는 햇살처럼 웃었다. 나, 그거 필요했다고 인정하는 웃음이었다.

북적북적 붐비는 수목원 카페 앞에서 혜동은 눈으로 매장 구석 이곳저곳을 살폈다. 인근에 사는 십 대 아이 둘이 주말 아르바이트를 하러 왔는지 매장 안을 분주하게 오가고 있었다.

저만한 또래의 아이들이 바쁘게 일하는 걸 보면 정겹고 또 가슴이 아렸다. 무슨 이유로 일을 하는지 알지도 못하면서 결국은 그 시절의 정혜동을 투영하느라 그렇게 되곤 했다.

잰걸음으로 음료를 나르는 아이들의 깨끗한 운동화를 따라 혜동은 매장 구석구석을 한참 훑었다.

일하는 아이들 발치를 졸졸 따라다니고 있지나 않을까. 의자 구석에 콕 박혀 몸을 말고 있지 않을까 했는데, 보이지 않는다.

어디에 있을까?

포기하고 밀린 일이나 좀 해야겠다, 생각했을 즈음 매니저가 문을 밀고 나왔다. 베이커리 못지않게 한식도 잘하는 그 사람이다. 혜동은 꾹 웃음을 밀어 넣고 묵례했다.

"안녕하세요."

"원이 찾아오셨어요?"

원이? 그렇게 부르기로 한 건가?

인이든 원이든 '원인'이라고 부르는 것보다 듣기는 편했다. 광진은 혜동이 들고 있던 고양이 장난감을 힐긋 바라보며 새끼 고양이의 소재를 알렸다.

"옆에 있어요. 일광욕 중이요."

"잘 적응했나요?"

"일단은 그래 보이네요. 놀아 주시게요? 장난감 가져오셨네."

"시내 나간 김에요."

새벽녘 헌영이 샤워하러 간 틈에 마침내 빠져나와 혜동은 할머니에게 다녀오는 길이었다.

"커피 한잔 하러 들어오세요."

"냥이 먼저 보고요."

"오늘 빵 잘 구워졌어요. 꼭 들어오세요."

묵례와 웃음으로 답한 후 건물 왼쪽 사이드로 걸음을 옮기려다 혜동은 덜미를 잡혔다.

"아! 상추 겉절이는 숨 안 죽었던가요?"

돌아선 혜동은 반사적으로 답했다.

"네. 맛있었어요."

윽, 하는 얼굴이 되자마자 매니저의 얼굴에 웃음이 번졌다. 장난꾸러기처럼 짓궂은.

"긴장하지는 마시고요."

광진은 입술을 가로질러 지퍼를 채우는 시늉을 했다. 혜동은 터틀넥 카디건 지퍼를 목 끝까지 끌어 올리며 어색하게 웃었다. 헌영이 목에 새겨 둔 흔적을 눈치채면 어쩌나, 무심결에 나온 행동이었다.

"그렇지 않을까 했어요. 그 왜 있잖아요. 한 박사님이던가? 그 양반하고 그쪽 분, 여기 앉아 있을 때면 어떤 분께서 우연찮게도 지나치는 경우가 잦았더랬거든요."

혜동은 괜스레 끝까지 다 올라간 지퍼 헤드를 만지작거렸다.

"뒤통수 안 따가우셨어요? 레이저깨나 쏘아 댔는데. 어째 전혀 눈치를 못 채시는 것 같더라고요."

눈 밑이 조금 뜨거워졌지만 다행히도 바람의 온도가 열을 식힐 만했다.

"좋아하는 메뉴 있으면 알려 주세요. 종종 요리해 드려야 할 것 같으니까."

"아뇨, 안 그러셔도 돼요."

"미안해하실 필요는 없고요. 제가 또 손해 보는 성격은 아니거든요."

쿡쿡 웃음을 흘리던 광진은 카운터에 몰린 사람들을 힐긋 바라보고는 혜동에게 까딱 고개를 숙였다. 카페 안으로 사라지는 매니저의 뒷모습을 끝까지 좇던 혜동은 그제야 고양이를 찾아나섰다.

막대 끝에 붙은 깃털이 바람에 나붓거렸고 머리카락 몇 가닥이 간질간질 관자놀이를 쓸었다. 바람도 볕도 정말 좋은 날이었다.

간질간질 가려운 심장을 하고 혜동은 건물 사이드에 이르렀다. 커다란 라탄 바구니와 익숙한 이의 옆모습이 함께 시야에 잡혔다. 윤주가 쪼그려 앉아 고양이에게 손가락을 내밀고 있었다. 생각할 겨를도 없이 걸음의 속도가 줄었다. 언제 저런 것들을 다 준비했을까. 광진을 달리 보는 마음을 제대로 향유하기도 전이었다.

"안녕하세요."

웃음기가 사라지는 얼굴을 마주한 혜동은 잠시 고민에 빠졌다. 이 어색함을 정면 돌파해야 할지, 물러서야 할지.

"오세요."

고맙게도 그쪽에서 명료한 선택지를 제시했다. 혜동은 라탄 바구니 앞에 도달해 윤주 곁에 나란히 쪼그려 앉았다.

고양이는 푹신한 쿠션으로 속 장식이 요란한 바구니 안에서 몸을 말고 있었다. 대화가 이루어질까 했던 예상을 깨고 윤주가 먼저 입을 열었다.

"원인이라면서요? 얘 이름?"

"네."

쿡쿡, 무릎 위에서 장난스레 웃는 모양이 예상을 벗어난다. 내향성 그래프가 하늘 끝까지 뻗어 올라간 사람으로 보이는데.

하긴, 내향적인 사람이 장난스레 웃지 말란 법이 있는 건 아니니까.

"벌써 살이 좀 붙은 것 같아요. 이제 3일짼데……."

"매니저님이 신경 많이 쓰셨나 봐요."

"그런 것 같죠?"

호피 무늬의 낚싯대 깃털에 힐긋 눈길을 주던 아기 고양이가 꾹, 앞발을 딛고 일어났다. 꾹꾹, 혜동이 조금 더 앞으로 내민 깃털을 향해 위협적인 발짓을 하는 모습에 두 사람 모두 웃었다.

병원에서 돌아오는 길에 시내에 나가 사 온 장난감이었다. 야생의 사냥 본능을 일깨워 주는 놀이라고. 홱홱, 깃털을 눈앞에서 날려 주니 금갈색 눈동자가 따라잡느라 정신없이 바빠졌다.

"해 보실래요?"

윤주에게 넘어가자마자 콱, 깃털을 붙잡은 녀석이 간질거리는 전리품에 코를 박았다. 가려웠는지 휙, 고개를 돌리는 모습이 사랑스러워 두 사람은 또 웃었다.

시종 밝은 미소를 보이는 윤주에게 불편했던 감정이 사그라질 즈음이었다.

"궁금했어요."

미소의 여운이 완전히 가시지 않은 얼굴로 혜동은 윤주를 응시했다. 윤주는 막대기 끝 페이크 사냥감에서 시선을 떼지도 않은 채 모호했던 말을 이어 나갔다.

"혜동 씨 말예요."

휘휘, 허공을 긋던 막대기가 혜동에게 되돌아왔다. 윤주의 시선도 같이 따라왔다.

"아니, 말로 씨라고 해야 할까요?"

햇살이 무척 따듯했는데도 그녀의 미소는 소슬하니 추웠다.

"선우한테 들었나요?"

"음…… 그렇다고 봐야겠죠?"

합의하고 시작한 스무고개는 게임이지만 합의 없이 대화에 녹아 들어왔을 때 그건 일종의 고문과도 같다. 특히나 원치 않는 상황일 땐 더욱. 답답해도 똑바로 말하라 채근할 상대가 아니니까 더더욱.

"혹시 제게 하고 싶은 말이 있다면……."

그럼에도 불구하고 혜동은 정공을 택하기로 했다. 한선우와 이윤주 사이의 그 불편한 기류에 자신이 말려 들어가 있지 않을까 하는 합리적인 의심 때문이었다.

"없어요."

윤주는 스무고개를 끝내자는 혜동의 제안을 받아들이지 않았다.

"혜동 씨와 상관이 있지만, 또 상관이 없는 일이기도 하니까요."

바람결에 윤주의 머리칼이 날렸다. 푸른빛이 돌지 않을까 싶을 만큼 새까만 머리였다. 혜동은 가만히 그녀를 응시했다. 초우에서 삼 주가 되어 가는 시점인데 그녀가 이런 모습이었다는 것을 혜동은 그제야 알 수 있었다.

윤주는 누구를 닮아 있었다. 그것도 많이…….

"답답하죠?"

"네."

혜동의 직설적인 대답이 마음에 들었는지 그녀는 소리 내어 웃었다. 커피숍을 나와 '봄의 정원'으로 향하던 무리가 힐긋 웃음소리가 나는 곳으로 시선을 내두르고는 다시 멀어졌다.

"한선우 씨랑 나, 무슨 사이인지 궁금하겠죠."

"……."

"나도 궁금해요. 우리가 무슨 사이인지."

쓴웃음을 짓던 그녀가 대수롭지 않게 뱉었다.

"섹스 파트너라고 정의하면 맞을까 싶기도 하네요."

스무고개의 답이 터무니없이 강했다. 걷고 뛰다가 갑자기 순간 이동하는 것처럼.

"한심해 보이나요?"

이상했다. 혜동은 윤주를 잘 몰랐고 그만큼 공감하는 감도가 높다고 할 수 없는데도 그 질문은 고백으로 들렸다. 그녀가 한 선우를 얼마나 좋아하고 있는가 하는.

"처음 잔 날, 그날 들었어요. 선우 씨 만취 상태였거든요."

어느 시점부터였는지 명확하지 않았지만, 윤주에겐 웃음기가 사라져 있었다. 흔적도 없었다.

"나더러 말로야, 하더라구요."

확실히 답이 세다. 터무니없을 정도로. 차라리 답답한 편이 더 낫지 않았나 할 만큼이었다.

연구동으로 이어지는 길을 버리고 혜동은 '여름 정원'으로 내어 둔 길을 따라 걸었다. 방향은 분명 숙소 쪽이었지만 어딜 향해 걷고 있는지 의식하는 상태는 아니었다.

유려한 곡선으로 길게 단장해 둔 화단 앞줄에 보라색 크로커스Crocus가 피어 있었다. 혜동은 소담하게 무리를 지어 핀 크로커스 더미 앞에 우두커니 섰다.

시름없이 피는 꽃이 또 이른 봄을 데려왔노라. 어느 시인처럼 가끔 그런 원망을 하기도 했었다. 흐르는 세월이, 고달픈 그녀를 버려두고 그렇게 바쁘게 생동하는 것에 화가 났기 때문이다.

볕도, 바람도, 시름없이 피는 꽃도, 누군가의 온기도 더없이 좋은 날인데……

혜동은 충분히 알고 있다 여겼던 오랜 친구를 알 수 없게 되어 버렸다.

한선우! 이상한 소리를 들었어. 그게 무슨 말이야?

긴 시간 그랬던 것처럼 그렇게 스스럼없이 달려가 물을 수가 없었다.

오랜 시간 알지 못하는 사이, 마음 한구석을 차지하고 있던 누군가와 깊고도 내밀한 무언가를 나눈 후여서 더 그런지도 모른다. 섹스를 경험하지 못했던 때 불거진 일이었다면 거침없이 달려가 너 왜 그따위냐고 나무랐을 것이다. 그게 뭐 하는 짓이냐며 화낼 수도 있었을 것이다.

좋아할 수 있다. 친구지만 이성이니 그럴 수 있다. 그렇다면. 누군가를 좋아한다면 표현하고 고백하고 상대의 마음이 어떤지 살피고 기다리는 것이 논리에 맞지 않은가.

혜동은 한들한들 연약하고 아름다운 꽃잎을 내려다보며 생각하고 또 생각했다.

잘 몰라서, 연애니, 사랑이니 하는 것들을 제대로 해 본 적이 없어 이해할 수 없는 거라고밖에 결론이 나오지 않았다.

왜일까?

혜동은, 선우를 이해할 수 없었다. 인생 깊이를 고스란히 공유한 친구. 아니, 친구라기보다는 남매라고 해야 할지도 모르는 '그 나쁜 놈'이 하고 있는 기이한 짓이 진심으로 이해가 가지 않았다.

제대로 된 결론을 낼 수 없는 생각을 화단에 묻어 버리고 혜동은 몸을 돌렸다. 바람에 날린 머리카락이 성가셨다. 머리 위로 내리는 햇살이 지나치게 따가웠다.

그러게, 사람의 마음은 이렇게 간사하다…….

잘 다져 둔 길 위로 느릿느릿 옮긴 몇 걸음. 기다렸다는 듯 화단에 버렸던 생각이 집요하게 다시 달라붙었다. 군데군데, 낯선 신발들이 지나가고 또 지나가는 동안 혜동은 생각을 떨치지 못하고 기계적으로 걸었다.

두어 걸음 더 나아갔을 때 커다란 조깅화가 그녀의 발끝을 막아섰다. 혜동은 멈칫, 멈추는 것으로 부딪치기 직전인 상대에게 양해를 구하고 방향을 바꾸었다. 망설임 없이 같은 방향으로 조깅화가 따라왔다. 혜동은 다시 방향을 바꾸었다. 약간의 시간차를 두고 막무가내의 그 신발이 또 그녀 앞으로 왔다.

혜동은 그제야 고개를 들었다.

웃음도, 무엇도 없는 얼굴이 그녀를 내려다보고 있었다. 평상시와 다르지 않았지만, 평상시라면 절대 이런 짓은 하지 않았을 사람. 말끄러미 바라보기만 하니 오른쪽 눈썹이 가볍게 올라갔다.

혜동아, 혜동아.

대답하지 않았는데도 눈앞의 이 사람은 불러 주는 걸 멈추지 않았다. 밤 내내 난폭하게 시작하고는, 말할 수 없이 다정하게 맺는 그 행위 안에서 끊임없이 이름을 불러 주었다.

그러니까, 그런 행위를 하는 상대에게서 다른 사람의 이름을 듣는 건 어떤 기분일까. '말로'를 불렀다는 선우는 도대체 어떤 마음이었을까.

"정혜동."

"네."

고어텍스 옷감 재질 특유의 바스락 소리가 났다. 초우에 합격해 온 첫날 봤던 모습과 꼭 같았다. '인사 정도는 받아 주지' 하는 마음으로 봤던 그 모습.

"당당하네?"

탈옥한 주제에, 첨언하는 말에 혜동은 웃어 버렸다. 눈앞의 남자가 나누어 준 온기가 생생하게 떠올랐다. 마치 늘 그래 왔던 것처럼 자연스럽게 시린 가슴을 덥히고 들어왔다.

불시에 코가 매워졌다. 뜨겁고 축축한 무언가가 뺨 위를 굴렀다. 몇 년 만인지 알 수 없는 것들이 허락도 없이 떨어져 내렸다.

하룻밤 사랑을 나누었다고 해서 이래도 되는 걸까.

오랜 친구 놈이 하고 있는 기이한 짓이 이해 가지 않는다고. 덕분에 하나 남은 친구마저 잃지 않을까 걱정이 되어 슬퍼졌노라고.

어리광처럼 이런 심정을 내보여도 되는 걸까.

한 걸음

눈물 바람. 흐트러지는 모습 한 치를 보이지 않으려 기를 쓰던 그 정혜동이 장헌영 앞에 선 채 눈물 바람이다. 그렇게 독했던 놈이 대체 무슨 일로…….

발갛게 변한 눈을 내려다보던 헌영은 밀고 나오려는 무언가를 밀어 넣고 대수롭지 않게 물었다.

"그 말이 그렇게 눈물 날 만큼 재미있어?"

"재미있었어요. 자신감을 가지세요."

금세 눈물은 간 데 없고 작은 얼굴엔 웃음만 남는다. 말끄러미 웃는 얼굴을 마주하고 있노라니 헌영은 속이 쓰렸다. 왜 우는지 무슨 일이 있는지, 헌영은 고집스러운 저 입을 열 자신이 없었다. 순한 웃음 뒤에 첩첩이 쌓아 올린 자존심이 얼마나 견고할지 알고 있으므로.

작은 얼굴에 웃음기가 모두 사라질 때까지 혜동을 응시하던 헌영은 물었다.

"뭘 좀 먹었어?"

정말 묻고 싶은 건 그대로 한숨과 함께 누른 후였다.

"네."

순순히 답하는 얼굴은 언제 울었던가 싶을 만큼 안정되어 있었다. 지나는 시설 관리팀 직원 몇이 알은체를 했다. 헌영은 묵례로 인사를 받아넘기고 한적한 곳으로 걸었다. 말없이 뒤꽁무니를 따르던 혜동은 라일락 조림지에 이르러서야 입을 열었다.

"왜 안 물어요?"

꽃망울을 매달았지만 라일락은 아직 개화 전이었다. 초우의 라일락은 꽤 명성이 높다. 육종한 신품종도 그렇거니와, 배치한 조경의 구도가 타의 추종을 불허할 만큼 훌륭하기 때문이다.

"뭘 물어야 하는데."

"왜 울었는지요."

하트 모양의 이파리들이 바쁘게 한들거리는 양을 지켜보던 헌영은 한 걸음 나무 앞으로 다가갔다.

"물으면. 답해 줄 생각이었고?"

아니요, 하며 웃어 버리는 모양을 보던 헌영은 따라 웃을 수밖에 없었다. 사람을 가지고 논다, 이 자식이……

톡, 선명한 하트 모양의 이파리를 따 낸 헌영은 돌아서서 혜동에게 내밀었다.

"깨물어 봐."

이파리를 받아 든 혜동은 미심쩍은 얼굴을 했다.

"세포 배열 확인시켜 줄게."

"무슨. 전공자한테 그런 말 믿으라고요?"

"해 보라니까. 어금니로 꽉."

헌영에게 눈을 맞춘 채 머뭇거리던 혜동은 라일락 이파리를 물었다. 꽈악, 물려 잇자국이 난 이파리가 딸려 나오는 와중에 잔뜩 이마가 구겨졌다.

"뭐예요. 이거?"

"시킨다고 또 하지."

오만상을 쓰고 있던 혜동이 서서히 인상을 풀어 가며 웃었다. 내려다보던 헌영의 호흡이 얕게 무너졌다. 습관도 아닌 한숨을 이토록 빈번히 불러내니 그것도 정혜동의 재주라면 재주였다.

혜동의 웃음이 잦아들 즈음 헌영은 주머니를 뒤져 차 키를 꺼냈다.

"손."

"시킨다고 또 할까 봐요?"

"빨리도 배우지."

헌영은 웃음기를 지우고 작은 손을 잡아 올렸다. 납작한 스마트 키를 손바닥 안에 착 붙이니 시선이 내려갔다. 단내가 진동했던 정수리 꼭지를 내려다보던 헌영은 다시 속이 쓰렸다.

"차에 가 있어."

"어디 가요?"

"응."

"그러니까 어디 가느냐구요."

헌영은 밤사이 어느새 익숙해진 살갗 위에서 손길을 떼어 내며 답했다.

"정혜동 가고 싶은 곳."

말이 떨어지자마자 하얗고 깨끗한 미간이 깊이 패었다. 그러게 말이다. 그 역시도 그런 심정이었다.

"나도 그래. 적응도 안 되고, 낮도 뜨거워. 그러니까 반항하지 말고 가서 기다려."

말끄러미 올려다보는 눈 안에 순간 뭐가 담긴 것도 같은데 제대로 읽을 시간을 주지는 않는다. 여름 정원 초목의 연두 이파리들 사이를 뚫고 걸어 나가는 혜동의 뒷모습을 응시하던 헌영은 돌아섰다.

타인의 심리를 제대로 고려해 본 일이 있기를 하나, 비위를 맞춰 본 적이 있기를 하나. 쉬울 거라 생각하진 않았지만 예상만큼이나, 아니 예상보다 어려웠다.

제대로 품을 수 있을까, 저 어려운 놈을. 내 본 적 없는 조바심마저 극성이다. 뭐든 도와주질 않는 것 같으니 한숨이 빈번해질 수밖에.

샤워하고 옷을 바꿔 입은 후 주차장에 도착했을 땐 십여 분이 지나 있었다. 헌영은 당연하게 운전석 문을 열었다가 멈칫 시선을 내렸다.

"저 가고 싶은 데 갈 거라면서요."

"그래서?"

"제가 할게요, 운전."

눈썹을 세웠다 내린 헌영은 문을 밀어 닫고 차체 앞으로 돌았다. 짙게 선팅 된 차 안에 들어와 앉으니 익숙한 향이 간밤의 기억을 불러냈다. 이쪽 사정은 아무것도 모르는 얼굴이 재차 확인을 하고 들었다.

"진짜 가고 싶은 곳으로 가요?"

"얼마든지."

신속하게 허락을 받아 간 것치고 공회전이 터무니없이 길었다. 기어 스틱 위에서 길을 잃은 혜동을 기다리던 헌영은 마침내 한마디 하지 않을 수 없었다.

"스틱을 D에 두면 앞으로, R에 두면 뒤로 가는 것 같지? 아마도?"

올라오는 웃음을 누른 채 그는 푸른빛이 도는 블랙의 카 오디오 버튼을 가볍게 눌렀다.

"아, 그렇구나. 오른쪽 페달은 브레이크 맞죠?"

부드럽게 차를 출발시킨 혜동이 웃는 얼굴로 받았다. 하여간 한마디를 안 진다.

제로 백*이 3.9초인 차를 지나치게 모범적인 속도로 끌고 큰 길로 나섰다. 새파란 하늘엔 구름 한 점이 없었다.

"어딜 가고 싶은데?"

---

* 정지 상태에서 시속 100킬로미터까지 가속에 걸리는 시간.

낮게 깔리는 피아노 연주곡이 더없이 좋다. 이 순간엔 뭔들 그렇지 않을까마는.

"가 보면 알아요."

"알고 가면 안 되는 거고?"

조그만 머리통 속에서 무슨 생각이 돌아가고 있는 걸까. 아무렇지 않은 건지, 그런 척하는 건지. 헌영은 보얀 옆얼굴에 두었던 시선을 창밖으로 돌렸다. 바라보고 있으려니 손이며 입술이며, 생각까지 가만히 두기가 힘겨워 별수가 없었다.

"이 차 뭔데요? 뭐 이래요. 밟은 만큼 나가는 건가?"

"밟은 이상 나가."

부르주아 같으니라고, 낮게 중얼거리는 소리가 피아노 선율 사이에 섞였다. 해안 도로로 접어든 차창 밖 시야를 즐기며 헌영은 웃었다.

열 받게 했다가 걱정도 시켰다가 웃게도 하고. 여하튼 사람 휘두르는 재주는 출중한 놈이다.

"10시에 나설 거야."

속도 내는 데 재미를 붙였는지 차는 제한 속도 근처까지 올라가 있었다.

"어딜요?"

"어디겠어."

"학교요?"

"응."

"태워 주신다는 거죠?"

"심심한 김에."

힐긋 넘어오는 시선에 어이없어하는 웃음이 붙어 있었다.

"운전기사로 쓸 만한 것 같으니 술 마시면 대리로 부릴 수도 있고."

부연했더니 다시 힐긋 시선이 넘어왔다.

"싫어?"

"직장 내 상사 갑질로 신고할 거예요."

하! 이런 경우를 두고 적반하장이라고 하는 거지.

편안하게 흐르던 웃음이 끝나고 침묵이 찾아왔다. 좀 과한 것이 아닐까 할 만큼 속도가 치솟았다. 핸들 위에 놓인 손이 제법 여유로워 보이기까지 했다.

"고마워요."

뜬금없는 말이 툭 침묵을 깼다. 무심코 시선을 내린 헌영은 동그랗게 튀어나온 손목 돌기 뼈에 난 붉은 흔적에 꼼짝없이 붙잡혔다. 간밤에 낸 잇자국일까.

내키는 대로 깨물면 안 되겠구나 하는 생각을 하느라 그는 시간 차를 두고 되물었다.

"뭐가."

"그냥 다요."

헌영은 붉은 자국이 선명한 돌기 뼈에서 시선을 거두었다. 말해 주길 기다렸건만, 듣고 싶은 말은 아니었다.

"정혜동."

"네."

"그렇게 때우고 말 참이지?"

이 명민한 놈이 그가 듣고 싶어 하는 말이 무엇인지 모를 리 없다. 그럼에도 불구하고 붉은 입술은 열릴 생각이 없어 보인다. 견고한 일자였다. 답해 줄 생각 따위 없다는 듯.

밤새 물고 빨았음에도 키스가 고픈 건 긴 시간 저 입술에 시달렸기 때문인지도 모른다. 꾹, 다물어 침묵하는 걸로 가끔은 극한까지 밀어 넣곤 하던 입술. 키스로 여는 건 가능했으니까.

헌영은 차창 밖으로 시선을 돌렸다. 애초에 이놈 고집을 꺾어 본 적이 있던가? 불편해진 침묵 속에서 파블로 카잘스의 첼로곡만 열심이었다.

얼마나 더 달렸는지 시간 감각이 무뎌질 즈음 혜동은 해안도로 옆 주차장에 차를 세웠다. 어색했던 침묵은 차 안에 두고 두 사람은 나란히 밖으로 나섰다.

주상절리 흉내를 내다 만 바위가 그득한 곳이었다. 절벽을 둘러 닦아 둔 산책로에 간간이 사람들이 지나다녔다. 헌영은 앞서 나가는 혜동을 따랐다. 판판한 바윗돌로 다져진 언덕에 도달하고서야 혜동은 돌아섰다.

횡으로, 횡으로 새겨진 긴 틈새로 균일한 무늬를 이룬 바위들이 바다 위로 솟아올라 있었다. 역풍이 부는 탓에 바위에 닿지 못한 파도가 바람에 밀려 울렁울렁 너울이 됐다.

높게 말아 올려 둔 혜동의 머리카락 몇 가닥이 바람을 이기지 못하고 바다 쪽으로 사정없이 쓸렸다.

"좋죠? 여기."

답하지 않으니 혜동은 돌아서서 기어이 답하라 재촉했다. 헌영은 세차게 날리는 머리카락을 쓸어 넘겨 주며 답했다.

"그러게. 좋네."

긍정의 답을 들은 혜동의 눈이 둥글게 휘었다.

"인사할래요?"

무슨 의미인가 하며, 눈을 맞추는 헌영을 향해 미소가 되돌아왔다.

"우리 할아버지 여기 계시거든요."

헌영은 끊임없이 어깨를 밀어 대는 바람 속에서 정지 화면처럼 혜동을 응시했다.

"그날도 오늘처럼 바람이 불었어요."

"어떤 날."

"할아버지 바다로 가신 날. 아, 하늘로 가신 날이라고 해야 하는 건가."

배시시 웃는 얼굴을 바라보던 헌영은 낮게 뭉친 신음을 밀어 넣었다. 불과 몇 분 전 듣고 싶은 말이 있다 던졌던 강요 아닌 강요가 가시가 되어 푸욱 어딘가를 찔렀다.

제 할아버지에게 데려오는 길이었는데. 왜 울었는지 털어놓지 않는다 압박이나 하고 있었으니……. 조급함이 기어이 자책을 부르고 만다.

두꺼운 겉옷 속 얇디얇은 팔을 잡아챈 헌영은 가느다란 몸을 당겨 안았다. 숨 막힌다는 소리를 바람에 날려 버리고 그는 식어 있는 입술을 찾았다.

담백하게, 그저 닿고 싶어서.

그는 식어 있는 입술에 입술을 겹쳤다. 조금 더 조금 더. 파고드는 그의 가슴 위로 손이 올라왔다. 바람보다 거센 숨결을 남기고 혜동은 뒤로 물러났다.

"혀 안 쓰는 키스도 해요?"

"참았어."

그 담백한 입맞춤이 섹스가 고파 했던 키스보다 어려웠다는 걸 이놈은 알까.

"왜요?"

"할아버님 앞이라."

가쁜 웃음이 날렸다. 불어오는 바람만큼이나 상쾌한 웃음이었다. 한 걸음, 헌영은 충분히 가까웠음에도 혜동에게 그만큼 다가갔다. 물러나지 않는 것이 기특해 헌영은 다시 작은 몸을 품에 안았다.

헌영의 입술이 정수리에 머무는 동안 혜동은 간간이 제 할아버지 이야기를 했다. 무척 자상한 데다, 그림 그리는 재능이 특출 난 분이었다고. 만날 허허, 웃어서 할머니가 무골호인이라 핀잔했었다고.

"심란한 일이 생기면요. 여길 그렇게 오고 싶었어요."

"응."

"그거 무슨 의미의 '응'인데요?"

"오고 싶었는데 못 왔다는 말 아냐?"

웃음기가 진해진 혜동의 눈에 물기가 어렸다.

"여력이 안 됐거든요."

"이제 여력은 됐으니까. 심란한 거만 해결하면 되겠네."

좀 나아져? 부연하는 헌영의 물음에 혜동은 말없이 웃음으로 답했다. 씁쓰레한 웃음을 가만히 내려다보던 헌영은 심란하다는 여자를 말없이 끌어안았다.

— 매운 음식?

"매운 음식."

— 안 좋아하잖아요?

"좋아할 예정이야."

— 흠.

"뜸 들일 시간 없고."

— 혜동 씨 먹일 건가?

"……."

작은 스피커 너머에서 들려오는 주영의 웃음소리가 차 안을 울렸다. 어찌나 크게 웃어 대는지 귀가 따가웠다.

— 거기 가 봐요. 작은 식당.

"왜 하필 작은 식당이야."

— 장헌영 씨, 안 하던 개그도 하시네. 연애하느라 그러시는 건가?

깔깔대는 웃음이 또 넘어왔다.

— 상호가 '작은 식당'이에요. 주소 찍어 보낼게요.

"지금 바로."

— 알았어요. 아! 스트레스 받는 일 있는 건 아니죠? 매운 음식 필요할 일이…….

"상담은 됐고. 주소나 부탁합시다. 닥터 장."

— 변했어, 장헌영 씨. 이런 식이면 우리 혜동 씨 구박하는 수가 있어요.

구박하겠다면서 우리 혜동 씨는 무슨 말일까. 좌석을 바꾸어 앉은 헌영은 '(주)영슐랭'을 자처하는 여동생에게 식당을 섭외하고 전화기를 내렸다. 장주영은 강릉 맛집을 다 꿰고 있다.

할아버지에게 소개당하는 예상치 못한 상황에 직면하긴 했으나 왜 울었는지는 여전히 오리무중. 스트레스가 있다면 날려줄 필요가 있는 거니까.

"잘 지내신대요?"

"글쎄. 아마도?"

받은 주소를 내비게이션에 입력해 넣고 있노라니 혜동이 중얼거렸다.

"나쁜 오빠."

"인정."

주인 손에서 제대로 된 엔진 음이 무엇인지 드러낸 차가 미련 없이 주차장을 벗어났다. 속도에 놀랐는지 사선으로 내려간 안전벨트를 꽉 움켜쥔 혜동이 그를 바라보았다.

"왜?"

"Bad driver."

"다 갖다 붙이네."

픽, 웃음을 흘리며 액셀러레이터를 마저 밟으니 혜동이 으,
하는 소리를 내며 어깨를 움츠렸다. 헌영은 할 수 없이 속도를
줄였다.

리비히의 최소율(2)

　인상과 지각, 그리고 관념을 불러일으키는 정신 기능의 총칭. 그건 새로운 경험을 저장하기도 하고 기명된 내용이 망각되지 않도록 유지하기도 한다. 더해, 머릿속 어딘가 유지되어 있는 것을 회상할 수 있도록 하기도 한다.

　먹물을 발라 정의를 내리자면 '기억'은 그렇다.

　거칠게 빚어 만든 손두부 접시 앞에서 헌영은 머릿속 아니, 가슴속 어딘가에 쑤셔 박혀 있던 '장기 기억'에 잠식당하고 있었다.

　어머니가 늘 웃는 얼굴이라 기억에 남아 있는 건 어쩌면 잘못된 헤일로 효과Halo effect인지도 모른다. 우습게도 포슬포슬한 질감의 별 모양 두부가 그렇지 않을까 하는 기억을 불러냈다.

　몇 살이었는지 명확하지 않다. 자다 깨 볼일을 보고 물을 마시러 내려온 주방에서 어머니를 봤다. 커다란 네모 판을 꽉 누른 물병과, 베 보자기 밑으로 똑똑 떨어지던 탁한 물. 앞에 쪼그리고 앉아 떨어지는 간수 방울을 바라보던 어머니의 옆얼굴.

넓고 깨끗하고 더없이 고급스러운 식기와 주방 가구들로 채워진 공간에서 어머니와 손두부 틀은 너무나 이질적이었다. 마치 외로운 섬처럼.

헌영은 기척을 숨기고 한참이나 어머니가 아닌 낯선 여인을 훔쳐봤다. 처음엔 신기해서. 나중엔 두려워서.

무미하고 건조한 얼굴로 낙하하는 간수를 응시하고 있던 어머니는 그가 알던 존재가 아니었다.

뭐가 잘못된 것 같다는 감이 그날 밤잠을 앗아 가 버렸지만, 강릉에서 보내온 콩으로 만든 두부라며 아침 식탁 위에 접시를 올리던 어머니는 그날도, 그다음 날도, 또 그다음 날도 지극히 어머니였다.

그날 이후 낯선 여인을 다시는 목격하지 못했다. 헌영은 그냥 잊었다. 잊기로 했었다.

땀으로 젖어 붙은 귀밑 머리카락과 온실 열기로 새빨갛게 변색된 입술로 꾹 누른 분노를 새까만 눈동자에 숨긴 채 그를 기다리던 RA, 어머니처럼 웃는 RA 그놈.

아슬아슬하고 조마조마했다.

가짜, 가식, 가면. 누구를 후려칠 작정으로 그렇게 살고 있는 거냐, 너는.

어머니를 투영시켜 괴롭히던 시작점.

'그러지 마. 너.'

아니.

'그러지 마요, 어머니.'

……였다.

병신 같다, 충분히 인식하면서도 정혜동에게 했던 짓들. 돌이켜 보면 그건 그런 의미였다. 깊은 곳에 잠재하고 있던 어린 아이의 분노. 터뜨릴 생각조차 하지 못했던 의문의 표출.

비틀려 자라느라 일그러진 얼굴을 드러냈다. 어째서인지 별 것도 아닌 그걸, 그제야 드러냈었다.

불합리한 분노를 받아 내며 가끔 제 얼굴을 보이던 이 아이가 가슴에 스미기 시작한 건, 아래로 아래로 흐르는 물만큼이나 자연스러웠는지도 모른다.

알량한 금기로 묶어 처박아 두고, 그 의미를 한참이나 평가 절하해 버렸어도. 이 아이는 손톱 밑 가시처럼 박혀 있던 답답한 것들을 뽑아내도록, 아니 적어도 거기 박혀 있다는 것을 제대로 인식하도록 이끈 존재였으니까.

엑스 자 형태로 짤그락거리던 어설픈 젓가락이 별 모양 두부 귀퉁이를 콕 잘라 냈다. 거대한 생각 더미마저 그렇게 콕, 잘라 부스러뜨렸다. 저걸 떨어뜨리면 어떡하나 하는 걱정을 남긴 채 두부가 입 안으로 들어갔다.

꽤나 무거웠던 걸 기억하느라 처진 데다 입술 너머로 음식물이 씹히고 있는데도 헌영은 다시 키스를 하고 싶었다. 안고 부비고 정혜동의 맛을 보고 있으면 뭘 더 생각할 겨를이 없으니까. 그 잠깐의 기억으로 쓰린 가슴에 그는 약을 바르고 싶었다.

"이모, 여기 소주 한 병 주세요."

막 소주를 들이켠 심정으로 헌영은 탄식을 밀어 넣고 웃었다. 이쪽 머리와 가슴에서 무슨 생각이 돌아가는지 추호도 관심 없는 놈.

스트레스는 매운 음식으로 풀어라 하는 나름의 배려였건만, 음식은 뒷전이다. 금요일 밤 그렇게 퍼마시고 술병이 난 어설픈 술꾼이 또 술을 마시겠다니, 뭐.

"종일 술병 나서 고꾸라졌던 건 잊은 모양이지."

"한 병 정도는 괜찮아요."

"술 가까이했던 실력도 아니고."

"음⋯⋯."

생각에 빠졌던 눈이 술을 쟁여 둔 냉장고에 이르렀다가 돌아왔다.

"맞아요. 한두 잔쯤 입에 대는 시늉은 해 봤지만 제대로 마신 건 지난밤이 처음이었어요."

"그러니 말이야. 한 번으로 산출한 주량이 미더울 리가 있나."

젊은 식당 주인이 다가와 테이블 위로 소주병과 작은 잔을 올렸다.

"못 미더우면 어때요. 숙소에 데려다줄 사람 있는데."

헌영은 경쾌하게 병목을 비틀었다. 작은 술잔 안에 웃음을 같이 따라 넣은 그는 기다리고 있는 혜동을 향해 고개를 들었다.

"그거야말로 못 미더울 텐데."

무슨 근거로 숙소에 데려다줄 거라 생각하는 걸까. 술잔을 앞에 옮기며 부연하니 눈동자에 웃음이 어렸다.

"뭐 먹어요?"

"……."

"뭘 먹으면 그렇게 힘이 넘치게 되는 걸까요?"

"글쎄. 뭘 먹어서라기보다 타고났다고 봐야지."

으, 하며 질색하는 모양새를 보고 있자니 꺄아아아, 대각선 너머 테이블에서 마치 감옥 같은 전용 의자에 앉은 어린아이가 허리를 빼며 소리를 질렀다.

힐긋 바라본 시선을 돌린 혜동은 술잔을 기울여 투명한 액체를 꿀꺽 넘겼다.

"그게 그렇게 좋아요?"

"그거?"

일부러 물으니 눈 밑 새하얗던 살갗의 색깔이 진해졌다. 정혜동을 곤혹스러워하는 상태로 밀어 넣는 건 여전히 즐겁다.

"뭐가 그렇게 좋아요?"

헌영은 들려던 젓가락을 내리고 자못 심각하게 물었다.

"안 좋았어?"

질문을 되돌려 받은 얼굴에 대놓고 붉은빛이 번졌다. 술 때문일까, 이 웃기는 대화 때문일까. 아니다. 지난밤 술이 들어간 후 더없이 창백해지는 얼굴을 봤으니 답은 이미 나왔다.

술병이 기울고 거침없이 잔이 채워진다. 한 잔, 또 한 잔. 좋았다는 건지 아니라는 건지, 답은 주고 마셔야지, 정혜동아.

여전히 답해 주지 않은 채 술잔이 비고 또, 찼다. 급하게 마시는 술은 취하기 딱 좋고. 취하고 싶은 이유가 있다면 지켜보는 수밖에 별수 없는 거고.

"섹스가 불호라면 인류의 존립 자체가 흔들렸겠지."

"아아."

새빨간 입술에 웃음이 맺혔다. 창백한 낯빛으로 변하는 걸 보니 취기가 돌기 시작하는 모양이다.

"인간 DNA에 이미 호로 디자인 되어 있다는 말인 거죠?"

마지막 남은 술을 따라 넣는 걸 걱정스러운 눈으로 바라보느라 헌영은 답을 놓쳤다. 기다렸다는 듯 찰랑 액체가 흔들렸다.

"그렇게 강하게 본능으로 각인되어 있으니까 논리도 도덕도 다 뭉개는 걸 테고요."

혜동은 표면 장력으로 볼록해진 액체 위에 제가 낸 섹스의 결론을 쏟아 넣고는 마저 술잔을 비웠다.

"이모, 여기 소주 한 병 더 주세요."

헌영은 말끄러미 친화력 넘치는 혜동의 주문을 응시하기만 했다. 오늘 정혜동을 울린 무언가가 이 대화 끝 어딘가에 닿아 있을지도 모른다는 실마리를 품고서.

"그래서, 그러니까……."

새로 주문한 술병의 삼분의 이가 빌 때까지 혜동은 하고 싶은 말을 내놓지 않고 접속어만 남발했다.

"정혜동."

"네."

"본론."

푸스스, 힘없는 얼굴에 웃음이 붙었다. 툭 던진 말이 달빛 아래 메밀꽃밭을 소환했는지도 모른다. 그가 그런 것처럼.

"뜸 들이지 말고."

"장헌영 씨. 친구 없죠? 너무 잘나신 데다 성격도 별로고."

"……."

기어올라 상투를 잡으려는 것조차 예쁜 걸 보니 문제는 문제였다.

"아! 있구나. 우리 교수님. 하긴 우리 교수님은 좀 지나치게 착하니까."

그놈의 '우리' 안에는 어떻게 하면 들어갈 수 있는 걸까.

"저는요. 친구가 둘이나 있어요. 아니, 있었어요."

푹 꺼져 버린 웃음을 응시하던 헌영은 술병을 옮겨 왔다. 술어를 과거형으로 바꾼 건 그냥 실없이 그러는 건 아닐 테고.

"있었어?"

"네. 있었어요."

그래, 하나는 같이 살다 목숨을 버렸다는 그 아이일 거고. 하나는 아마도 그놈이겠지.

결국, 그랬다. 정혜동의 눈물을 뺀 건 한선우다. 말려들어 가는 위장을 어쩌지 못하고 헌영은 성실하게 대화를 이었다.

"왜 과거형인지 물어야 하는 타이밍이지?"

보스스, 말간 웃음만 얼굴에 띨 뿐 혜동은 자발적으로, 기꺼이 대답할 생각이 없어 보였다. 헌영의 위장은 말리다 못해 산분비마저 극심해졌다.

"정혜동."

"네."

"인정할 테니까 얘기해 봐."

"뭘요."

"네가 나보다 한 수 위라는 거."

나쁜 놈아, 했더니 혜동이 하하하 웃음을 터뜨렸다. 그 모습은 왜 또 그리 예쁜 건지. 배알도 없다. 헌영은 물과 함께 쓴웃음을 마저 삼켰다.

"하나는 날 버리고 가 버렸고요. 또 하나는⋯⋯."

"⋯⋯."

"내가 내던져 버릴까 싶어서요."

내던져 버린다니.

"그거참 격하게 동조하고는 싶은데."

"⋯⋯."

"혼란스럽네."

"뭐가요."

"내던지고 싶은 게 확실한 거야?"

배시시 짓던 웃음이 서서히 사라졌다.

"내던져진 쪽 아니고?"

자각으로 이끄는 도발은 이토록 유용하다. 말없이 응시하던 눈동자에 미미한 동요가 실리는가 싶더니 비로소 본론이 나왔다. 긴 한숨 끝이었다.

"이상한 말을 들었어요. 그 아이 섹스 파트너란 사람에게……."

헌영은 앞에 끌어다 둔 소주병을 집었다가 그대로 내렸다. 이루 말할 수 없이 술이 당기는데도 대리 기사를 부르고 싶지는 않았다. 정혜동과 함께하는 시간을 방해받기 싫었다. 그게 뭐든, 누구든.

"이상한 말?"

"이해할 수 없는 말이요."

이 독한 놈이 한선우 문제엔 왜 이다지도 여유가 없는 걸까.

"그래, 정혜동은 장헌영에게만 만렙이지."

핏기 가신 얼굴의 동그란 의문을 마주한 채 헌영은 웃었다.

너는 지금 누구와 함께인 거냐.

쓴맛이 남은 웃음이 가실 즈음 헌영은 마음에도 없는 입바른 소리를 했다.

"제대로 확인을 해. 확인하고……."

달빛 아래 메밀꽃 더미 옆에서 나누던 것과 같은 패턴이었다. 순진하고 또, 미련스러우리만큼 곧이곧대로인 놈에게 할 수 없어 했던 꼰대질.

"혜동아."

"네."

"들었다는 그 이상한 말. 맞느냐, 본인에게 제대로 확인하고."

헌영은 술 대신 물을 마셨다.

"울든지 버리든지 하는 게 맞지 않겠어?"

거슬리는 존재를 치워 버린다는 데 쌍수를 들고 환영하지는 못할망정…….

가만히 마주한 눈 안에 조금은 체념 어린 미소가 섞였다. 순식간에 옮겨 둔 술병을 잡아채더니 혜동은 또 술을 부었다.

진짜 술이 필요한 사람을 앞에 앉혀 두고 좀, 아니, 많이 무심한 여자가 연거푸 술잔을 비웠다.

밤의 해안 도로는 표현할 길 없는 것들로 그득했다. 옆에 앉은 존재 덕에 이날은 더 그랬다. 제 말로 주량이라던 것의 세 배를 해치운 혜동은 옆자리에 얌전히 앉아 차창을 응시하고 있었다.

밤길을 향유하며 일부러 느릿하게 초우로 향하는 길. 때때로 무거워 보이는 짙은 속눈썹과 눈꺼풀을 살피던 헌영은 갓길에 정차해 겉옷을 벗었다.

수마에 빼앗긴 조그만 몸 위로 겉옷을 덮어 주고 그는 깊어진 한숨을 몰아 뱉었다.

제 할아버지에게 보인 그 한 걸음으로 만족할 수밖에 없는 밤.

종일 담배를 입에 물지 않았다는 깨달음에 그는 그제야 허기가 졌다. 그럼에도 피워 물고 싶은 욕구를 누르고 헌영은 차를 출발시켰다. 수목원 주차장에 이르러 시동을 껐을 때, 헌영은 다시 한번 생각했다.

우연이라는 건, 순수하게 그렇게 맞아떨어지는 '우연'이기만 할까.

저녁 내내 정혜동을 앗아 갔던 한선우가 마주한 차에서 내려 잠든 그녀를 응시하고 있었다. 짙은 선팅 덕에 구분할 수도 없을 텐데 그는 한없이 투명한 유리 안의 피사체를 바라보는 눈을 하고 있었다.

말로 이야기

두 남자는 한 여자를 남겨 두고 나란히 걸었다. 쏴아아, 비자 나무 가지가 바람에 흔들렸다. 오래전 집중해 봤던 영화의 오프 닝 멘트가 떠오른 탓에 헌영은 바람 앞에서 걸음을 늦추었다.

흔들리는 건 바람도 나무도 아니라고. 마음이 그럴 뿐이라고 했다. 그때 그 겉멋 든 멘트를 피식 웃음으로 날렸었다.

어떤 경험이 있었기에 그런 멘트를 썼을까. 헌영은 쓴웃음을 남긴 채 늦춘 걸음의 속도를 냈다. 일요일 밤의 수목원은 다른 날보다 고요했다. 편의점에 도달할 때까지 세상엔 그들만 존재 하는 것 같았다.

간만에 만난 오랜 친구들처럼 그들은 맥주를 꺼내 들고 긴 테이블 앞에 나란히 섰다.

헌영이 먼저, 다음이 선우. 딸깍 맥주 캔 따는 소리가 침묵을 갈랐다. 그들은 말없이 맥주를 마셨다. 무인으로 운영되는 편의점의 소용에 감사하는 마음으로.

둘, 셋, 넷. 캔이 비었을 때 마침내 선우가 입을 열었다.

"왜 안 묻습니까?"

헌영은 빈 캔을 내려다보며 웃었다.

"물으면, 답해 줄 생각입니까?"

"글쎄요."

같은 물음, 같은 답. 얄궂기도 하다. 헌영은 다시 웃었다.

친구라 여기고 말았던 건 그저 그렇길 바랐던 바람이었는지도 모른다. 이 평범치 않은 남자와 정혜동은, 장헌영이 결코 알지 못할 것을 공유한 관계임이 분명했고 과거를 지나 현재에 이르렀을 테니. 그 지점에 한해 절대 이 남자를 넘어설 수는 없다. 한선우가 최선을 다했다면 애초에 장헌영에게 기회는 없었을지도 모르니까.

그럼에도 불구하고.

"왜."

헌영은 외마디 질문을 던졌다. 캔을 내리고 그를 마주하니 신기하게도 그가 그 짧은 말을 이해한 눈이었다. 왜 더 발전시키려 하지 않았는지. 친구를 가장한 채 왜 곁에 머물렀는지 하는 의문을 단번에 캐치한 것처럼, 선우가 웃었다.

"혜동이 아버지 이야기 알고 있어요?"

무슨 말인들 그렇지 않았겠느냐만. 시작부터 기선 제압이었다. 그 아이에 관해 아는 건 없다. 제대로 아는 거라곤 제 모습

숨기고 살았던 그 몇 개월의 고집스러운 모습이 전부일 뿐이다.

한선우가 웃었다. 정혜동의, 아니, 정말로의 인생 이야기가 가장 듣고 싶지 않은 인물의 입을 통해 흘러나왔다.

헌영은 맥주를 마셨다. 사막에서 피 같은 땀을 흘린 이처럼 맥주가 벌컥벌컥 넘어갔다. 한선우 역시 새로운 맥주 캔을 땄다. 자라는 동안 남매인지 친구인지 구분할 수 없어 혼란스러웠다고 맺은 후였다. 그리고 그는 헌영을 똑바로 응시했다.

"그때부터 제대로 알았어요."

"……."

"그 아이 얼굴에 사정하는 꿈으로 처음 몽정을 했거든요. 질펀하게."

헌영의 턱 근육이 지독하게 굳었다. 턱선 위에서 배회하던 선우의 시선 아래 긴 웃음이 걸렸다.

"역시나, 만만치 않으시네."

"알았으면. 쓸데없는 도발은 두고."

"왜요, 그 물뽕 먹인 놈한테 했던 것처럼 그리고 싶지 않습니까? 정혜동이 그쪽에게 넘어간 건 그 일이 결정적인 것 같기는 합디다. 그 촌스러운 놈이……."

"한선우 씨."

"후까시인 줄 알았는데, 그게 또 다는 아닌가 봅니다."

쿡쿡대며 시작한 웃음이 지나치게 길었다.

"빈곤했어요. 당신 같은 사람에게 전혀 와 닿지 않겠지만 우린 참, 그랬어요. 혜동이네나, 우리 집이나 도긴개긴이었죠. 조부모 앞으로 버려진 아이나 바다에 나가 죽어 버린 아버지 몫까지 짊어진 과수댁의 아이들이나 다를 게 없었으니까요. 근데 마을 모두가 그래서 의식하질 못했어요. 멋모르고 행복하던 시절이었달까요. 대학에 들어가고부터 산산조각이 났지만요."

그럼에도 불구하고 고백하려 했다고. 혜동이 대학에 합격했던 그해 겨울에.

"말로네 아버지가 사람을 죽였어요. 덕분에 할아버지는 돌아가시고, 할머니는 쓰러지셨고."

꿀꺽꿀꺽 맥주가 넘어갔다.

"그래서, 그 상황이 되어 고백을 못 했다는 말입니까?"

"이해가 안 가죠?"

한선우의 빈 웃음이 편의점을 울렸다.

"그 아이의 짐을 나누어질 용기가 없었어요."

세 시간 이상 자질 못한다는 소릴 쌍둥이 동생에게 전해 듣고, 혜동이 어떻게 사는지를 또 알고…….

스무 살의 한선우는 그렇게 비겁했노라 그는 혼잣말처럼 중얼거렸다. 헌영은 흔들리던 마음이 제자리를 잡는 것을 느끼며 그를 마주했다.

미약하고, 미약한 청춘의 고백 앞에서 안도하는 스스로에게 조금 경멸하는 기분이 들기까지 했다.

"그 아이 닮은 여자에게 실수하면서부터 걷잡을 수 없게 됐어요."

"알 게 뭡니까."

"……."

"혜동이가 알지 못하는 일들인데……."

이제 더 이상 스무 살 그 등신 같던 청춘도 아니면서. 왜 그 아이를 그대로 두었을까. 헌영은 남은 궁금증을 모조리 털어 버릴 작정이었다.

그러나 그럴 수는 없었다. 그토록 막힘없이 제 허물을 고백하던 한선우가 입을 닫아 버렸다. 수목원에 내린 어둠보다 더한 것에 잠긴 한선우는 창밖을 응시한 채 다문 입을 열지 않았다.

밤은 더 깊었고 바람은 더 요란해져 있었다. 넓은 시야각에 아니길 바랐던 인물이 잡혔다. 혜동의 눈길은 헌영이 아닌 선우에게 닿아 있었다.

무슨 비밀이 더 남았을까. 털어놓지 못하는 이유는 무엇일까.

두 사람의 시선 밖에 버려지듯 물러나 있던 헌영은, 한선우가 남겨 둔 작은 불씨에 덴 듯 가슴 언저리가 쓰라렸다.

❦

"정 선생."

"네."

"오전에 더 할 일 없으니까 구애받지 말고 나서요."

장수의 너그러운 배려가 떨어지자마자 커피 머신에 캡슐을 집어넣던 준성이 알은체를 했다.

"아. 혜동 씨 대학원 수업 있다고 했죠?"

"네."

"박사 3학기?"

"2학기요."

"2학기? 한 학기만 다니고 휴학을 한 건가?"

"황박, 뭘 그리 꼬치꼬치 묻고 그래."

"꼬치꼬치는요. 관심이죠. 관심."

은정이 나서는 바람에 다행히도 주제가 전환됐다. 한 학기만 수강하고 휴학한 사실이 설명 못 할 일은 아니지만, 커피와 곁들이기에 유쾌한 주제는 아니었다.

"5차 해금사 데이터나 좀 보내 줘요."

은정이 탁, 엔터를 치며 핀잔하듯 준성에게 요구했다.

"아! 그거 마무리 아직인데."

"이 사람이, 진짜."

"아이고. 이쪽이야말로 진짜, 진짜네요. 커피나 좀 마시고요. 어째 여유들이 없으십니까."

혜동은 모니터로 시선을 옮기며 웃었다. 티격태격, 어느덧 익숙한 패턴. 책상 너머 너머에 자리 잡고 있는 조용한 인물과 한선우 덕에 편치 않은 마음임에도 일상은 또 그렇게 웃을 일을 만들었다.

혜동은 내부 메신저 아이콘 위에 올라가 있는 마우스 포인터를 물끄러미 바라보다가 컴퓨터를 종료했다.

할 말이 있을 때, 또 없을 때. 대수롭지 않게 메신저를 열어 조직도에 뜬 '한선우'를 클릭하곤 했던 것이 어느새 먼 일 같았다.

객기 부린 대가로 골골댔던 월요일부터 선우를 제대로 마주할 기회가 없었다. 주 중반쯤엔 일부러 피하고 있는 것이 아닐까 하는 의심이 들었고 오늘, 금요일에 이르니 의심은 확신이 되었다.

제대로 묻고 나서 결론을 얻거든 뭘 해도 하라던 헌영의 충고는 애초에 기회가 없어 실행해 볼 수도 없는 상황이었다.

컴퓨터 종료 음 끝에 핸드폰 진동이 우는 통에 혜동은 상념에서 깨났다. 익숙한 번호를 확인한 그녀는 다녀오겠노라 랩 식구들에게 먼저 인사를 했다. 기꺼운 배웅을 받고 울어 대는 전화를 받으며 혜동은 밖으로 나섰다.

"응, 웬일이야? 무슨 일 있어?"

— 선배 오늘 수업 있죠? 와요?

"응."

— 아. 만나서 얘기해요. 그럼.

"뭔데?"

혜동은 통화하며 로비를 벗어났다. 신발 아래 밟히는 잔디의 감촉이 여느 날보다 생생했다.

— 아, 그게 설명하기가 곤란스러운데…….

"곤란하다니까 더 궁금해지네."

— 보자. 아, 여기. 법무법인 대해라는 곳에서 전화가 여러 번 왔어요. 선배 연락처를 달라고 하더라구요. 정진원 씨 일이라고 전하면 알 거라면서요.

얇은 신발 바닥 아래 착착 감기던 잔디의 감촉이 일순 푹신하게 가라앉았다.

화선지에 떨어진 먹물 한 방울.

순식간에 퍼진 불쾌감을 설명하라면 그것만 한 비유가 없을 것이다.

정진원. 정진원. 정 · 진 · 원.

입에 잘 붙지도 않는 이름. 그 사람이 아버지란 사실이 참으로 싫고 또 싫었다.

— 오늘 또 왔지 뭐예요. 꼭 연락해야 한다고요. 개인 정보라 선배 전화번호를 줄 순 없고 해서, 일단 그쪽 번호만 받아 뒀어요. 정진원 씨 아는 사람 맞아요?

"응."

— 그럼 받은 전화번호 보낼게요.

"고마워."

— 오늘 몇 시에 도착해요?

"곧 출발."

— 미치겠어요.

"왜."

— 난리도 아녜요. 이것저것 궁금한 거 리스트 뽑아 뒀어요. 미리 괴롭힌다고 예고해요.

"각오하고 갈게."

— 점심은 제가 쏩니다.

후임 조교인 서영이 보낸 번호를 제대로 살피지도 않고 혜동은 전화기를 가방에 밀어 넣어 버렸다.

아버지가 준 불쾌감과는 상관없이 날은 무척이나 좋았다. 아침나절인데도 순한 햇살 덕에 따뜻했다. 어디 날뿐이랴, 오감이 호사스러웠다. 카페 베이커리에서 흘러나오는 좋은 냄새. 부드러운 공기. 넓지 않은 벚꽃 군락지엔 연분홍색 꽃이 흐드러지기 직전인 데다, 부지런히 개화했던 봄꽃들은 여느 해처럼 또 찬란하게 질 준비 중이었다.

"헤이, 거기."

혜동은 소리의 출처를 향해 돌아섰다. 익숙하고도 절실했던 목소리의 주인. 카페 베이커리 마크가 찍힌 컵을 두 손에 든 채 선우가 거기 있었다.

안도, 안심.

나쁜 놈이라는 심중을 뒤로하고 늘 웃던 대로 웃는 얼굴의 친구를 보는 심정은 하릴없이 그랬다.

"성냥 살 수 있습니까?"

혜동은 결국 잔뜩 쓰고 있던 힘을 매가리 없이 풀었다.

"건조한 절기엔 안 팔아."

한 걸음, 두 걸음 다가온 선우는 혜동을 오래도록 내려다보고는 웃었다.

"개념 장착 뭔데. 거시적 안목의 소상공인?"

들고 있던 컵 하나가 밀려왔다. 하얀 종이컵에서 피어오르는 옅은 김을 바라보던 혜동은 끝내 받지 않고 고개를 들었다.

"너, 나한테 할 말 있지 않아?"

장난스럽게 묻어나던 웃음의 농도가 묽어져 갔다. 무미하게 변하던 눈빛이 무겁고 무거워졌을 즈음. 마주하기가 버거워졌을 때쯤, 선우는 내밀었던 컵을 제 영역으로 되돌렸다.

"없어. 할 말."

"없어?"

"응."

이렇게 답답한 상태로 만들었으니 한선우는 해소를 시켜야 할 의무가 있다.

"아니, 있어."

"타이밍 놓친 말을 해서 뭐해."

컵 두 개가 모두 올라와 다시 혜동의 영역으로 들어왔다.

"듣는 놈 머리 복잡하게."

"그건 네가 걱정할 일 아니고."

대화 내용과는 상관없이 캡 홀에서 올라오는 원두 향이 너무나 좋았다. 아이러니하게도 그 좋은 향이, 평온했던 관계의 틀이 위태롭다는 걸 지나치게 잘 전달해 왔다.

혜동은 여전히 선우를 이해할 수 없었다.

"해소시켜 달라는 말이야. 듣는 놈 머리가 왜 복잡해져야 하는지."

"미안해."

"한선우."

그는 커피를 재차 내밀었다. 혜동은 버텼다. 답답한 데다 못난 짓 일색인 친구에게 뭐라도 한 방 날리고 싶은 심정으로.

"받아. 팔 아파."

지우를 바라보던 눈과 다르지 않았다. 혜동은 선우가 늘 그렇게 자신을 대하는 거라 여겼다. 그건 큰 위로였고, 지우가 떠나 버린 후에는 더더욱 소중했다.

"네게 희미해지면."

"……."

"내 존재 의미가 보잘것없어지는 때가 되면 그때 할게."

이런 눈은 본 적이 없다. 생소하고 어색했다.

"못 했던 이야기. 그때 할게."

동생에게든, 제 어머니에든, 누구에게든. 돌이켜 보면 한선우는 더없이 직설적이었고 시니컬했으며 망설임 따위 없는 성격이었다. 적어도 그녀가 아는 한선우는 이런 답답한 짓을 할 성격이 아니다.

"지금 못 할 말이 그때라고 가능해?"

"그러게. 궁금하네, 나도."

혜동은 뚫어지게 선우를 응시했다. 본 적 없는 이 얼굴은 그동안 어디에 숨어 있었던 것일까.

"고백이 아니라 고해성사거든."

"고해성사라면 빨리 해야 하는 거잖아."

선우 특유의 짧은 미소가 혜동의 한숨을 받았다.

"다그치지 말고. 시간을 좀 줘."

그리고 그는 멋대로 대화의 마무리를 고했다. 헌영을 핑계로.

"그만 가. 저 남자 무서워."

벚나무 길 한가운데서 헌영이 두 사람을 바라보고 있었다.

"싸움도 잘한다며. 한 대 맞기 전에 가련다."

무작정 커피를 안기고 선우는 실험동 방향으로 몸을 틀었다. 두어 걸음 나아가던 그는 헌영을 바라보다가 다시 돌아섰다.

"커피 한 잔은 저 양반 몫이야. 전해 줘."

"……."

"지금도 가끔 정혜동 꿈 꾼다고도 전해 주고."

'전해 달라'는 말은 의미가 없었다. 좀 멀긴 했지만 선우 목소리는 헌영에게 충분히 들릴 만한 볼륨이었기 때문이다.

혜동은 커피를 들고 주차장을 향해 걸었다. 각자 다른 방향을 향해 걷던 두 사람은 목적한 위치에 도달했다. 근소한 시간 차였다.

컵을 내민 팔에 물리적 통증이 올 때까지 헌영은 커피를 받지 않았다. 혜동은 무슨 생각을 하는지 도통 알 수 없는 눈을 응시하며 기다렸다. 주차장에 세워 둔 그 부르주아의 자동차 앞이었다.

"안 마셔요?"

좀 떨어진 방문객 주차장에 대형 버스 들어오는 소리가 요란했다. 성큼 걸음을 옮긴 헌영은 조수석 문을 열었다. 내밀었던 컵을 그대로 들고 혜동은 어쩔 수 없이 차에 올랐다.

안락한 시트에 앉은 채 혜동은 여전히 자유롭지 못한 두 손을 멍하니 내려다보며 생각했다. 이런 매너가 어울리는 사람이었던가? 애초에 커피를 받았으면, 굳이 문을 열어 줄 필요도 없었을 텐데.

"홀더."

묵직한 엔진 음 속, 왠지 냉랭한 목소리가 지시하는 대로 혜동은 커피 두 잔을 모두 기어 앞 컵 홀더에 밀어 넣었다.

선명한 원색의 옷을 차려입은 나이 든 관람객들이 버스에서 내려 삼삼오오 정원 안으로 들어가는 길이었다.

'부럽다.'

새벽녘 전철을 타고 아르바이트 가는 길에 노인들을 마주하면 혜동은 그런 생각을 하곤 했다. 기다리고 있는 인생 전부를 점프해, 노인이 되어 있으면 어떨까 하던 때였다.

"안 마셔?"

같은 질문을 돌려받은 혜동은 미지근해졌을 커피를 노려보았다. 마시면 안 될 것 같은 기분. 답답하고 모호한 한선우의 태도를 묵인하고 방조하는 기분이었다.

"안 마셔요."

커피를 외면하고 혜동은 노인네들의 행렬을 구경했다. 여전히 부러운데, 또 완전히 그런 것 같진 않다. 무슨 심경의 변화일까.

"결론이 안 난 모양이지."

사진을 찍느라 바쁜 사람들에게 두었던 눈길을 되돌렸다. 헌영은 기다렸다는 듯 혜동의 시선을 받았다.

그날 밤 무슨 이야길 했을까. 선우가 당사자에게도 뱉지 않은 이야기를 이 사람에게 했던 걸까?

"선우랑 무슨 이야기 했어요?"

혜동에게 잠깐의 시선을 준 헌영은 대답 없이 가속페달을 밟았다. 질문에 답하진 않았지만 그건 분명 긍정의 눈빛이었다.

"무슨 이야기요?"

진입로를 완전히 벗어나 큰길로 접어들었다. 헌영은 슈트를 입고 있었다. 그제야 눈에 들어온 모습이 새삼스러웠다. 와중에 클래식 슈트 모델 같다는 감상이 솟아나는 바람에 혜동은 스스로가 우스워지기까지 했다.

"내가 할 말은 아니야."

당사자한테 들어야 할 이야기지, 핸들을 가볍게 돌려 코너링을 하며 그가 부연했다. 그러니까, 혜동 역시 그게 맞는 거라 생각했다. 그래서 화가 나는 거고.

능숙한 손길 몇 번에 차 안은 언제처럼 듣기 편한 음악이 흘렀다. IC를 지나 고속도로에 접어들었을 즈음엔 시끄러웠던 속이 좀 잠잠해졌다.

"정혜동에게 한선우는 무슨 의미지?"

기다린 것처럼, 속이 잠잠해진 것을 아는 것처럼 헌영이 물어왔다.

"얘기했잖아요."

"그게 전분가. 친구?"

혜동은 빠르게 지나가는 차창 밖 풍경을 포기하고 헌영을 바라보았다. 이 사람 눈엔 유난스러워 보일지도 모른다. 애초에 친구 일로 눈물이나 보이는 그런 인간형으로 보이진 않았을 테니.

"이상하죠? 이상하게 보이죠?"

"스스로 그런 생각이 들거든, 제대로 정리해 봐."

"뭐라고 설명해야 할지 모르겠어요."

"두 시간이면 충분하지 않겠어?"

학교까지 남은 시간. 마음대로 숙제를 낸 헌영은 여유로웠다. 만지작, 손안에서 핸드폰이 굴렀다.

누군가가 아버지 일로 통화를 원하고 한선우는 답답한 속을 해소시켜 주지 않았으며 시끄러운 속을 내보여도 좋다는 사람이 옆에 있었다.

핸드폰을 쥔 채 의미 없이 움직이던 손이 멎었다. 규칙적이고 안정적이던 엔진 음 속에서 마침내 혜동은 속을 털어놓았다.

"남매처럼 자랐어요. 아버지가 갓난쟁이 때 할머니 할아버지한테 던져두고 가는 바람에……."

혜동은 찬찬히 제 이야기를 시작했고, 헌영은 담담하게 들었다.

"선우네 엄마가 나누어 준 젖을 먹고 자랐대요. 아장아장 걷기 시작했을 때부터 늘 붙어 살았고요. 같이 놀고, 공부하고, 가끔은 싸우기도 하고."

막힘없이 달리는 차 안에서 혜동은, 결코 그러리라 생각해 본 적 없는 상대에게 막힘없이 제 이야기를 했다.

"화가 나요. 근데 또 잘 모르겠어요. 왜 이렇게 화가 나는지."

아무렇지 않게 지낼 수 없는 상황을 만들어 놓고 아무렇지 않은 척하는 것에 화가 나는 건지. 선우가 타인에게 상처 주는

데 끌려 들어간 것이 싫었던 건지.

다 떠나서 한선우가 그런 멍청한 짓을 하는 이유가 뭔지 궁금하고 답답해서 화가 나는 것뿐인지 구분이 가지 않았다.

"화내."

내내 듣기만 하던 헌영이 제시한 답은 간결했다. 혜동은 순간 허무해지는 통에 웃었다.

"속 시원해질 때까지 화내."

그러게, 뭐가 문제일까. 속 시원하게 화내면 되는 건데. 어린 시절처럼 쏟아 내 버리면 되는데. 한선우가 어떻든, 받든 말든 퍼부어 버리면 되는데.

"나한테 해. 그 자식한테 말고."

다 받아 줄 테니까, 마무리하는 그의 눈길을 피해 혜동은 차창 밖 풍경으로 시선을 옮겼다.

"뭐예요, 그게. 진심으로 하는 말이에요?"

"……."

"손발이 녹아서 사라질 것 같아요."

예상과 달리 가만히 주시하다가 넘어간 헌영의 얼굴에 웃음기는 없었다.

"그러지 말아요. 만날 괴롭혔던 주제에 왜 멋있는 척하고 그래요."

"그래서 하는 말이야. 공수 체인지 해 줄 테니까 괴롭게 해 봐. 내키는 대로 스트레스 풀어."

다 받아 준다는 말이 다시 흘러나왔다. 그러고 보니 이런 말에 면역이 없었다. 게다가 장헌영 씨가 하리라 생각지도 못한 터라.

혜동은 달리는 풍경과 함께 웃었다. 살짝 코가 맵고 입도 짜서 헌영을 향해 웃지는 못했다.

그 남자의 EX

"일일이 스케줄을 조율해야 하는 거라고요?"

"응."

"일일이?"

"일일이."

들어 올릴까 싶었던 머그잔을 그대로 둔 서영의 한숨이 꽤 깊었다. 상현 같은 예외가 있긴 하지만 교수 그룹 내 대다수는 대하기 어려운 특유의 아집이 있다. 상아탑 안에 갇혀 수년, 혹은 수십 년간 학문과 씨름하느라 생긴 집념에 닿은 고집이라 하면 적당할 것들이다.

때에 따라서는 지극히 독특한 성격까지 조합되어 가히 폭발적인 시너지를 내기도 한다. 교수입네 하고 드러내는 점잖고 품위 넘치는 겉모습은 그들의 본모습과 거리가 먼 경우가 많다는 뜻이다.

같이 학문하는 처지에선 '교수'라는 호칭보다 먼저 공부를 했다는 의미의 '선생'이 맞는 기다, 말로만 후학 존중을 떠들어 대며 꼬박꼬박 '교수' 대접받길 원하는 성리학자형. 아예 무조건 본인을 위주로 세상이 돌아야 한다고 하는 생각하는 괴팍한 천재형. 실력도 뭐도 없는 낙하산은 논외로 하고 싶지만 그런 부류가 진짜다.

그들 모두가 참여하는 행사라도 잡히면, 그야말로 고군분투 해야 한다. 초짜 조교에겐 아무래도 신세계일 것이다. 경험을 바탕으로 논하자면, 3개월 정도는 머리도 터지고 심장도 쫄깃 해져 봐야 길이 난다.

"윤 교수님은 도대체 왜 그러시는 거예요?"

혜동은 형중에 대한 긴 뒤 담화를 들었다. 성격이 좀 특이해서 그렇지 나쁜 축은 아니야, 해 줄까 하다가 그만두기로 하면서.

"아! 선배 권준희 교수님 강의 듣죠."

"응."

"장난 아녜요."

서영의 호들갑스러운 감탄에 갑작스레 대화 분위기가 바뀌었다.

"무슨 연예인 온 줄 알았다니까요."

"연예인?"

"맞다, 맞아."

"뭐가 또."

"연예인 한 분 더 계시잖아요, 우리 과에."

쿡쿡, 웃음이 이어졌다.

"장헌영 교수님하고 사귀는 사이였대요. 잘난 사람끼리는 뭐 그런 건가 싶네요. 인력引力 작용?"

혜동은 대략 동의하는 웃음을 지어 주고 커피를 한 모금 넘겼다. 그런 이유였군, 하는 깨달음을 얻은 채 그녀는 다시 웃었다.

관악 IC를 통과했을 즈음 상현에게서 전화가 걸려 왔었다. 언제 오느냐, 주영이는 어떻다 하는 사소한 이야기 끝에 혜동이가 준희 선배 수업을 듣는다더라, 하는 말이 불쑥 튀어나왔다. 무심히 대꾸만 하던 헌영이 '스피커폰'이라고 했다. 아주 서늘한 목소리로.

덕분에 차 안이 떠나갈 것 같은 상현의 웃음을 들어야 했다.

이제 질투 같은 걸 해 주면 되는 타이밍인가 싶기도 하건만 복잡하고 속이 시끄러운 마당이라 녹록지 않았다.

그 '준희 선배'를 만나기 전까지 혜동은 별생각이 없었다. 좀 신경 쓰이는 정도였을 뿐.

수업 전에 연구실에 잠깐 들러라 하는 상현의 문자를 받아 성실한 조교 시절 마인드로 실행하러 들어갔을 때 상황은 좀 달라졌다.

세 사람이 소파에 모여 앉아 있었다. 서영의 말이 과장은 아니었다. 연예인을 직접 본 적이 없어 완벽한 비교는 불가하지만, 경험 없이도 직관적으로 알아지는 건 있는 거니까.

아름다운 외모라 느끼는 건 주관적일 수 있다고 생각하지만 뭔가 예외 없이 그렇게 받아들여질 만한 미모였다. 세련되고 도회적인 이미지에 섹시하다는 수식어가 딱 맞을 분위기의 사람.

"왔어? 점심은?"

다정하게 맞아 주는 상현에게 인사하고 혜동은 먹었노라 답했다. 동시에 공격해 오는 눈길이 형형했다.

새빨간 립스틱은 늘 부담스럽다고 여겼는데 꽤 잘 어울린다는 생각을 하며 혜동은 헌영의 EX라는 사람의 시선을 맞받았다. 이내 밝은 미소와 함께 붉은 입술이 열렸다.

"누구?"

"전임 조교요. 후배이기도 하고요."

낮은 한숨과 함께 헌영의 눈길이 떨어져 나갔다. 저 행위는 정확히 무슨 의미일까. 의문을 품은 채 혜동은 준희에게 한 번 더 인사했다. 늘 짓는 청정한 영업용 미소를 잊지 않은 채였다.

"선배 수업 들어요. 성실하고, 명민하고, 예의 바르고⋯⋯."

"송상현."

차 안에서 스피커폰이라며 경고하던 때보다 더 서늘했다.

곤란한 건가? 저런 얼굴로 곤란하다는 건 좀 진정성이 보이지 않는다. 드러내는 것도 없이 고요한 얼굴이면서.

"장헌영. 후배 칭찬하는데 왜 말허리를 잘라?"

짜르르 관자놀이가 울렸다. 장헌영을 말하는 그녀의 목소리가 왜 그런지 살갗을 있는 대로 긁었다. 정혜동은 생각보다 '질투'에 취약한 인간형인지도 모른다. 뭘 몰라 평온했던 건지도.

"그러게요. 별일이죠? 이놈 석사 논문 지도, 제가 했어요. 잘 부탁해요. 선배."

"송상현이 청탁하는 거면 받아야지. 그쪽, 내게도 후배가 되는 거니 말 편하게 해도 될까요?"

"네. 교수님."

"이름이?"

"정혜동입니다."

"귀여운 이름이네. 한 학기 동안 잘 부탁해요."

"별말씀을요. 저야말로 잘 부탁드립니다."

그리고 거기서 끝났다. 무슨 할 말이 더 있을 리가 있나 싶어 혜동은 상현을 향해 나가 보겠다고 했다. 그날따라 뭔가 달라 보이는 상현이 순순히 그러라고 했다.

"8시."

돌아서는 뒤통수에 대고 헌영이 툭 던졌지만 혜동은 못 들은 척 두어 걸음을 옮겼다.

"정혜동."

무시하려 했는데 치사하게 갑이 되어 불러 세운다. 혜동은 어쩔 수 없이 을이 되어 돌아섰다.

"네. 교수님."

"1주차장, 8시."

"알겠습니다. 교수님."

준희의 시선이 헌영에게 박히는 중이다. 뭐라 표현해야 할지 알 수 없는 오묘한 표정이었다. 혜동은 그 오묘한 시선이 제게 오기 전에 문을 나섰다.

　"신선하네."

　몇 년이 흘렀는데도 준희는 변함없었다. 자신만만한 데다 여과 없이 드러내는 욕구와 호기심, 심지어 이성을 향해 뿌리는 페로몬도 여전했다.

　애초에 둘 사이 한시적인 관계가 성립됐던 건 준희가 이런 사람이었기 때문이었다. 이 여자는 감정적인 무언가를 앞세워 호소하는 타입은 아니었다. 시작하던 당시엔 그랬다.

　"원래 그랬는데 내가 몰랐던 거야, 아니면 변한 거야?"

　혜동이 나가고 몇 분 지나지 않아 상현은 학과장 호출을 받아 자리를 비웠다. 해석 불가의 지랄 맞은 짓을 하고 사라졌다.

　그놈을 불러들여 일부러 준희를 마주하게 한 건 무슨 의도였을까. 일찍 매를 맞으라는 의미인가?

　"말 한마디 얻기가 이렇게 어려운 거 보면 여전한 것 같기도 하고."

　"강의 시간 가까워지는데 그만 일어나죠."

　시작으로 보아 전개가 충분히 예상될 만한 대화였다. 그런 까닭으로 헌영은 그만하자는 신호를 보냈다. 예상대로 준희는 물러나지 않았다.

　"그 아이가 현재 파트너야?"

"……."

"취향은 확실히 변한 것 같고."

빙긋이 웃는 얼굴을 향해 심란한 남자의 한숨이 흘렀다.

"재미없네요. 그만하죠."

"무슨? 그 아이 얘기? 아니면 장헌영 얘기. 난 둘 다 재미있는데."

헌영은 빙글빙글 소리 없이 입술만으로 웃는 준희를 응시했다. 재미있는 얼굴이 아니다. 교류한 기간 동안 파악한 것에 기초해 굳이 논하자면 '재미없는' 얼굴이다.

이 사람과 어떤 방식으로 끝났었는지 머릿속을 헤집어 봤으나 쓸 만한 것이 잡히지는 않았다. '굿 바이'는 아니었구나 하는 깨달음만 강할 뿐.

"농담거리 필요하면 다른 거 찾자고요."

"농담이라니? 장헌영이 그렇게 받으니까 속상하네."

헌영은 테이블 위에 놓인 담뱃갑을 들까 하다가 그만두었다. 그 역시 그렇게 받게 될 줄 몰랐다. 정확히는 이런 상황이 오리라 예상하지 못했다. 그쪽 분야에 도통 생각이랄 것 없이 대충 살던 남자가 어떤 존재를 가슴에 담아 전전긍긍하게 되는 상황 말이다.

무엇이 됐든 정혜동에 관한 일을 눈앞의 여자와 더 논하고 싶진 않았다. 그렇지 않아도 머리 복잡할 놈에게 뭐가 됐든 스트레스가 될 만한 요소는 원천 차단하고 싶었으니까.

"정혜동이라고 했던가? 궁금해지네, 그 아이."

"그것도 다른 거 찾아보죠. 호기심거리로도 별로니까."

날카로운 웃음이 연구실 사방으로 튀었다. 헌영은 오랜만에 만나는 골 아픈 소음 속에서 과거를 회상해 보았다. 지나왔던 긴 구간, 구간 그가 살아왔던 삶의 방식에 대한 반추였다.

"화제는 그렇다 두고, 호기심까지 통제해? 정말 자기답지 않네."

애초에 생각 없이 살았던 데 대한 대가라면 받을 준비가 되어 있었다. 부메랑을 맞는 건 당사자 쪽이어야 정의 아닌가.

이 사람이 마음먹고 긁으면 정혜동은 그저 긁히고 말 것이다. 상대가 누구든 손바닥 안에 놓고 즐길 줄 아는 여자였다. 능숙하게 긁고 나서 분명 그렇게 마무리할 것이다. 장난이었는데 과민 반응 우습지 않느냐고.

일어나지도 않은 상황에 대해 그저 감만 놓고 우려하는 건 우습지만, 혜동이 애꿎은 상황에 놓일 일은 없었으면 했다. 그놈 역시 만만하지 않다는 건 알지만, 알고는 있지만. 헌영은 혜동에게 가는 건 어떤 스크래치도 싫었다.

"선배."

"그거 알아? 권준희라고 불러 주는 거 참 좋아했어. 선배라고 부르는 것보다."

"무슨 말이 듣고 싶어 이래요."

사과라도 하라는 뜻인가?

"자기 진짜 변했구나? 엄청, 심술이 나네."

아무것도 아닌 상황이다. 빙글거리는 얼굴에 웃음이 사라지게 할 방법이 무언지도 충분히 알고 있다. 그럼에도 불구하고 헌영은 그렇게 하지 않았다. 아니, 못 했다. 여기 정혜동이 끌려 들어온 순간부터 그에게 선택권은 없었기 때문이다.

날카롭게 일어서기 시작한 무언가가 짜증으로 변할 만큼 침묵이 흘렀다. 예고 없이 벌컥 문이 열렸다. 비릿하던 미소를 산뜻하게 바꾼 준희가 상현을 맞았다.

"학장님이 좀 보자시네요."

"나를?"

"네. 그린 비 프로젝트 건으로 말씀 나누고 싶으신가 봐요."

가 봐야지 그럼, 나긋하게 답하며 일어선 그녀가 헌영을 향해 웃었다.

"즐거웠어. 보고 싶었거든, 자기."

상현의 시선이 날아와 꽂히는 것을 고스란히 느끼며 헌영은 그제야 눌러둔 한숨을 뱉었다.

만물이 생동한다는 표현은 흔하디흔하고 식상하지만 봄날의 캠퍼스를 표현하는 덴 그만한 것도 없다. 서울은 이미 벚꽃이 만개했고, 개나리는 끝물이었다.

"기대되네."

연구실 발코니에서 나란히 담배를 문 두 사람은 '만물이 생동하는' 캠퍼스를 내려다봤다. 미묘하게 심술기가 느껴지는 상현이 던진 말은 진즉에 의미 파악이 된 상태였다.

"재미있어?"

"팝콘각."

"교수란 놈이 경박하기는."

이 상황에서 누구 허물을 말하겠는가. 그 따위로 살아온 대가를 애먼 존재가 받을까 전전긍긍하는 주제에.

"업이지 업. 맘 없이 몸뚱이 놀린 업."

헌영은 상현의 힐난 아닌 힐난을 들으며 연기를 몰아 뱉었다. 인간에게 성욕은 그런 거라고 생각했으니까. 송상현 같은 인간형이 비정상이라고 여기던 때가 인생 대부분이었으니 그는 할 말이 없었다.

"뭐가 됐든 달게 받을 수 있다니까."

그놈 건드리지만 않으면. 혼잣말이나 다름없는 말꼬리를 잡아챈 상현이 터졌다. 연두색 잎사귀를 장하니 틔워 놓은 영산홍 벤치에 앉은 이들이 2층 발코니로 시선을 줄 만큼 큰 웃음이었다.

"웃기네, 장헌영."

"뭐가 웃기는지 좀 알려 줘. 같이 좀 웃어 보게."

"네놈 하는 꼬라지 좀 봐. 혜동이가 받는 게 효율의 극대화 아니야? 어쩌지 못해 아주 돌아가실 테니까."

꽁초를 비벼 끄던 상현은 핵심을 또다시 찔렀다.

"준희 선배 강짜라도 부리는 날엔 네놈 어떨지 진심으로 기대가 된다, 내가."

아하하하, 악마 새끼가 다시 웃었다.

"장헌영 성격에 대놓고 유치하게 그만두어라 할 건지. 화라도 낼 건지.”

웃음기를 얼굴에 덕지덕지 바른 상현은 찌르던 것을 마저 찔렀다.

“상대가 상대잖아? 민효상 그 쓰레기 새끼한테 그랬던 것처럼 할 수 있는 그런 문제도 아니고 말이야. 어?”

“객관화시켜 줘 고마운데, 어디서 웃어야 할지는 모르겠네.”

재미가 없어, 하는 첨언에 송상현이 달려들어 또 물어뜯었다.

“공감은 안 가냐?”

“대가를 받으라면 받는다니까. 반성하라는 말이면 그건 못 하겠고.”

“아니, 혜동이 마음 얻으려고 그 지랄을 했으면서 준희 선배 마음엔 공감 안 되는 거냐고.”

“글쎄. 그런 것 같기도 하고.”

“같은 건 뭐야.”

“그게 다 공감이 될 것 같으면, 오히려 문제지.”

“그게 무슨 문젠데.”

“다 공감해 주자면 몸도 마음도 바빠질 거 아닌가?”

듣기로 카사노바가 그랬다던데 말이지. 아, 돈 후안이었던가?

“뭐라는 거야.”

헌영은 오지랖 넓은 다정한 매제를 뒤로하고 연구실 문을 밀었다.

재현 반복

10시 가까운 시간인 데다 일교차가 꽤 컸다. 산책하기 적당한 조건이 아니었음에도 불구하고 옅은 조명이 비추는 모래사장엔 밤바다를 즐기러 나온 이들이 제법 있었다.

어둠에 잠긴 바다와 소나무 숲, 그리고 경포 해변의 랜드 마크가 된 호텔.

야외 주차장 차 안에서 눈을 뜬 혜동은 두 시간여 동안 헌영과 나눈 것이 무엇이었는지 생각에 빠졌다. 뭐가 있었기에 도착지가 이곳일까?

준희의 강의를 마지막으로 과학관 주차장에서 만나 차에 탔고 대수롭지 않은 몇 마디를 했다. 좀 자 두라는 말을 듣고 순간순간 수마에 지다, 이기다 하다 보니 어느새 이곳이었다.

밤바다와 사람들을 둘러보던 혜동의 눈길이 자연스레 헌영에게 옮아갔다. 기다린 것처럼 그가 받았다.

"대답 들으러."

무슨 소리냐며 시치미를 떼고 묻는 건 차마 할 수 없었다. 생생하게 기억하고 있으니까.

말초 어디부터 열이 올랐다. 답을 듣겠다는 사람이 지나치게 능숙하고 여유로워 그저 밀리는 기분인지도 모른다.

이 분야에서 태연한 척, 여유 있는 척 해 봐야 그건 정말 그냥 '척'에 불과하다.

섹스가 좋았던가 하는 질문에 혜동은 아무렇지 않게 긍정, 부정을 말하기가 어려웠다. 실상 잘 몰라 답하기 곤란한 건가 싶기도 했고.

그렇다 하여 또 마냥 순진한 바보처럼 굴 수는 없는 것 아닌가.

"보통 이런 식으로 하는 건가 봐요."

"무슨?"

"작업?"

핸들에 비스듬히 팔꿈치를 올린 채 턱을 괴고 있던 얼굴에 웃음이 번졌다. 당황하리라 바라지는 않았지만 저런 식으로 웃는 건 정말이지 비겁하다.

낮이라고 특별히 다른 건 아니지만 이 사람은 밤에 강한 인간형이다. 그렇게 타고난 사람처럼.

"잘 모르겠네."

"……."

"작업이라는 걸 특별히 해 본 적이 없어서."

여자의 미간은 있는 대로 구겨졌고, 남자의 미소는 소리가 되었다.

"그러니 이만 수락해 주시죠. 작업 초보 애태우지 말고."

얄밉다. 그럼에도 불구하고 단호하게 거절할 생각이 들지 않는 모순에 혜동은 더 당황스러웠다. 밀당은 형편없을 거라 선우가 지나치듯 던졌던 건 대략 이런 의미였을지도 모른다.

뜨거운 뺨이니 귓불이니 당혹스러움 속에서 갈피를 잡지 못하는 사이 차 문이 열리고 찬 바람이 들어왔다. 보조석으로 돌아온 헌영이 문을 열었다.

눈앞으로 커다란 손이 밀려들어 왔다. 어디 어딜 만졌었는지 확연하게 기억을 불러일으키는…… 설상가상이었다.

"지금 대답하라고 안 할 테니까, 내려. 한잔하자."

완벽한 슈트 차림의 잘생긴 남자가 그렇게 물러났다. 혜동은 다정하지만, 더없이 야한 손을 외면하고 차에서 내렸다. 내밀었던 손을 거둔 헌영이 씁쓰레 웃는 것을 보지 못한 그녀는 두어 걸음 건물을 향해 나아갔다.

본인이 '밀당'에 있어 꽤나 탁월하다는 것을 인지하지 못하는 여자를 앞세우고, 생애 처음 해 본 '작업'에 패색이 짙은 남자가 뒤를 따랐다.

지역의 특정 건물이 랜드 마크가 되는 이유는 다양할 테지만 이곳이 그렇게 된 것은 바다 덕분일 것이다. 지나왔던 라운

지부터, 레스토랑이며, 바, 어디 하나 빠지지 않고 넓은 바다를 마주하고 있었다.

"뭐로 할래?"

대화를 시작한 두 사람 곁에서 편안한 표정으로 기다리던 바텐더가 살짝 물러섰다. 술로 골병이 났던 위장이 꿈틀 경고를 보내왔지만 혜동은 분위기를 깨고 싶지 않았다.

"추천해 주세요. 모르겠어요, 뭐가 뭔지."

밀려나는 메뉴판을 신호로 좀 어려 보이는 바텐더가 다시 다가왔다.

"마리스 티Marie's tea 주시고 발베니Balvenie는 스트레이트로. 요기 될 만한 것도 같이 부탁합시다."

"준비해 드리겠습니다."

혜동은 자리를 뜨려는 바텐더를 돌려세웠다.

"칵테일 알코올 빼고 가능할까요?"

"네, 가능합니다."

돌아선 바텐더의 능숙하고 민첩한 손길을 바라보던 헌영이 물었다.

"술꾼은 적성이 아니었던 모양이지?"

"아무래도요."

"경험이 진리지."

평상시처럼 고요한 얼굴인 것 같으면서도 헌영은 왠지 씁쓰레해 보였다. 잠시 물러 줬을 뿐 작업은 여전히 진행 중인 걸까? 그렇다면 논알코올 주문은 거절의 메시지로 읽혔을 거고.

"작업할 일이 없었다는 건."

바텐더가 돌아서서 다가왔지만 혜동은 말을 이었다.

"상대방이 먼저 해 왔기 때문이란 뜻인가요?"

상대방이라는 단어 안에 이미 특정 인물이 각인되어 떠오르는 기현상이 일어났다. 준희는 그 작업이라는 것도 세련되게 잘할 것 같긴 했다. 눈앞의 남자만큼이나.

'……학교 랩에 상주하지 않고 업무 병행하시는 분들. 출결에 큰 제한 두지 않을 생각이니까 사전 조율 거쳐 페이퍼로 대체하셔도 좋습니다…….'

권준희라는 이름과 간단한 약력이 적힌 화이트보드 앞에서 준희는 그렇게 오리엔테이션을 시작했다. 출결에 구애받지 않아도 좋다는 굉장히 반가운 소리를 하는데도 불구하고 그녀가 말하는 내용들이 크게 와 닿지는 않았다.

대신 이상한 것들이 사고 회로를 장악하는 통에 좀 당혹스러웠다. 이상한 것들이라는 건 정말 이상한 것들이었다.

저런 스커트는 어디서 구매하는 걸까, 저렇게 색조 화장을 하니 참 예쁘구나, 하는.

신기하게도 혜동은 그런 시답잖은 생각들을 했다. 며칠간 복잡했던 심리를 밀치고 굉장히 평범한, 전혀 신경 쓰고 살지 않았던 것들이 궁금하고 신경 쓰였다. 배우급의 미모인 사람 앞에 앉아 있으려니 그랬던 것일까?

배우급 미모.

그러니까, 그 정도의 미모가 아니면 장헌영 곁에 가지 못한다더라 하는 웃기는 소문은 사실로 밝혀진 셈이다.

"좋은 대화 주제는 아닌 것 같은데."

테이블 위에 크리미한 액체가 담긴 칵테일 한 잔과, 심플한 샷 글라스에 담긴 벌꿀빛 액체가 놓였다. 코코넛 파우더에 뒤덮인 초콜릿과 먹기 좋게 세팅된 치즈와 멜론까지.

"어째서요?"

혜동의 질문을 받아 웃던 입술 위로 심플하기 그지없는 유리잔이 올라갔다.

"아파서."

"아파요?"

"많이 아파."

"어디가 그렇게 많이 아픈데요?"

"가슴?"

헌영은 위스키를 한 모금 넘기고는 웃음이 스며 있는 눈으로 덧붙였다.

"작업도 처음이고 거절도 처음이라, 내성이 없어서."

여기 어디 아픈 장헌영 씨가 있다는 걸까? 아무리 봐도 아픈 얼굴은 아닌데. 혜동은 말끄러미 남자를 뜯어보았다. 그 화려한 소문들이 그대로 머릿속에서 사라지질 않았다. 오히려 생각의 꼬리를 물고 들어와 합리적 의문을 제기하기까지 했다.

왜 정혜동은 장헌영 곁에 있는 것일까, 하는.

결국 그렇게 귀결이다. 왜일까? 그간의 데이터를 바탕으로 분석해 봤을 때, 아무리 생각해도 합리적인 가설 수립이 어렵다. 문제는 가설이 수립되지 않으니 섣불리 증명에 들어갈 수도 없다는 점이다.

아니, 뭐가 잘못됐다. 인간관계를 자연과학적 방법론에 욱여넣어 검증이라고 들이댈 순 없잖은가.

혜동은 갑작스레 술이 당겼다.

"그거 마셔 보고 싶어요."

덕분에 단숨에 헌영의 눈썹을 밀어 올렸다. 생각해 보니 저 눈썹을 다른 이에게 쓰는 걸 본 적이 없다.

아, 이건 무슨 말도 안 되는 생각일까. 정혜동이 드디어 이성을 잃어 가는 중이다. 몇 년 몇 날, 이십사 시간 함께도 아니었으면서……. 왜 확신이 드는 거냐고. 왜?

"왜요?"

바텐더에게 눈빛으로 주문을 넣은 헌영은 혜동을 향해 살짝 몸을 틀었다.

"뭐가, 왜야."

"왜 그런 눈으로 보느냐구요."

"어떤 눈?"

"변덕쟁이 처음 보는 눈."

"정혜동."

"네."

"재주가 많네?"

"무슨 재주요."

"술 안 마시고 주사 부리는 재주."

웃음, 스모키한 위스키 향, 그리고 빈 잔. 바텐더가 헌영의 샷 글라스를 채워 줬다. 빅 볼이 담긴 새로운 유리잔도 추가로 놓였다. 혜동에게 온 더 락스을 밀어 주며 그는 웃음 걸린 입술에 다시 술잔을 갖다 댔다.

"출중해."

술잔을 내리고 마주한 그에게서 더 독한 위스키 향이 흘러 들어 왔다. 이 사람이 잘하는 식으로 키스를 하면 같이 취할 것 같다는 뜬금없는 생각이 드는 통에 혜동은 바라만 보던 위스키를 크게 한 모금 넘겼다. 쿨럭, 기침이 날 정도로 독했다. 두어 번 더 목을 가다듬은 혜동은 확 올라오는 취기에 기댄 채 제대로 된 주사를 부리기로 했다.

"설마요. 제가 선배님을 얼마나 존경하는데, 주사 같은 걸 부릴까요."

어김없이 그가 받아 웃으며 말했다.

"그러지 말고 한 대 치면 어떨까 싶네? 칵테일을 얼굴에 끼 얹어도 좋고."

혜동은 진지한 얼굴로 웃음을 꾹 눌렀다.

"왜요? 못 미더워요?"

작업 건 남자에게 그게 할 말이냐는 남자의 물음에, 작업은 작업이고 존경하는 건 또 별개로 존경하는 거라고. 샷 글라스의 싱글 몰트를 홀짝 마신 여자는 그렇게 받았다.

가벼운 웃음과 조금 진해진 눈길이 오갔다. 살짝 열린 창문 너머로 밤바다의 파도 소리와 바람 냄새가 스며들어 왔다.

소주는 세 병. 블렌딩 없이 단일 증류된 고급 위스키는 네 잔. 정신을 놓지 않을 주량은 그 정도라 헤아릴 즈음 헌영이 손짓으로 바텐더를 불렀다.

"대리 기사 부탁합시다."

끄덕, 묵례한 바텐더가 전화기 앞으로 다가가는 걸 지켜보던 혜동은 찰랑이는 위스키를 마저 마셨다. 탁, 테이블 위로 잔이 부딪치는 소리가 울렸다.

"물 마셔."

작업 건 여자라는 걸 잊었을까. 이런 건 어떻게 봐도 애 취급이다. 혜동은 밀려온 얼음물을 무시해 버렸다. 대신 하이 체어에서 일어서 헌영을 말끄러미 올려다보았다. 술은 좀 취했어도 여전히 궁금했다. 왜 정혜동은 장헌영 곁에 있는 걸까.

게다가 반전시키고 싶다. 장헌영은 왜 정혜동 곁에 있는 걸까로.

말이 안 되는 걸까?

혜동은 다소 비장한 얼굴로 일어서길 기다리는 그를 향해 물었다.

"대리 기사는 왜요?"

"……."

"제가 그 작업 거절했던가요?"

거침없이 말한 것까진 좋았다. 거기까지 꽤 세련된 수락의 태도라고 볼 수도 있을 것 같았으니.

비스듬하니 내려다보는 남자의 시선이 길어졌다. 덕분에 얼굴이 타들어 갈 것처럼 뜨거워진 데다 끝까지 눈길을 받아 내지도 못했다. 아무래도 세련된 수락의 태도라 평가하기엔 무리였다.

헌영은 일시 정지 상태에서 벗어나 팔을 끼워 넣은 슈트의 매무새를 가다듬었다. 짙고 긴 속눈썹이 잠깐 내려앉은 덕에 빛나던 여자의 눈이 보이지 않는다. 그럼에도 불구하고 붉게 달아오른 뺨과 목덜미만은 선명하게 보였다. 확실히, 잘못 들은 건 아니다.

헌영은 살아오는 동안 최음제를 먹을 일이 없었다. 당연히 그 효과를 알 길도 없었다. 다만 이 순간은 그 효과를 짐작해 볼 수는 있을 것 같았다.

결기 있게 뱉은 말은 어디 두고. 도대체가.

이 말도 안 되는 간극이 사람을 미치게 한다는 것을 알고는 있는 걸까.

세상 어떤 최음제보다 강력한 효과를 가졌을 여자의 눈을 되찾아 들여다보던 헌영은, 다시 한번 눈으로 물었다. 바텐더가 연신 힐긋거리는 걸로 보아 확실한데도, 언제 그런 말을 했나 싶은 얼굴이었다.

섹스가 좋은가 하는 질문에 답하고 싶다, 그런데 잘 모르겠으니 검증도 다시 하고, 재현 반복까지 해 봐야겠다고 했다. 그 작업 거절한 적 없다는 답만으로도 훌륭했는데 말이다.

"일어나."

경직된 목소리를 어떻게 해석했는지 살필 여유도 없이 헌영은 돌아섰다. 라운지 바 복도를 벗어나 걷기 시작하니 가벼운 발걸음 소리가 따라왔다.

알코올 빼 달라는 말로 사람을 나락으로 떨어뜨리더니, 요물도, 요물도 이런 요물이 없다. 헌영은 얼굴을 쓸어내리며 엘리베이터에 올라 혜동이 다가오길 기다렸다. 다섯을 카운트할 때까지가 한계였다.

엘리베이터에 오르질 않고 머뭇거리는 혜동을 향해 손이 튀어 나갔다. 그는 가느다란 팔을 거침없이 잡아챘다. 휘익, 딸려 들어오는 눈에 어린 당혹스러움이, 먹지도 않은 최음제의 약효를 독하게 각성시켰다. 뭉텅, 남자의 숨결과 함께 쏟아진 위스키 향이 독하디독했다.

위태로웠다. 속도 조절 없이 마신 터라 그는 꽤 취한 상태였다. 안는 동안 배려하지 못하고 정신 줄을 놓을지도 모른다는 위기감마저 들었다.

톱 층 버튼을 누르고 돌아서니 그녀는 구석이었다. 벽에 들러붙게 생겼다.

"언행일치의 미덕이 없네. 정혜동은."

그는 섹스하자 뱉었던 걸 잊은 듯 겁먹은 여자를 향해 다가갔다. 팔딱팔딱, 저기 어디 뛰는 맥을 모조리 맛봤고 남김없이 누렸는데도 여전했다.

여전한 갈증. 왜인지 묻는 건 진즉에 그만두기로 했는데 궁금했다. 이 알지 못할 여자가 궁금했다.

뭐가 그리 두려울까. 품고 있는 욕구의 반도 내보이지 않고 앉았는데.

뻗어 나간 남자의 손이 여자의 허리를 당겨 왔다. 좁은 공간, 높아진 호흡 안에서 똑같은 술 향이 퍼져 나갔다.

대각선 머리 위 폐쇄 회로가 바삐 돌아가고 있음에도 불구하고 그는 그대로 입술을 덮쳐눌렀다. 훅 뻗쳐 나오는 힘에 밀려 꺾이는 머리를 커다란 손바닥 안에 가둔 그는 멜론 맛 나는 혀를 잡아 얽었다.

달고, 부드럽고, 매끄럽고.

맛있다. 미치게.

세상 어디에도 없는 맛에 취한 채 그는 혜동의 입 안으로 파고들었다. 경쾌한 도착 음이 울리고 천천히 문이 열릴 때까지 남자는 호흡이 끊겨 버거워하는 여자를 놓아주지 않았다.

가슴을 두드리는 간지러운 주먹질에 살짝 종이 한 장만큼의 공간을 열어 준 헌영은 닫히려는 엘리베이터 버튼을 탁 소리가 나게 눌렀다. 떨어졌던 입술이 다시 그의 입 안으로 사라지는 순간이었다.

버둥대던 혜동이 그의 입술을 꽈악 물었다. 헌영은 웃음이 터진 채로 그녀를 번쩍 안아 올렸다. 엘리베이터 밖으로 나와 그제야 놓아주니 터뜨리는 숨이, 급하기가 말도 못 한다.

거센 숨 밖으로 바라보는 눈길을 모르는 체하고 그는 혜동의 손목을 꽉 움켜쥐었다. 영원 같던 복도를 지나 문이 열리자마자 헌영은 혜동을 안아 올렸다.

허리 위로 다리를 감으라고 사인을 줘도 도무지 협조하지 않는 요물이 괘씸해 그는 목덜미를 지그시 물었다. 하아, 하아, 터지는 숨이 요란했다.

"이런 식이면…… 또 대답 못 할 거예요."

"이런 식? 어떤 식?"

여자의 호흡이 조금 더 가빠졌다.

"급하고. 정신없이 몰아치고."

"몰아치고?"

"거칠어서……."

"거칠어서?"

선뜻 본론이 나오지 않는다. 헌영은 팔딱이는 경동맥 줄기를 좀 더 세게 물어 답을 재촉했다.

"……아파요."

조심스레 마무리하는 목소리에 재깍 입술이 떨어졌다. 중의적인 말이 정확히 무엇인지 해석되지 않아 헌영은 심각한 얼굴로 혜동을 응시했다.

목덜미를 물어서 아프다는 건가? 아니, 그건 아닌 것 같고. 오른쪽 눈썹이 올라가 또 비대칭이 되었다.

"아파?"

꾹 다문 입술 위로 뜨거운 입술이 붙었다 떨어졌다.

"혜동아."

"……."

"말해 줘."

다시 머뭇거린다. 물끄러미 응시하니 한참 만에야 입이 열렸다.

"이런 건 세련되지 못하잖아요. 아프다고 말하는 건 좀 부끄럽고."

"다 말해. 다. 하나부터 열까지 다."

입술이 부딪쳤다. 헌영은 부드러운 입술 위에서 다시 속삭였다.

"정혜동이 원하는 대로 할게."

말해 주지 않으면 또 미친놈 될 거야, 마저 속삭이니 그녀의 입술이 웃었다. 발갛게 변한 눈 밑을 놓치지 않고 헌영은 그곳으로 입술을 옮겼다.

지금은 그 어느 때보다 더 미친놈이 될 것 같다는 말을 그는 차마 할 수 없었다.

"씻고 싶어요."

"얼마든지."

깨끗한 단화를 벗겨 던져 버리고 헌영은 혜동을 안아 올린 채 욕실로 향했다. 향긋한 보디클렌저 향이 배어 있는 샤워 부스 안으로 거침없이 들어간 그는 수전 아래 섰다. 푸확, 쏟아지는 냉수에 혜동이 비명을 지르며 웃어 댔다.

몇 초간에 온수로 돌아오니 그제야 경직된 몸이 풀렸다. 헌영은 뒤로 넘어간 목덜미에 코를 박았다. 벗어나려 버둥거리는

몸을 꽉 끌어안고 그는 흠뻑 물에 젖은 블라우스 아래 쇄골로
입술을 옮겼다.

"같이하자는 의미는 아니었는데⋯⋯요."

철벅, 트위드 재킷이 바닥으로 추락하는 소리가 크게도 울린
다. 헌영은 안고 있던 팔에 살포시 힘을 풀었다. 바닥에 혜동의
발이 닿자마자 헌영은 귓불을 물고 속삭였다.

"아. 내가 오해했네. 어쩌지?"

귓바퀴를 꽉 깨물었다 놓은 그는 블라우스 자락을 열었다.
투두둑 단추가 떨어져 나가 욕실 바닥으로 굴렀다. 솟아오른
가슴 위로 두 사람의 시선이 모였다가 동시에 부딪쳤다. 처음
안았을 때, 딱 그 표정이다.

헌영은 웃고 싶었지만 그럴 만한 여유가 없었다. 옆구리를
지나 등허리를 감싼 손의 엄지 끝이 솟아오른 살의 경계에 정
확하게 닿았다. 쏟아지는 물줄기가 천 조각을 찰싹 붙였다. 볼
록 불거지는 가슴의 정점이 레이스 천 쪼가리를 위로 밀어 올
려 적나라하게 모양을 드러냈다.

블라우스가 먼저, 그리고 얇은 레이스 톱이 다음. 어깨 아래
로, 머리 위로 벗겨져 나간 옷들이 철퍽철퍽 바닥으로 떨어졌
다. 목덜미 위에 머물던 헌영의 손가락이 가볍게 어깨끈을 걸고
내려왔다. 쓸려 내려간 레이스 옆으로 가슴이 드러났다. 따듯한
물임에도 불구하고 혜동은 오스스 소름 꽃을 피워 올렸다.

헌영의 손이 가차 없이 올라가 가슴을 움켜쥐었다. 딱딱하게
일어선 것들이 매끈한 손바닥 살갗에 미끈거렸다. 꾸욱, 입술

을 깨물어 신음을 삼키는 것이 얄미워 그는 고개를 내려 답싹 가슴을 물었다. 탱글한 살점을 물고 혀를 비비니 두 손이 올라온다. 밀어내고 한 걸음 물러난 혜동이 가슴을 가렸다.

그래 봐야 소용이 있을 리가.

팔 안에 다 감싸이지 못해 비어져 나온 살 무덤을 바라보며 헌영은 슈트를 벗었다. 철퍽, 떨어지는 무게감이 다르다. 드레스 셔츠가 바닥으로, 이어 팬츠가 떨어졌다. 그대로 드로어즈가 내려가기 전. 붉게 물든 얼굴이 돌아가는 모습에 또 미칠 것 같다. 무언들…….

조각보다 아름다운 남자의 나신이 한 걸음 물러서는 여자 앞으로 다가갔다. 완전히 젖어 버린 청바지를 벗기고, 속옷마저 찰박 떨어트렸을 때 헌영은 혜동을 다시 안아 올렸다.

혜동의 몸에 꽉 눌린 살덩이가 터질 것도 같고 녹을 것도 같아 헌영은 짐승 같은 신음을 물었다.

쏟아지는 잔물줄기 속 작은 얼굴을 응시하던 그는 벌어진 입술을 힘껏 당겨 흡입했다. 점막을 훑고 치열 모두를 일일이 혀로 확인하고, 도망치는 혀를 붙잡아 쉼 없이 마찰했다. 물줄기 속으로 높은 숨소리가 부서져 내렸다.

고조된 흥분이 더 갈 곳이 없을 때까지, 아프다는 수줍은 고백이 의미 없어질 때까지 헌영의 입술이, 손이, 온몸이 멈추지 않았다.

물기가 남은 부드러운 머리카락에 코를 박으며 헌영은 속삭였다.

"재현 반복은 결과 나올 때까지."

달빛처럼 보얀 살결을 드러낸 혜동은 엎드린 채 답하지 못하고 이따금 높은 숨만 돌려주었다. 몇 번인지 헤아릴 수 없을 만큼의 절정에 도달한 부드러운 봄속에서 벗어나지 못한 채 그는 찬찬히 허리를 움직였다. 밀어 넣는 강도를 조절하고 조절하던 그는 마침내 속도를 제어하지 못하는 상태에 이르렀다.

"좋아요……. 좋아졌어요."

힘없는 목소리가 마침내 원하는 답을 했건만, 놓아주고 싶지는 않았다. 헌영은 침대에 붙은 얼굴 옆에 놓인 손가락 사이, 사이에 그의 손가락을 꽈악 밀어 넣었다.

힘껏 맞물리는 찰나, 맞닿은 다른 부위가 꼭 같은 강도로 앙다물렸다. 쏟아지는 헌영의 신음이 하얀 어깨 위에서 산산이 부스러졌다.

헌영은 조절하던 것들을 일순 놓아 버렸다. 퍽퍽 살이 부딪치는 소리 뒤로 꾸욱 삼켜 누른 혜동의 신음이 들려왔다.

정혜동을 얌전히 품에 가둘 수 있는 방법으로 섹스보다 좋은 것이 있을까. 촉촉하게 땀이 밴 이마 위에 가볍게 입술을 누른 헌영은 머리카락을 쓸어 넘겨 주었다.

"좋아요."

"뭐가."

"장헌영 씨 품."

"품?"

"네. 품, 여기."

혜동은 가슴에 이마를 기대며 웃었다. 그것만으로도 더없이 좋았는데. 잦아든 웃음 뒤에 붙은 나른한 말이 가슴까지 사정없이 파고들었다.

"따듯해서 좋아요. 잠을 푹 잘 수 있어요."

사정없이 파고들어 왔으니, 거기서 멈추었어야 했다.

"섹스보다 좋아요."

"정혜동."

"네."

"그거 심각한 도발이라는 거 알고 하는 말이지?"

심장으로 흐른 시그널이 말초에 도달해 팔딱였다. 오묘하게도 심장을 거친 메시지는 대단한 파워를 지닌다. 정혜동이 다른 건 그래서인지도 모른다.

"그만요, 그만 잘래요."

웃음의 진동이 가슴을 지나 목덜미 위로 올라왔다. 밀어내려는 몸을 꽉 붙잡은 헌영은 차게 식은 가느다란 어깨를 커다란 손으로 덮어 힘껏 끌어안았다.

《정말로, 정혜동》 2권에서 계속.